Hannah Gudrich
Gerold Dommermuth-Gudrich

Das Gold von Megalochório

Bibliografische Information Der Deutschen Bibliothek
Die Deutsche Bibliothek verzeichnet diese Publikation in der Deutschen Nationalbibliografie; detaillierte bibliografische Daten sind im Internet über http://dnb.ddb.de abrufbar.

Verlag Dr. Thomas Balistier
Egartstraße 19
D-72127 Mähringen
www.kreta-buch.de

1. Auflage Mähringen 2003
Satz & Layout: PEAK Agentur für Kommunikation GmbH, Tübingen
Gesamtherstellung: Druckerei & Verlag Steinmeier, Nördlingen

ISBN 3-9806168-7-8

1

Als Wolfgang und Beate den Toten in einer Schlucht fanden, die in keiner Wanderkarte verzeichnet war und in der sie sich hoffnungslos verirrt hatten, schauten sie sich zum ersten Mal an diesem Tag wirklich an. Ihre Blicke trafen sich über der Leiche, und beide lächelten. Sie lächelten und wunderten sich zugleich über dieses Lächeln, das ihnen jetzt so selbstverständlich vorkam. Noch vor einer Minute hatten sich beide dieses Lächeln vergeblich gewünscht.

Sonst wunderten sie sich über nichts, denn der Tag schien unter einem schlechten Stern zu stehen. Schon beim Frühstück hatten sie sich gestritten und auf der langen Wanderung kaum ein Wort miteinander gewechselt. Ihre Karte von Westkreta war ungenau, und Wolfgang fühlte sich in seinem Vorurteil bestätigt, die eigentliche Funktion griechischer Karten bestehe darin, die türkische Armee irrezuführen – für den Fall einer Invasion. Dort, wo sie sich jetzt über den Toten hinweg zulächelten, auf dem Grund der Schlucht, von wo aus nur ein schmaler Streifen Himmel sichtbar war, verzeichnete die Karte eine Hochwiese.

Auch die Familie, die sie vor drei Stunden in einem winzigen Bergdorf mit Baklavás bewirtet und ihnen dann einen kurzen Weg zurück zur Küste beschrieben hatte, schien nicht der Meinung gewesen zu sein, dass der Pfad durch eine Schlucht führt. Trotzdem waren sie kaum eine halbe Stunde nach Verlassen des kleinen Bergdorfes an ein Ziegengatter gekommen, durch das kein Tor Einlass gewährte. Der Pfad schien zunächst um das Gatter herumzuführen, schlängelte sich dann aber steil abwärts und endete in dieser Schlucht, die sich nach oben, zum noch immer schneebedeckten Bergmassiv hin, verzweigte und noch einmal verzweigte. Und nach unten, in der Richtung, in die sie gehen mussten, schien sie durch Geröll fast unpassierbar. Beate fand das riskant, Wolfgang war zuversichtlich; denn die Schlucht konnte, sagte er ziemlich bestimmt, keine zehn Kilometer Luftlinie vom Meer entfernt sein.

Als sie die dritte Geröllschranke überklettert hatten, mussten sie feststellen, dass die Schlucht vor ihnen noch Wasser führte und das Bachbett zudem mit dichtem Gestrüpp so gut wie zugewachsen war. Da wurde selbst Wolfgang klar, dass die Sache nicht gut aussah, und die Tatsache, dass er sich schuldig fühlte, machte es auch nicht besser. Zurück ins Bergdorf war es nicht mehr vor Sonnenuntergang zu schaffen; sie waren auch viel zu erschöpft, um die Geröllfelder noch einmal zu überklettern. Und die Nächte waren jetzt, Ende März, einfach noch zu kalt, um den Morgen abzuwarten.

Ganz abgesehen davon, dass es anfangen konnte zu regnen. Dann würde es vollends unmöglich sein, auf den von Jahrtausenden glatt polierten Steinen voranzukommen. Die Horrorgeschichten, die Kretawanderer sich gelegentlich in den Dorftavernen bei Ziegenbraten und süffigem Landwein erzählen, mögen übertrieben sein, aber sie haben einen wahren Kern. Wolfgang und Beate wussten das ziemlich genau: Die beiden hatten ein ausgesprochenes Talent, sich beim Wandern in brenzlige Situationen zu bringen – und heil wieder herauszukommen. Diesmal standen ihre Aussichten nicht besonders gut. Und dass sie zerstritten waren, machte die Sache erst wirklich schlimm.

Was anfangs ausgesehen hatte wie ein banaler Streit und eine kleine Verstimmung, die sich sicher durch ein klärendes Gespräch beim Abendessen wieder auflösen ließe, war durch das Missgeschick, in das sie jetzt geraten waren, zum bedrohlichen Konflikt angewachsen. Beide hatten sie das Gefühl, die Sackgasse, in die sie sich verrannt hatten, sei genauso ausweglos wie diese Schlucht. Beate empfand eine mörderische Wut auf den leichtsinnigen Wolfgang, der sie in diese Situation gebracht hatte. Gleichzeitig hasste sie sich selbst für dieses übermächtige Gefühl. Wolfgang hatte sich vollkommen in sich zurückgezogen und zeigte eine Kälte, die von seiner Verzweiflung nichts mehr spüren ließ. Keiner von beiden wusste einen Weg zu den Gefühlen des andern.

Wolfgang sah die Leiche zuerst, halb verdeckt von wuchernden Salbeistauden. Und mitten im Erschrecken über dieses neuerliche Unglück fand er seinen Humor wieder. Er legte den Arm um Beates Schultern und zeigte auf den Toten. Beate legte die Hand auf den Mund und starrte ihn mit weit aufgerissenen Augen an. Und plötzlich fiel die Spannung von ihnen ab. „Der Teufel scheißt nie auf einen kleinen Haufen!“, stellte Wolfgang fest. Beate kannte den Spruch. Er stammte aus dem reichen Repertoire von Sprüchen, das ihm seine dörfliche Großmutter hinterlassen hatte.

Wie der Mann in die Schlucht gekommen war, in der es außer ihnen und einigen struppigen, kleinwüchsigen Ziegen nichts zu geben schien, was eine Stimme hatte, konnten sie sich nicht einmal denken. Er war mindestens siebzig, und obwohl er einen sportlichen Eindruck machte, sah er nicht aus wie einer, der solche Wanderungen liebt.

„Gestürzt ist er nicht“, sagte Beate unerwartet sachlich. „Die Kleider sind in Ordnung, und außer der Platzwunde an der Stirn finde ich keine Verletzung. Ist er wirklich tot?“ Sie schüttelte den Kopf: „Blöde Frage, was?“

„Überhaupt nicht. Wir sind schließlich keine Mediziner. Aber ich kann keinen Pulsschlag fühlen.“ Wolfgang hob den Arm des Toten ein wenig an und spürte Widerstand. „Die Leichenstarre setzt schon ein, also muss er tot sein. Aber noch nicht allzu lang.“

Er durchsuchte die Hosentaschen des Toten und fand nichts außer ein paar kleinen Geldscheinen. „Was machen wir mit ihm? Und vor allem: Was machen wir mit uns?“

Sie schauten die steilen Wände der Schlucht hoch. Eine Ziege, die eben noch an den Blättern eines Strauches geknabbert hatte, fand offenbar, dass sie für heute genug hatte. Sie verschwand hinter einem mannshohen Felsen und kam nicht wieder zurück. Beate und Wolfgang einigten sich wortlos, dass sie nicht viel zu verlieren hatten, und folgten ihr, was auch immer Griechenlandkundige über Ziegenpfade zu erzählen wissen, die in die Irre führen.

Fünf Minuten später hatten sie die Schlucht oberhalb der Wasser führenden Stelle passiert und fanden jetzt einen leicht begehbaren Pfad. Eine weitere Viertelstunde später öffnete sich die Schlucht auf eine Schotterstraße. Das hässliche Küstendorf, in dem sie wohnten, lag in der Abendsonne unter ihnen wie ein Traum von einer besseren Welt.

Auf der Schotterstraße würde es noch immer eine gute Stunde dauern, bis sie es erreichten, aber was machte das jetzt? Fast von selber fanden sich ihre Hände. Sie kamen ins Dorf zurück, als es schon dunkel war.

„Gehen wir gleich zur Polizei?“, fragte Beate.

„Die kann heute sowieso nichts mehr unternehmen. Reden wir erst mal mit Pavlos darüber.“

„Guten Abend, Kinder“, rief ihnen Maria von ihrem Balkon zu. „War das nicht ein wunderschöner Tag?“

Die beiden verständigten sich mit einem Blick, nichts von dem Toten zu sagen. „Wir haben uns in einer Schlucht verlaufen, aber jetzt sind wir wieder da. Wir ziehen uns um und gehen zu Pavlos essen.“

„Bravo!“ Ihre Vermieterin lobte so ungefähr jeden griechischen Satz, den ihre Gäste herausbrachten. Die Kehrseite dieser freigiebigen Bewunderung war, dass sie von Tag zu Tag schneller sprach; die Fremden schienen sie ja zu verstehen.

Bei Pavlos gab es als Vorspeise köstliche *papoútsia*, mit Kräutern, Ziegenkäse und Knoblauch gefüllte Auberginen; die wirklich so aussehen wie Schuhe, oder vielleicht doch eher Pantoffeln, mit Inhalt. Und danach aßen die beiden duftendes *stifado* vom Rind. Der leichte hellrote Wein schmeckte wie nie, und sie fühlten sich, frisch geduscht und in frischen Kleidern, wie neugeboren nach diesem Tag.

Es war brechend voll. Englische *birdwatchers*, ziemlich still, ein lauter Pulk von Lehrern aus dem Ruhrgebiet mit herrlich frechen Kindern, die für sich an einem Tisch tafelten und zwischendurch in der Taverne herumtollten; ein älteres Paar mit Sonnenbrand, dessen Fingerspitzen sich immer wieder über ihren Gläsern berührten (Wolfgang und Beate waren sich sicher, dass es sich um eine verbotene Liebe handelte), zwei ziemlich verkniffen wirkende blonde Mittzwanziger, die lustlos in ihrem Schwertfisch herumstocherten und kein Wort sprachen – Pavlos brachte das alles nicht aus dem Gleichgewicht. Während sich sein Sohn mit den gefüllten Tellern zwischen den Tischen durchzwängte und Eleni mit ihrer Schwiegertochter in der Küche schuftete, ging er von Tisch zu Tisch, scherzte mit den Gästen auf Deutsch, Englisch oder Griechisch, füllte hier und dort Wein nach und machte den Frauen schöne Augen; trotz seiner fünfundsiebzig Jahre war er ein unverbesserlicher Frauenheld.

Nach einer Stunde – Wolfgang und Beate waren inzwischen bei der zweiten Karaffe Wein angelangt – leerte sich der Raum allmählich. Nur das ältere Paar schwelgte noch immer in seiner heimlichen Liebe, und die beiden verkniffenen Blonden winkten in regelmäßigen Abständen mit knappen Gesten nach Bier. Pavlos erschien mit einer Flasche selbst gebranntem Raki und setzte sich an den Tisch zu den beiden Wanderern. Er liebte es, sie nach ihren täglichen kleinen Abenteuern zu fragen.

„Wo seid ihr heute gewesen?" Im Grunde war das eine der beiden traditionellen Fragen, mit denen wohl in der ganzen Welt Dorfbewohner, Menschen, die noch alles übereinander wissen oder wenigstens wissen wollen, füreinander Interesse zeigen, aber sich auch gegenseitig kontrollieren: Wo kommst du her? Wo gehst du hin? Bei Fremden war es erst recht wichtig, sie einordnen zu können. Wolfgang und Beate hatten Fragen wie diese in Indonesien und in Thailand und überall dort gehört, wohin sie ihr Weg schon geführt hatte.

Aber bei Pavlos war es noch etwas anderes. Er war stolz auf seine Heimat, er kannte sie genauer als jeder Ziegenhirt. Das Foto an der Wand, das ihn als Partisanenhauptmann zeigte, mit martialischem Schnurrbart, Maschinenpistole, zwei Pistolen im Gürtel und Patronengürteln über Kreuz, war unübersehbar wie eine Ikone. Es schmeichelte ihm, dass die beiden jeden Winkel auf ihren Streifzügen durchforschten. Er hörte ihnen gerne zu und gab ihnen Tipps, die man in keinem Wanderführer findet. Und wie beinahe jeden Abend begannen Beate und Wolfgang auch heute zu erzählen.

Beate führte das Wort, denn ihr machte es nichts aus, wenn sie einmal nicht gleich den richtigen griechischen Ausdruck wusste oder ihr eine Vergangenheitsform fehlte; Wolfgang, mit seiner Neigung zum Perfektionismus geschlagen, half in solchen Fällen und begnügte sich ansonsten damit, eine nähere Erläuterung einzuwerfen.

Natürlich wusste Pavlos auch heute genau, von welchem Weg sie sprachen. „Wir sind dem Bach nach Norden gefolgt, durch die Orangengärten, bis zur Kapelle. Von dort führt ein Weg langsam den Berghang hoch. An der Stelle, wo die Olivenhaine aufhören und das Gestrüpp beginnt, haben wir den steilen Pfad nach oben zum Bergrücken genommen …" Pavlos folgte der Erzählung aufmerksam, warf ein gelegentliches ‚Gut' oder ‚Bravo' ein und schnalzte Anteil nehmend mit der Zunge, als Beate schilderte, wie sie beim Abstieg plötzlich in einem Garten gelandet waren und sich von einer freundlichen Familie eingeladen fanden und wie sie sich schließlich in der Schlucht verirrt hatten. Aber als sie auf die Leiche zu sprechen kamen, veränderte sich etwas. Pavlos hörte nicht mehr richtig zu; seine Blicke wanderten im Raum umher, er wirkte ruhelos, und schließlich sagte er:

„Entschuldigt, Kinder, ich bin müde."

„Aber der Tote … müssen wir nicht …", fragte Beate unglücklich.

„Gute Nacht. Ich brauche meinen Schlaf. Ich bin ein alter Mann", fügte er auf Deutsch hinzu. Und er stand etwas mühsam auf und ging langsam nach hinten, an der Küche vorbei ins Hinterzimmer, das der Familie als Büro diente, und plötzlich fiel den beiden etwas auf, was sie vorher nicht bemerkt hatten: Pavlos humpelte.

Auch seinem Sohn musste etwas am Verhalten des Alten aufgefallen sein: Er hörte auf, den alten Engländer zu bedienen, der hier offenbar seinen Lebensabend verbrachte und immer erst erschien, wenn die Küche schon dabei war dichtzumachen. Man kannte ihn und hob ihm seine Lieblingsgerichte auf. Jannis stellte das Tablett vor seinem Gast ab und folgte seinem Vater mit dem Blick, bis der die Tür hinter sich zugezogen hatte.

Wolfgang kannte Beate gut genug, um zu wissen, was jetzt in ihr vorging.

„Nein", sagte er, „wir haben nichts falsch gemacht. Nicht dass ich wüsste. Lass uns zahlen und den Polizisten suchen." Die beiden Verkniffenen standen auf und strebten mit zackigen, wenn auch nicht mehr ganz kontrollierten Bewegungen dem Ausgang zu.

Die Taverne lag als letztes Haus zwischen der Strandpromenade und einer schmalen Gasse, von der aus man durch einen Hintereingang die Küche, das winzige Büro und durch einen dunklen Flur sogar die Taverne selbst erreichen konnte. Da das Polizeibüro in dieser Gasse lag, verließen sie das Haus durch diesen Hintereingang. Sie waren nicht einmal besonders überrascht, als sie Pavlos telefonieren hörten.

Als Polizeibüro diente der erste Stock eines noch unfertigen Gebäudes, in dessen Erdgeschoss Zementsäcke und eine Mischmaschine standen. Der etwas ramponierte Wagen des Polizisten stand vor der Tür, aber das Büro war dunkel. Sie fanden ihn auch nicht im *kafenion.*

„Morgen", sagte Beate, „der Tote läuft nicht weg. Gehen wir schlafen." Und erstaunlicherweise schliefen sie in dieser Nacht tief und traumlos.

Der Morgen versprach einen warmen, sonnigen, windstillen Frühlingstag. Die Vögel in den Bäumen jubilierten um die Wette und hätten uns lange vor Sonnenaufgang geweckt, wenn nicht der Esel, der vor unserem Fenster graste, das nicht schon mit einem markerschütternden Schrei besorgt hätte. Der große Garten mit seinen Orangen- und Zitronenbäumen, an dessen Rand ein Bach mit kühlem Gebirgswasser zum Meer floss, war ein grünes, schattiges Paradies, um diese Jahreszeit allerdings ein ziemlich kaltes. In dem kleinen Häuschen, das Maria uns vermietet hatte, schliefen wir nachts unter vier Wolldecken und schlotterten doch oft vor Kälte, besonders in den frühen Morgenstunden.

Der Dorfpolizist, den wir vom letzten Urlaub her als ziemlich reserviert kannten, empfing uns mit überschwänglicher Freundlichkeit. Er hörte sich unsere Geschichte mit, so kam es mir jedenfalls vor, etwas übertriebener Überraschung an – oder glaubte er uns einfach nicht und versuchte das zu verbergen? Jedenfalls versprach er, den Toten sofort abholen zu lassen. Morgen oder übermorgen werde er uns dann – durch einen Anruf bei Maria – noch einmal bitten zu kommen, um ein Protokoll zu unterschreiben. Er schüttelte uns die Hand: „Ich wünsche Ihnen noch einen guten Urlaub auf unserer schönen Insel."

„Filmreif", sagte Beate. „Wusste er wirklich nichts? Hältst du es für möglich, dass Pavlos ihm nichts gesagt hat?"

„Für die Leute im Dorf ist er wahrscheinlich ein Fremder, einfach weil er nicht von hier ist. Die Regierung hat schon ihre Gründe, warum die Dorfpolizisten nicht Einheimische sind. Und eine Leiche im Dorf, das schadet der Ehre, dem guten Ruf und dem Tourismus."

Ich stamme selbst aus einem Dorf, und mein Vater war auch Polizist. Und deshalb neige ich dazu, die ganze Welt nach den Erfahrungen zu beurteilen, die ich in meinem Heimatdorf gemacht habe. Ziemlich oft liege ich richtig damit.

Trotzdem fragte ich mich, ob Pavlos es sich leisten konnte, die Sache zu verschweigen.

„Aber mit wem hat er dann telefoniert?"

„Ich habe keine Idee, Beate. Ich verstehe die Reaktion von Pavlos auch nicht. Die Geschichte muss doch herauskommen! Er tut so, als hätte er ihn selber umgebracht."

„Beim Schießen auf wilde Ziegen vielleicht … Aber dann hätte man einen Einschuss gesehen. Und Pavlos humpelt."

„Seit gestern!"

Das Gespräch drehte sich im Kreise. Es war blöd, Pavlos zu verdächtigen, und es war überhaupt blöd, sich den Urlaub verderben zu lassen. Wir beschlossen, einen Strandtag einzulegen – so, wie das Wetter war, würde man schwimmen können.

Das stimmte auch, aber gegen Mittag kam starker Wind auf. Es wurde ziemlich ungemütlich am Strand, und wir entschieden uns, noch eine Tour zu probieren, die uns schon eine Weile reizte. Wenn man an der Stelle, wo wir gestern rechts abgebogen waren, weiter geradeaus ging, musste man auf einen Pfad kommen, der westlich der Schlucht, praktisch an ihrem Rand, zu einem anderen Dorf führte. Wir waren zu Beginn unseres Urlaubs schon einmal dort gewesen. Man konnte auf einem ziemlich stachligen Pfad durch das Gestrüpp, das wussten wir von Pavlos, die große Straße nach Norden erreichen. Mit etwas Glück würden wir noch vor Sonnenuntergang dort ankommen, zwar nicht mehr den letzten Bus erwischen, aber ein Auto finden, das uns mit zurück nehmen würde. Etwas Nervenkitzel war bei unseren Unternehmungen immer dabei, und so würden wir wenigstens keine Zeit haben, über „unsere" Leiche nachzugrübeln.

Frühling in Griechenland ist etwas, wovon die meisten Touristen aus dem Norden Europas nichts ahnen. Sie kommen im Sommer und suchen Wärme – sie finden blauen Himmel, überfüllte Strände und eine verdorrte Erde, die sich nach dem ersten Regen sehnt. Wer im Frühling kommt, hört

Bächlein plätschern und Nachtigallen singen, stapft durch Blumenwiesen und wird von Ziegenherden begrüßt, die bis zum Bauch in saftigen, duftigen Kräutern stehen. Natürlich regnet es auch mal, und nachts ist es oft saukalt.

An diesem Tag regnete es nicht, aber der Wind blies so heftig, dass wir an manchen Stellen Angst hatten, in die Schlucht geweht zu werden. Genauer gesagt, ich hatte Angst. Abgründe jagen mir immer einen Schauder ein. Hinter dem Dorf war der Weg zudem alles andere als eindeutig, besonders dort, wo er durch Ziegenweiden führte und Trampelpfade nach allen Richtungen abzweigten. Als wir schließlich die Stelle gefunden hatten, von wo der einzige Pfad über den Bergkamm führt, und tief unten im nächsten Tal die Serpentinen der Autostraße sahen, stand die Sonne schon ziemlich niedrig. Ein gewundener Fahrweg, der uns durch fünf kleine Dörfer ins Tal hinunterführte, war für zwei Stunden Fußmarsch gut, und es gab praktisch keinen Autoverkehr. Das erste Dorf wirkte ausgestorben. Die meisten Häuser waren verfallen. Die Schule war eine Ruine, und außer einer schwerhörigen alten Frau fanden wir niemanden, den wir nach einem Fußpfad abwärts hätten fragen können. Aber am Ausgang des Dorfes trafen wir auf ein Pärchen, das mit ramponierten Blecheimern und zwei uralten Kellen hantierte und ein kleines Haus verputzte, vor dem ein ziemlich neuer Audi stand.

Es stellte sich heraus, dass die beiden Deutsche aus Freiburg waren und seit knapp sieben Jahren hier lebten, weil sie eine alternative Lebensform gesucht hatten. Sie bearbeiteten den Olivenhain eines Landbesitzers in Chaniá – 2000 Olivenbäume in der besten Lage – und durften dafür einen geringen Teil der Ernte behalten. Das Öl verkauften sie im Sommer an Touristen. Sonst hatten sie keine Bareinnahmen. Kartoffeln, Tomaten und Gemüse bauten sie in einem kleinen Garten an. Im Winter wurde es manchmal knapp, aber die griechischen Nachbarn halfen ihnen aus. Immer, wenn sie ein bisschen Geld hatten, arbeiteten sie an diesem Häuschen, das ihnen zwar nicht wirklich gehörte, in dem sie aber wohnen durften. Kinder konnten sie sich noch nicht leisten. Ihre Familien in Deutschland unterstützten sie überhaupt nicht. Es gab einen Onkel, der sie gelegentlich besuchte, weil er jedes Frühjahr hier Urlaub machte, und der ab und zu durchblicken ließ, dass er sie für Versager hielt. Immerhin – er ließ regelmäßig einen Hunderter da oder auch zwei. Diesmal hatten sie ihn zwar nicht selbst gesehen, aber er hatte ihnen seinen Audi dagelassen. Vorgestern waren sie zum Einkaufen gewesen – sie brauchten Zement. Als sie zurückkamen, stand der Audi da, mit einem Zettel: „Für euch, Kinder. Bis bald einmal. Euer Eugen." Die Autoschlüssel lagen im Briefkasten. Im Handschuhfach lag ein Kuvert mit Scheinen, immerhin so an die fünfhundert Mark. Die beiden konnten es immer noch nicht fassen.

Und weil Hildegard und Ernst nun sozusagen reich waren, mit einem für ihre Verhältnisse luxuriösen Auto, bestanden sie darauf, uns zur Straße zu fahren, aber am liebsten zu unserer Unterkunft. Wir nahmen also an und bestanden darauf, sie im Ort zum Essen einzuladen. Solche Einladungen kann man in Griechenland nicht ablehnen, selbst wenn man ein *xénos*, ein Fremder ist, denn dann würde man sich ja verhalten wie einer von diesen blöden Touristen, die griechische Traditionen nicht zur Kenntnis nehmen. Und das wollten wir natürlich alle vier nicht.

Es wurde ziemlich spät, und es floss ziemlich viel Wein. Von der Leiche war natürlich keine Rede; wir wollten diese guten Menschen ja nicht verschrecken, die trotz ihrer Armut von diesem Land schwärmten wie vom Garten Eden.

Maria saß vor der Tür ihres Hauses, als wir am nächsten Morgen aufstanden, etwas später als sonst; als Konzession an die kühle Temperatur trug sie eine alte Strickjacke. Wir plauderten ein bisschen, wenn man den rituellen Ablauf dieser Gespräche so nennen kann, und Beate fragte beiläufig, ob die *astinomía* angerufen habe. Die Polizei? Nein, hatte sie nicht. Nun wäre es eigentlich an Maria gewesen, sich neugierig zu zeigen, und sei es auch nur aus Höflichkeit – und überdies ist sie wirklich ziemlich neugierig. Aber wer ist das schließlich nicht in einem Dorf, in dem jeder alles über jeden weiß? Nun ja, fast alles. In dem Dorf, in dem ich aufgewachsen bin, wusste jedes Kind, dass eine bestimmte junge Bäuerin mit ihrem Stiefsohn schlief (die Sache endete mit Totschlag) und ein bestimmter junger Mann einmal mit weiblichen Wäschestücken erwischt worden war.

Nein, Maria zeigte keinerlei Neugierde, sie fragte nicht einmal, ob wir Probleme hätten.

Danach war für uns klar, dass eine neue Schluchtwanderung anstand, diesmal von unten. Ich will die Sache kurz machen: Es war eine wunderschöne Wanderung, und wir sahen all die Details, für die wir vorgestern blind gewesen waren: den gezackten blauen Streifen Himmel zwischen den steilen Wänden der Schlucht; die mit Salbei bewachsenen Geröllhänge dort, wo die Schlucht sich verbreiterte; ein Zwiebelgewächs mit lanzettförmigen Blättern und einer herrlichen dunkelroten Blüte, groß wie ein Kinderkopf, die aber nicht duftet, ganz im Gegenteil: Wenn man sich ihr nähert, merkt man, dass sie einen widerlichen Aasgeruch ausstrahlt. Das sahen wir und noch viel mehr, und es ging uns gut damit, aber von der Leiche war nichts zu sehen, obwohl man kein Indianer sein musste, um die Stelle wieder zu finden, wo der Tote gelegen hatte. Offensichtlich hatte die Polizei ihn abgeholt.

Aber bei Maria hatte sie immer noch nicht angerufen. Und als wir uns am frühen Abend in der Polizeistation einfanden, saß am Schreibtisch ein junger Uniformierter, den wir noch nie gesehen hatten. Der hatte eine andere Filmrolle einstudiert: die des dummen, unfreundlichen, groben Polizisten, der keine Sprache versteht, nicht mal seine eigene, es sei denn, man spricht den Dialekt des Dorfes in Nordgriechenland, aus dem er kommt, und der den Eindruck vermittelt, er werde einen gleich einsperren, wenn man ihn nicht endlich in Ruhe lässt. Der Kollege sei in Chaniá, und er wisse nicht, wann er wieder zurückkomme. Das war aber auch das einzige, was wir von ihm erfuhren.

Pavlos ließ sich während des Essens nicht sehen, und wir hatten zum ersten Mal den Eindruck, nicht übermäßig willkommen zu sein. Jannis war ziemlich einsilbig, und seine bildschöne Tochter Irini, die schon als Halbwüchsige als Kellnerin im Lokal gearbeitet hatte, war heute der einzige Lichtblick. Im letzten Jahr hatte sie uns erzählt, sie habe eigentlich Schauspielerin werden wollen; auf jeden Fall war sie eine begnadete Selbstdarstellerin, voller Witz und Selbstironie, die mit ihrem erstaunlich guten Amerikanisch – sie hatte mehrfach den Winter bei Verwandten in San Francisco verbracht – ebenso selbstbewusst brillierte wie ihr Großvater mit seinen englischen, französischen und deutschen Brocken. Sie trug ein elegant geschnittenes schwarzes Kleid, das eigentlich überhaupt nicht ins Lokal passte, aber es stand ihr gut. Erst nach einigen Komplimenten verriet sie uns den Grund dafür, warum sie Schwarz trug: Sie hatte im Herbst geheiratet, aber wenige Wochen danach ihren Ehemann bei einem Autounfall verloren.

Als wir das Lokal verließen, überraschte mich Beate, wie so oft, mit einer Idee, über der sie schon eine Weile gebrütet haben musste:

„Sag mal, warum haben wir diese beiden Gotteskinder gestern eigentlich nicht gefragt, wie ihr Onkel Eugen aussieht?" Sehr richtig, wir hatten auf dem Schlauch gestanden.

„Und warum haben wir uns die Autonummer nicht gemerkt?"

„Ich habe mir zumindest das Ortskennzeichen gemerkt", sagte sie mit unterdrücktem Stolz: „Emmendingen."

„Ich würde mich nicht wundern, wenn das eine heiße Spur zu unserer Leiche wäre."

„Ich auch nicht."

Wir waren uns also einig, aber trotzdem ging von diesem Tage an alles schief. Mein Großvater hätte gesagt: „Kein

Hund pisst uns mehr an." Er sagte das 1945, nach Auschwitz und so; als Lokomotivführer hatte er schon eine Weile Bescheid gewusst. Im Dorf redete einfach niemand mehr mit uns: die Ladenbesitzer nicht, der Typ im *kafenion* nicht, nicht einmal Maria. Wir beschlossen, vor der Zeit abzureisen. Ohnehin hatten wir vor, einen Freund von Beates Vater in Chaniá zu besuchen. Maria schien eher erleichtert, als wir unsere Abreise für den nächsten Tag ankündigten. Letztes Jahr hatte sie beim Abschied fast Tränen vergossen, weil sie vor allem Beate ins Herz geschlossen hatte, und uns diesmal bei unserer Ankunft mit Wangenküssen begrüßt.

Das alternative Paar aus Freiburg hätten wir gerne noch einmal gesehen, aber es klappte nicht. Wir hatten zwar keine Probleme, den Weg zu ihrem Häuschen zu finden, obwohl wir diesmal die Wanderung andersherum machten. Wer oft wandert weiß, dass genau das oft passiert: Man glaubt den Weg zu kennen, und sobald man ihn in der Gegenrichtung geht, wirkt er völlig fremd. Wir fuhren also zunächst mit dem Bus, kletterten dann auf einem schönen Fußpfad den Berg hinauf (man findet immer einen *monopati*, wenn man ihn nicht dringend braucht), vorbei an bizarren Kuppen mit Bäumen, deren Form der Wind gestaltet hatte, durch zwei halb verlassene Dörfer.

Als wir aber vor dem Häuschen der beiden Freiburger standen, waren sie nicht zu Hause, und auch der Audi war nicht zu sehen. Wahrscheinlich waren sie nach Chaniá gefahren, zum Einkaufen, jetzt, wo sie ein paar Scheine in der Tasche hatten. Wir legten eine Rast ein, hörten den Vögeln zu und sahen den Wolken nach, bis es Zeit zum Aufbruch war.

Immer wenn wir von Nordwesten her nach Megalochório zurückgingen, meist bei Sonnenuntergang, sahen wir, ein paar hundert Meter vor dem Dorf, einen sehr alten Mann vor einem winzigen Haus auf einer Bank sitzen. Es gab zwei Ziegen, Hühner, eine Katze, einen kleinen Garten. Alles wirkte sehr friedlich. Manchmal wechselten wir ein paar Worte mit ihm, und immer waren wir mit dem Gefühl weitergegangen, dass hier einer im Einklang mit sich und der Welt lebte. Heute war nichts von ihm zu sehen, aber als wir am Haus vorbeigingen, öffnete sich plötzlich die Tür. Der Alte winkte uns verstohlen herein. Warum nicht?

Das einzige Zimmer war peinlich sauber und überaus ordentlich, weiß gekalkt, mit einer winzigen Küchenecke am Fenster rechts, einem weiteren Fenster, einem Bett, zwei Stühlen, einer Holzkiste und einer Ikone mit der Gottesmutter darüber an der Rückwand. Das Ganze wirkte wie eine Mönchszelle – wären da nicht zwei Details gewesen: Die linke Wand war von einem Bücherregal fast verdeckt. Nur in der Mitte war eine Stelle freigelassen, etwa sechzig Zentimeter im Quadrat. An dieser Stelle hing das Foto einer etwa dreißigjährigen Frau. Und diese Frau war von atemberaubender Schönheit. Dieser Mann war weder ein Bauer noch ein Mönch, soviel war sicher.

Er musste uns erwartet haben. Auf dem Tisch standen eine Flasche Raki und drei Gläser, ein Krug mit Wasser, eine Teller mit Süßigkeiten, ein Teller mit Nüssen und, was mich am meisten verblüffte, ein Strauß Frühlingsblumen in einem leeren Honigglas, arrangiert mit dem Geschmack einer Frau.

„Wie heißt ihr, Kinder? Ich bin Dimitri. Ich war einmal Lehrer.“ Das griechische Wort, das er benutzte, kann auch „Professor“ bedeuten. Er sah eher wie ein Professor aus als wie ein Dorfschullehrer.

Wir erzählten ihm, wer wir waren und was wir machten, warum wir Griechenland liebten und warum gerade diese Landschaft in Kreta, und da wir so überrascht waren, erzählten wir ihm auch noch die Geschichte mit dem Toten. Er hörte aufmerksam und schweigend zu und schwieg weiter, als wir fertig waren und ihn fragend anschauten – eine ganze Weile, als überlege er. Als er schließlich zu sprechen begann, sprach er Deutsch, langsam, ein wenig mühsam, aber absolut fehlerfrei.

„Das ist eine alte Geschichte. Sie hat immer noch mit dem Krieg zu tun. Die Leute hier im Süden haben nie eine

Autorität anerkannt, weder früher die türkische noch nach 1912 die griechische. Jedenfalls nicht wirklich. Und schon gar nicht die deutsche im Zweiten Weltkrieg. Und als 1944 die Engländer kamen, machten sie denen ebenfalls Ärger, obwohl die doch Verbündete waren.

Die Leute hier wollen ihre eigenen Angelegenheiten für sich behalten. Ihr seid Fremde. Und ihr seid außerdem noch Deutsche. Manche Leute können nicht vergessen. Es gab Partisanen, und es gab Repressalien. Vielleicht wisst ihr davon. Ihr tut natürlich das, was ihr zu Hause tun würdet: Ihr findet eine Leiche und meldet das der Polizei. In Ordnung. Aber von den Leuten hier hätte der Polizist nur dann etwas über den Toten erfahren, wenn er selbst über ihn gestolpert wäre.

Auch der Tote war ein Deutscher; er kam immer wieder hierher. Und das ist ihm schlecht bekommen. Ich kann euch nicht mehr sagen. Denkt nicht mehr an die Geschichte, bitte!“

Wir waren ziemlich betroffen. Natürlich wussten wir, dass die Deutschen im Krieg Geiseln erschossen und ganze Dörfer zerstört hatten. Kándanos war nur ein paar Autostunden von hier entfernt. Es war klar, dass der alte Mann uns warnen wollte. Aber dann musste noch mehr dahinter stecken als nur der Freiheitsdrang der einheimischen Bevölkerung, der keine Einmischung von außen duldete.

„Ich verstehe, was du uns sagen willst, Dimitri“, sagte Beate.

Dimitri lächelte und erhob sich. Er kramte in seinem Bücherregal. „Ich war natürlich auch Partisan. Eines Tages traf ich einen deutschen Soldaten, der den Weg zum Kloster Preveli hochstieg, den Karabiner auf dem Rücken. Mitten im Krieg, mitten in einer Gegend, die von Partisanen wimmelte, ging dieser Mann von Kloster zu Kloster, um sie zu besichtigen! Vielleicht war das der Grund, warum ihn noch keiner erschossen hatte. Eigentlich waren wir scharf auf Gewehre und Munition, und er war ein Gegner. Aber wer bringt es schon übers Herz, so einen naiven Menschen umzubringen? Also sprach ich ihn an, auf Deutsch, ohne mein Gewehr, während mein Kumpel in seinem Versteck blieb. Am Ende schenkte er mir ein Buch, damit ich mein Deutsch verbessern könne, die billige Taschenausgabe eines Romans. Vielleicht sollte es wieder nach Deutschland zurückkehren." Er zog ein Buch aus dem Regal, wickelte es in eine alte Zeitung und überreichte es Beate, die sich überrascht bedankte.

Und dann krachte ein Schuss. Der alte Mann bewegte sich nicht. Wohin auch? Der Raum war von drei Seiten durch die Fenster einzusehen. Vielleicht war auch nur jemand auf der Jagd. Aber so nahe am Dorf?

Als wir uns nach einigen Minuten verabschiedeten, stolperten wir fast über Dimitris Katze, die tot auf der Schwelle lag. Wir sahen ihn an: In seinen Augen standen Tränen. Wir konnten nicht viel mehr tun als ihn umarmen und gehen.

Schüsse sind in dieser Gegend nichts Besonderes. Es gibt kaum ein Verkehrsschild ohne Durchschüsse. Die Lokale, in denen Kreter ihren Geburtstag zu feiern pflegen, sind leicht an ihren provisorisch geflickten Scheiben zu erkennen – behaupten Kreter nicht ohne Stolz. Dieser Schuss war von anderer Art. Er zeigte uns, dass wir tatsächlich in ein Wespennest getreten waren.

Wir verbrachten eine schlechte Nacht. Maria erfreute uns am nächsten Morgen mit einem Lunchpaket für die Busfahrt. Ganz wohl kann ihr auch nicht gewesen sein in ihrer Haut. Hatte man ihre Katze auch umgebracht, oder hatte ein Anruf genügt?

Der zweite Mensch, der mit uns sprach, war eine echte Überraschung. Kaum hatten wir unsere Rucksäcke an der Bushaltestelle abgestellt, sahen wir ein ramponiertes Polizeiauto vorfahren. Der Dorfpolizist (der mit der freundlichen Filmrolle) stieg aus, kam auf uns zu und schüttelte uns die Hand. Alles habe sich geklärt, der „Tote" sei wieder im Hotel aufgetaucht; der habe wohl zu viel getrunken und seinen

Rausch ausgeschlafen. Er habe seine Rechnung bezahlt und sei abgefahren. Alles sei in Ordnung, vielen Dank.

Wir wussten, dass das nicht stimmen konnte. Auch wenn wir Touristen waren, die das Land und seine Sprache nicht gut genug kannten: so blöd waren wir nun auch wieder nicht. Das dachte ich in diesem Augenblick, und ich traute meinen Ohren nicht, als ich Beate genau das sagen hörte, mit ihrer süßesten Stimme. Und sie fügte noch etwas hinzu, in einem langsamen, überdeutlichen Englisch:

„Sie glauben doch selbst nicht, was Sie da sagen. Sie sind zu intelligent dazu, dieses Märchen zu glauben! Und sehen Sie, uns geht es genauso!" Er schluckte einen Moment, aber er verzog keine Miene. Seine Antwort war im Ganzen gesehen nicht schlecht:

„Sie sind Touristen. Sie machen Urlaub und fahren wieder nach Hause. Lassen Sie uns unser Leben und mir meine Arbeit. Ich kenne das Land und die Leute, Sie kennen nur die Oberfläche. Und ich muss mit diesen Leuten leben. Dieser Tourist … er hatte Ärger hier. Etwas mit einer Frau … Das ist nicht Ihre Sache."

In diesem Augenblick kam der Bus.

3 *Beate*

Wenn ich irgendwem erzähle, wir hätten unseren Urlaub in Kreta verbracht, kann ich ziemlich sicher sein, dass die Frage kommt: „Wart ihr in der Samaría-Schlucht?" Die Samaría-Schlucht ist die Mediendiva, die mit ihrem Ruhm verdunkelt, dass es auch noch andere sehenswerte Schluchten gibt. Überall dort, wo die Lefka Ori, die Weißen Berge, bis fast ans Meer reichen, finden sich mehr oder weniger tief eingeschnittene, mehr oder weniger wilde Täler. Zu den meisten Orten an der Südküste, nach Plakiás, Soúgia oder Palaióchora, windet sich auch die Autostraße durch eine Schlucht. Bei unserem Urlaubsort war das nicht anders. Im Augenblick war mir das recht. Ich fühlte kein Verlangen danach, einen Abschiedsblick auf Megalochório zu werfen, mit seiner türkischen Zitadelle, die vorher eine venezianische Festung war, davor eine Kreuzfahrerburg und davor ein byzantinisches Fort, und die Versuche bezeugte, diese Küste und die Bewohner des Hinterlandes zu beherrschen. Ich war einfach nur wütend und traurig, obwohl ich noch immer nicht annähernd verstand, was hier gespielt wurde.

Bei Wolfgang ist das Gefühlsleben komplizierter. Er versucht immer, die Menschen zu verstehen, indem er sich in sie einfühlt, und deshalb fällt es ihm schwer, sich deutlich abzugrenzen, seine Position zu behaupten und notfalls rechtzeitig wütend zu werden. Die Betonung liegt auf rechtzeitig. Jedenfalls wirkt es oft so auf mich. Er sieht das anders. „Ein Tier, das in die Enge getrieben wird, beißt zu." Das ist so eine seiner Dorfweisheiten. Wolfgang ist sicher der Konziliantere von uns beiden, und in seinem Beruf ist ihm das auch nützlich. Er arbeitet als Rechtsanwalt in einer Firma, die Wiedergutmachungs- und Entschädigungsansprüche von ehemaligen Zwangsarbeitern bearbeitet. Seine Chefs schicken ihn vor, solange die Sache noch in der Verhandlungsphase ist. Leute, die sich in ihrem Standpunkt verstanden fühlen, machen leichter Konzessionen. Unternehmen, so scheint es, reagieren da nicht anders als Einzelpersonen.

Die sanfte Tour hat natürlich auch ihre Kehrseite. Wenn die andere Seite nicht angemessen reagiert, baut sich Wut in ihm auf. Und wenn er richtig wütend wird, bleibt kein Stein auf dem andern.

Für mich ist es schwierig, dass Wolfgang in Fällen, wo andere weinen oder schreien, scheinbar cool bleibt. Es ist gar nicht so, dass er den John Wayne spielen muss oder den berühmten Indianer, der nicht weint. Ich glaube, er fühlt in diesen Augenblicken wirklich nichts. Irgendetwas in seiner Kindheit hat ihm den direkten Zugang zu Schmerz und negativen Gefühlen versperrt. Und ich habe das Gefühl, mitspielen zu müssen. Als wir uns verirrt hatten und dann die Leiche fanden, war es genauso. Wäre ich nicht so froh gewesen, dass der Streit zu Ende war und wir uns wieder anlächeln konnten, hätte ich bestimmt ein Riesentheater gemacht, weil ich ja nicht ständig Leichen finde. Jetzt war ich froh, dass wir abfuhren, denn ich hatte gesehen, wie sich der Ärger in ihm staute, über Pavlos, über Maria, die Polizei, das ganze Dorf, vor allem nach der Sache mit der Katze. Wären wir noch ein paar Tage in Megalochório geblieben, hätte es zweifellos irgendwann eine unangenehme Szene gegeben, mit schwer abzusehenden Folgen.

Der Bus keuchte mühsam aus dem Tal hoch, das sich nach und nach verbreiterte. Aber kurz vor der ersten großen Kehre kam er zum Stehen. Ein Lastwagen mit Tomaten war ins Schleudern gekommen, der Anhänger halb umgekippt, die halbreifen Früchte kullerten über die Straße. Der Fahrer kniete auf dem Boden, schlug sich mit den Fäusten an die Brust und stieß laute Klagerufe aus, die sich wie Gebete oder wie Flüche anhörten und wahrscheinlich beides waren. Es hatte sich schon ein kleiner Stau gebildet. Vor einer halben Stunde würden wir wohl nicht weiterkommen. Ich beschloss, Dimitris Geschenk auszupacken.

Es war die Feldausgabe eines Romans, der schon vor hundert Jahren jugendliche Gemüter erfreut hatte: Stevensons „Schatzinsel“ in deutscher Übersetzung. Das holzhaltige Papier war vergilbt, der Buchblock locker. Auf dem Vorsatzblatt hatte der Soldat, dem es einmal gehörte hatte, seinen Namen eingetragen. Die Tinte war schon etwas verblasst, aber der Name war gut lesbar: „Severin Rüttgers, 1943“, stand da. Severin Rüttgers ist mein Vater.

Eigentlich war die Sache so unwahrscheinlich nicht. Er war als magerer junger Soldat nach Kreta gekommen, weil er Griechisch konnte, zu einem Zeitpunkt, als die Sache schon ziemlich schlecht stand für das Deutsche Reich. Er wurde im Hause eines wohlhabenden Mannes in Chaniá einquartiert, dessen Frau sehr krank war, und besorgte für sie Medikamente, die es damals offiziell nicht gab. Das vergalt die Familie dem Lebensretter mit lebenslanger Freundschaft, vor allem die schöne Tochter. Als die Engländer landeten, bot man ihm an, ihn zu verstecken, bis alles vorbei war. Aber mein Vater hatte einen Eid geschworen und lehnte ab – pflichtbewusst, aber töricht. Nach dem Krieg heiratete die schöne Tochter einen jungen Mann aus dem Widerstand, Alechos, und trotz allem, was sie trennte, entwickelte sich zwischen den beiden Männern so etwas wie Freundschaft. Die beiden Söhne studierten nacheinander in Deutschland und wohnten bei uns, meine Eltern verbrachten mit uns Urlaube in Chaniá, und vor einigen Jahren feierten wir den fünfundsiebzigsten Geburtstag meines Vaters mit Alechos und seiner Familie in einem griechischen Bergdorf.

Dass er als junger Mann mit dem Karabiner auf dem Rücken und einem Kunstführer im Tornister von Kloster zu Kloster gewandert war, hatte er uns selbst erzählt. Dass er bei der Abwehr war; dass er, wundersam gerettet, mit einem der beiden letzten Flugzeuge aus Kreta ausgeflogen worden war (das andere wurde vor seinen Augen von den Engländern abgeschossen), hatten wir oft gehört. Dass er den Rückzug durch den Balkan lebend überstanden und mit falschen Papieren als Tscheche in Venedig gelebt hatte und in die Oper gegangen war, während die Naziherrschaft zusammenbrach, bis ihn die Engländer schließlich doch erwischten, gehörte zum Sagenschatz der Familie. Aber was er eigentlich auf Kreta gemacht hatte, blieb mir lange ein Geheimnis. Wenn er immer wieder die Geschichte erzählte, wie auf dem Rückzug deutsche Kanoniere mit Tränen in den Augen ein serbisches Dorf in Grund und Boden schossen, als Vergeltung für eine Partisanenaktion, weil es eben Befehl war, reizte mich das als junges Mädchen zum Widerspruch, und dieser Widerspruch machte ihn stumm. Heute erzählt er freimütig, und ich fühle mich in der Meinung bestätigt, die ich gewonnen habe, als ich Geschichte studierte: dass alles, was Geheimdienste so tun, aus der Rückschau betrachtet oft dilettantisch und nicht selten kindisch ist. Wenn man liest, dass der viel gerühmte britische Geheimdienst zur selben Zeit, als mein Vater durch Kreta stiefelte, sich dort damit beschäftigte, einen ziemlich dämlichen deutschen General zu stehlen, kann man sich vorstellen, was für nützliche Spiele mein Vater bei der Abwehr trieb.

Viele Kinder der Kriegsgeneration stellen sich immer wieder die Frage, auch nach Jahrzehnten, was ihre Väter eigentlich während des Krieges getan haben, und das finde ich sehr verständlich. Unverständlich kommen mir eher die vor, die sich diese Frage nie gestellt haben. Meine älteren Brüder hatten damit kein Problem, behaupteten sie zumindest.

Jedenfalls hielt ich mit dem Buch ein seltsames Beweisstück in der Hand – einen Beweis, wenn man so will, dass mein Vater nicht zu den Schlächtern gehört hatte. Und offenbar war auch Alechos dieser Meinung. Er gehörte zu den jungen Partisanen, die aus der deutschen in die italienische Besatzungszone Kretas gegangen waren, in Nacht- und Nebelaktionen von britischen U-Booten nach Palästina und Ägypten verfrachtet wurden und dort eine militärische Ausbildung erhielten. Alechos wurde Flieger. Dann war der Krieg zu Ende. Nach dem Abzug der Deutschen wurde Alechos ein führender Beamter der Kriminalpolizei; aber als die Obristen an der Macht waren, quittierte er den Dienst und wurde Rechtsanwalt. Inzwischen hat er genug verdient und arbeitet kaum noch, allenfalls um Freunden einen Gefallen zu tun. Er ist so etwas wie Amateurhistoriker geworden und forscht über den kretischen Widerstand in Zweiten Weltkrieg. Nicht ganz leicht. Wahrscheinlich gibt es auch in Griechenland Leute, die über die jüngste Vergangenheit lieber einen Teppich von Schweigen legen – oder von Phrasen, was auf dasselbe hinausläuft.

Es dauerte über eine Stunde, bis der Lastwagenanhänger mit Hilfe eines Traktors aus dem nächsten Dorf wieder flott gemacht war und der Stau sich auflöste. Während der Wartezeit erklärte der Lastwagenfahrer wortreich immer wieder den um ihn herumstehenden Fahrgästen des Busses, warum er zu schnell gefahren war. Tomaten waren eine hochverderbliche Ware. Jede Minute zählte. Er musste ein bestimmtes Schiff im Hafen von Souda erwischen. Erstaunlich fand ich, dass niemand ihn beschimpfte – ganz im Gegenteil; die Leute hörten sich seine Geschichte teilnahmsvoll an und klatschten, als er schließlich losfahren konnte.

Chaniá gefällt mir immer noch sehr gut. Vielleicht hat die Stadt deshalb so viel von ihrem ehemaligen Charme bewahrt, weil sie in den vergangenen Jahrzehnten nicht so einen Bauboom erlebte wie Iraklion und Réthymnon, die beiden anderen Städte an der Nordküste. Die Altstadt mit ihren engen Gassen und uralten Häusern und ihrem venezianischen Hafen lässt mich immer an eine in die Jahre gekommene, inzwischen ein wenig vernachlässigte Schönheit denken: stark geschminkt, aber an der Seidenbluse fehlt ein Knopf und der Stoff des Rocks ist schon verschlissen.

Alechos wohnt in einer ansehnlichen neoklassizistischen Villa östlich der Altstadt, in demselben Haus, in dem während des Krieges mein Vater einquartiert war. Seine Frau Sofia, die schöne Erbin von damals, ist vor kurzem gestorben, und er lebt – eher unwillig – mit einer alten Haushälterin zusammen, dieser Art von treu sorgenden, brummigen Hausdrachen, die früher zum Inventar wohlhabender Familien gehörten und sich vieles herausnehmen durften, weil sie über mehrere Generationen für die Familie da waren. Es war wohl auch nie ganz leicht, mit Alechos auszukommen. Er hat Prinzipien, er ist eigenbrötlerisch und pedantisch, und, wie meine Mutter zu sagen pflegt, ein liebenswürdiger Egoist, über dessen Charme man leicht übersieht, dass er sich wieder einmal durchgesetzt hat.

Wir waren überrascht zu sehen, dass seit kurzem auch sein Enkel Manolis bei ihm wohnte – vorübergehend, wie er sagte. Denn eigentlich waren die Beziehungen zwischen Alechos und seinem in Athen lebenden ältesten Sohn sehr gespannt. Manolis hatte es offenbar verstanden, sich aus diesem Streit herauszuhalten. Er hatte gerade den Militärdienst hinter sich und wusste noch nicht, was er studieren sollte. Während wir da waren, wich er Alechos nicht von der Seite. Man konnte sehen, dass er seinen Großvater verehrte, und dass der die Verehrung auch genoss.

Alechos umarmte uns feierlich, nachdem er mich, wie üblich, von allen Seiten bewundert hatte. Es war unvermeidlich, dass der Alte uns erst einmal ins Esszimmer führte, wo ein, wie es uns vorkam, gewaltiges Mittagsmahl aufgetischt war. Wir konnten es kaum erwarten, unsere Geschichte zu erzählen. Aber während des Essens waren zunächst die Familienangelegenheiten an der Reihe. Wie es meinen Eltern geht, was meine Brüder und was seine Söhne und Enkel machen, wann wir wohl endlich heiraten und (mindestens) einen Sohn zeugen würden.

Schließlich landeten wir alle vier mit unserem Kaffee und einem Metaxa in seinem Arbeitszimmer.

Manolis hatte zunächst gezögert: „Wollt ihr nicht allein sein?“

Alechos winkte ab. „Du brauchst dringend Abwechslung. Das Angebot an Filmen ist in Chaniá zur Zeit nicht so gut. Wolfgang und Beate sind auf jeden Fall das bessere Kinoprogramm.“

„Was spielt ihr denn, einen Liebesfilm? Einen mit Happy End?“ wollte Manolis wissen.

„Auf jeden Fall“, versicherte Wolfgang. „Sollen wir uns am Schluss auch küssen?“

„Ich bitte darum“, sagte Manolis spitzbübisch.

„Vielleicht ist es aber auch ein Krimi“, kündigte ich an. „Können wir unser Abenteuer jetzt loswerden?“

Wir konnten. Alechos ließ uns tatsächlich eine ganze Weile erzählen, und offensichtlich fand auch er unsere Geschichte sehr aufregend.

„Was für eine Schlucht? Zeigt mir die mal auf der Karte!“ Wir zeigten ihm die Stelle, obwohl da auf der Karte nicht viel zu sehen war.

„Ach so, bei Megalochório. Moment mal, da war doch was?“ Er öffnete einen Aktenschrank, zog zielsicher einen Aktenordner heraus und begann zu blättern. Und während er blätterte, erzählte er eine erstaunliche Geschichte:

„Der Fall Atzenis: Ein ungeklärter Mordfall, vielleicht mit politischem Hintergrund. Als die Deutschen 1941 auf Kreta landeten und die Königsfamilie durch die Samaría-Schlucht nach Süden floh, setzte sich auch Atzenis, ein Bankier aus Thessaloniki, von Chaniá aus nach Süden ab. Er hatte angeblich gute Beziehungen zum Königshaus, offensichtlich so gute, dass er dort auf ein Schiff und auf die Unterstützung der Briten rechnen konnte.“

Alechos hielt inne und schaute uns eindringlich an. Wirklich beeindruckend. Wir konnten ihn uns gut bei einem Plädoyer vor Gericht vorstellen, wie er versuchte, die Aufmerksamkeit der Geschworenen zu erregen.

„Er mietete einen Führer und fünf Maultiere und ritt nach Süden. In Kándanos wurde er zum letzten Mal gesehen, als er mit dem Führer eine Mahlzeit in einem Privathaus einnahm und die Maultiere füttern und tränken ließ. Beide waren bewaffnet. Und das war's dann. Er ward nicht mehr gesehen.“

Neue Pause. Er sah befriedigt, dass ihm unsere ganze Aufmerksamkeit galt.

„Woher weiß man das alles?“, fragte Wolfgang hilfreich, um die Pause abzukürzen. Alechos hatte ein Einsehen und spannte uns nicht mehr länger auf die Folter.

„Die Deutschen haben das alles später überprüft, und nach dem Krieg die griechische Polizei noch einmal … ohne Erfolg. Weder in Palaióchora noch in Soúgia noch in Megalochório ist der Mann je angekommen; auch sein Führer nicht. Der Untersuchungsrichter Takis behauptet hier, dass der ein Kommunist war, aber das besagt nichts; für diesen Tölpel waren alle Kommunisten, die nicht seiner Meinung waren. Er war unfähig und borniert. Deshalb hat er auch unter den Obristen Karriere gemacht.“

Offensichtlich handelte es sich bei diesem Takis nicht um seinen intimen Freund.

„Was passierte dann?", fragte ich gehorsam. Ich wollte partout nicht, dass diese spannende Geschichte hier endete.

„Es gab keine Leiche, aber was besagt das schon in einer solchen Gegend? Der Untersuchungsrichter geht trotzdem von einem oder eher von zwei Morden aus. Auch von den Maultieren wurde keines gefunden, natürlich nicht, die haben ja Beine. Und jetzt kommt der Clou: Atzenis soll Gold bei sich gehabt haben, viel Gold. Einen Schatz sozusagen. Aber in der bewussten Gegend ist weder im Krieg noch nach dem Krieg Gold in nennenswerter Menge aufgetaucht. Ich kann mir nicht vorstellen, dass Menschen, die einen Mann mit so viel Gold überfallen, davon niemals etwas ausgeben, auch nach so vielen Jahren nicht … Und die Leute dort unten …" Er schüttelte lächelnd den Kopf.

„Sie haben weder den Türken noch der griechischen Regierung und schon gar nicht den Deutschen gehorcht, und bis heute sind sie nicht einfach zu handhaben. Polizei, Behörden und sogar die Feuerwehr gegen die Waldbrände – alles lästige Fliegen, die sie gewähren lassen, wenn ihnen die Hände gebunden sind, aber wenn sie können …" Er griff nach der Fliegenpatsche, die neben der Schreibmaschine auf dem Tisch lag, und machte einen imaginären Beamten platt.

„Der Fall wurde nie aufgeklärt. Aber eure Geschichte ist schon sehr merkwürdig. Die Leute in Megalochório werden ausgerechnet in dem Moment verschlossen wie eine Auster, wo eine Leiche in derselben Schlucht gefunden wird, in der dieser Bankier und vielleicht auch sein Führer verschwunden sein sollen …"

Alechos räusperte sich befriedigt und schaute uns erwartungsvoll an. Offenbar hatte er nicht nur Ordnung in seinen Akten; er kannte sie auch.

Die Geschichte kam mir unglaubwürdig vor, und das sagte ich ihm auch. Dass ein Mann mit so viel Geld und Beziehungen sich von einem der Häfen im Süden absetzen konnte, ehe die Deutschen die Insel kontrollierten, war einsichtig. Aber warum wartete er so lange? Hätte er sich nicht einfach, bevor die Deutschen kamen, mit einer Aktentasche voller Wertpapiere in ein Flugzeug nach New York setzen können? Die Sache mit den Goldeseln war einfach zu romantisch. Und warum war er nicht schon vorher getürmt, direkt aus Thessaloniki?

„*Agápi mou*", sagte er liebevoll, „im Herbst 1940 glaubte kein Mensch, nicht einmal General Metaxas, dass die Italiener Griechenland angreifen könnten, und erst recht nicht, dass die Deutschen ihnen zu Hilfe kommen würden. Und bis die deutschen Fallschirmjäger absprangen, glaubte auch niemand, die Briten mit ihren neuseeländischen Elitetruppen könnten Kreta verlieren." Wieder eine Kunstpause.

„Unsere eigenen jungen Männer waren ja inzwischen an der albanischen Grenze gefallen oder in deutscher Gefangenschaft. Bankiers sind eben auch nicht klüger als andere Menschen."

Zumindest in diesem Punkt musste ich ihm Recht geben. Und dass er mich *agápi mou* nannte, meine Liebe, war ein Fortschritt. Im letzten Jahr hatte er mich noch *korítsi mou,* mein Mädchen, genannt. So hieß ich für ihn, seit er mich in Windeln kennen gelernt hatte.

„Wenn dieses Gold bisher nicht aufgetaucht ist", sagte Wolfgang zögernd, „gibt es eigentlich nur zwei Möglichkeiten: entweder es hat nie existiert, was nach diesem Bericht nicht sehr wahrscheinlich ist, oder es ist noch da, liegt in einem Versteck. Jetzt begreife ich, was der alte Lehrer uns mit seinem Geschenk sagen wollte! Die Schatzinsel! Zu sprechen traute er sich nicht, aber die Handlung des Romans sollte uns auf die richtige Spur bringen. Nämlich: Dort gibt es einen Schatz, um den sich rivalisierende Gruppen bemühen."

Alechos nickte nachdenklich. Das wunderte mich nicht. Mit rivalisierenden Gruppen musste er sich als kretischer Rechtsanwalt auskennen. Sie hatten schließlich über Jahrzehnte seinen Lebensunterhalt gesichert.

„Dieser Deutsche kam seit längerer Zeit jedes Jahr nach Megalochório, wie wir von dem Paar aus Freiburg wissen. Wenn er nach dem Gold suchte, dann hatten andere, die es auch wollten, ein Motiv, ihn aus dem Weg zu räumen. Was nicht passt, ist – er wurde nicht ermordet, jedenfalls dem Anschein nach nicht; es sei denn, man hat ihm was in die Suppe getan. Was meinst du dazu, Alechos?"

„Einverstanden", sagte Alechos, „soweit wären wir also. Es bleiben nur noch einige hundert Fragen offen."

Manolis wollte wissen, was für einen politischen Hintergrund er denn vermute:

„Da passt doch vieles nicht zusammen; der Mann macht angeblich Geschäfte für jemanden in der königlichen Familie, aber er besorgt sich bei den Kommunisten einen Führer, der ihn sicher nach Süden bringen soll. Was war das für ein Mann? Wie hieß er noch mal?"

„Die Akten sagen, dass er ein jüdischer Bankier aus Thessaloniki war, und dass er Geschäftsverbindungen in Chaniá hatte. Er hieß … Leonidas Atzenis …, und in den deutschen Akten findet sich noch ein Hinweis: Er war nach Ansicht der Deutschen Zionist … was bedeutet das wohl für unseren Fall?"

„In den dreißiger Jahren konnte das zum Beispiel bedeuten, dass er jüdischen Hilfsorganisationen geholfen hat, vielleicht mit seinem Geld oder seinen Verbindungen. Die versuchten damals, jüdische Kinder und Jugendliche aus Deutschland in Palästina anzusiedeln, was selbst Leute wie Eichmann bis etwa 1940 noch durchaus als Lösung der Judenfrage ansahen, wie das damals hieß. Monarchist, Kommunist, Zionist … ein etwas undurchsichtiger Charakter, scheint mir, und dass er Zionist war, könnte ihn auch noch in Schwierigkeiten mit den Briten gebracht haben, die damals in Kreta ihr Agentennetz aufbauten. Die wollten ja verhindern, dass sich mehr Juden in Palästina niederließen, um die Araber nicht zu verärgern."

„*Agápi mou,* du bist ja eine Koryphäe!" Ich mag es überhaupt nicht, wenn Alechos solche Sachen loslässt. Er ist halt ein griechischer Mann, und eine Frau, die studiert hat, passt nicht so recht in sein Weltbild. „Wieso arbeitest du in einer Bank, wenn du Geschichte studiert hast?"

„Die Bank lässt ihr Verhalten während der Nazizeit erforschen. Dabei geht es natürlich auch um Gold oder andere Werte, die die Deutschen den besiegten Ländern oder den Juden abgenommen haben."

„Und sie hoffen, dass du möglichst wenig herausfindet, weil du nur eine Frau bist."

„Alechos, du erstaunst mich. Bist du Feminist geworden?"

Alechos grinste. „Ich wollte dich beeindrucken." Es war ihm gelungen.

Manolis meldete sich wieder, wie ein Musterschüler, mit einer weiterführenden Frage: „Ich verstehe aber immer noch nicht, was an dieser Sache politisch ist."

„Ich weiß es auch noch nicht genau. Aber Politik spielt sicher eine Rolle. Auch im Süden gab es zwei verschiedene Widerstandsgruppen, die sich auch gegenseitig bekämpften. Pavlos als reicher Olivenbauer – jedenfalls für die Verhältnisse in der Gegend – war der Chef der Monarchisten, Nikos hatte eine andere Gruppe gegründet, die vor allem aus ärmeren Bauern und einigen Fischern bestand, aus mehreren Dörfern; er galt als Kommunist."

„War er das?"

„Jedenfalls hielt er sich dafür. Ich glaube nicht, dass er von Lenin mehr als den Namen kannte. Seine Leute setzten den Deutschen fast noch mehr zu als Pavlos, weil sie auch weit außerhalb ihrer Heimatdörfer operierten und der Wehrmacht beim Straßenbau durch die Berge die größten Schwierigkeiten machten."

„Was wurde aus Nikos?"

„Er wurde 1948 umgebracht, wahrscheinlich von Leuten aus der Gruppe von Pavlos. Jedenfalls denke ich das. Soviel ich weiß, lebt keiner mehr von seinen Leuten."

„Und wie passt Dimitri, der Lehrer, ins Bild?"

„Überhaupt nicht. Er saß zwischen den Stühlen. Er kommt aus einer angesehenen Familie und war einmal Universitätsprofessor. Er hat ständig versucht, die beiden Gruppen zur Zusammenarbeit zu bringen. Ohne Erfolg. Nach dem Krieg passte das nicht mehr in die Landschaft."

Die Landschaft, von der er sprach, war die „dritte Runde" des blutigen Bürgerkriegs, die zwischen 1946 und 1949 in Griechenland wütete, und die die Monarchisten mit britischer und amerikanischer Hilfe gewannen.

„Und was hat das mit dem Mord an dem Touristen zu tun, falls es ein Mord ist?"

„Das weiß ich nicht. Aber es muss irgendeinen Zusammenhang geben."

„Bist du zufrieden mit dem Programm?", erkundigte sich Alechos bei seinem Enkel.

„Sehr!" es klang ziemlich überzeugt. „Krimi, Politthriller, eine wirklich spannende Handlung. Bloß den Kuss am Ende seid ihr mir noch schuldig!"

„Wir bleiben noch ein paar Tage bei Alechos, wenn wir dürfen", tröstete ich ihn.

Wir verstanden uns gut mit dem Alten. Während er über seinem Buch saß, streiften wir durch die Stadt. Es gab immer etwas zu entdecken. In dem Jahr, als mein Vater seinen fünfundsiebzigsten Geburtstag auf Kreta feierte, hatten wir unweit der ehemaligen Ölmühle in einer Sackgasse ein verfallenes Gebäude entdeckt, wahrscheinlich eine Kirche, wo eine alte Frau Hühner fütterte. Wir zwängten uns durch die ramponierte Tür und fragten, ob wir uns umsehen könnten. „Natürlich, kommen Sie", sagte die Frau. Das Gebäude bestand im Wesentlichen aus einem Hof mit einer Art Brunnen und einem einzigen großen Raum. In der Fassade zur Straße hin war ein kreisrundes Fenster eingelassen. Der schmiedeeiserne Zierrat, der das Fenster füllte, war, wenn man ihn gegen den blauen Himmel betrachtete, ein Davidstern. Was wir gefunden hatten, war die verfallene Synagoge der ausgelöschten jüdischen Gemeinde von Chaniá. Wahrscheinlich hatte auch Leonidas Atzenis sie besucht, bevor er seine gefährliche Reise in den Süden antrat, auf der er verschwand.

Als wir wieder auf die Straße traten, sprach uns der Wirt von der Taverne gegenüber an. Wir hörten uns eine Geschichte an, die wir schon kannten, nämlich wie die angesehene jüdische Gemeinde von Chaniá ausgelöscht wurde: Obwohl der Krieg für die Deutschen so gut wie verloren war und der Transportraum für die eigenen Truppen knapp wurde, kam von der Wehrmacht praktisch kein Widerstand gegen den Deportationsbefehl. In Kreta verfuhr man sogar forscher als anderswo in Griechenland. Die Registrierung der Juden von Kreta war schon im August 1941 durchgeführt worden, direkt nach der Besetzung der Insel. In Chaniá half der griechische Bürgermeister 1943, die Liste aufzufrischen. Am Morgen des 21. Mai 1944 wurden die Aufgelisteten von Geheimer Feldpolizei und Feldgendarmerie verhaftet. Endstation: Auschwitz. Soweit kamen die Deportierten aber nicht. Die Schiffe, die natürlich unter deutscher Flagge fuhren, wurden am 8. Juni im Mittelmeer versenkt – wahrscheinlich durch ein britisches U-Boot.

Alechos fuhr uns zum Flughafen und versprach uns: „Ich werde mich um die Sache kümmern. Es wird schwierig, aber ich werde etwas herausfinden. Ich habe da so eine Idee.“ Wir hatten auch ein paar Ideen. Die Sache ließ uns nicht los. Und Alechos ging es offenbar genauso wie uns.

4 *Manolis*

Ich war, ganz gegen unsere Tradition, eine Reihe von Jahren nicht mehr bei meinem Großvater gewesen. Der Hauptgrund war, dass er sich seit einiger Zeit nicht besonders gut mit meinem Vater versteht, der eine Arztpraxis in Athen hat. Meinen Eltern ist der Alte zu eigensinnig, zu wenig am Geldmachen interessiert. Insbesondere war es ein Streitpunkt, dass Alechos ein Grundstück mit alten Olivenbäumen zwischen Chaniá und Réthymnon nicht verkaufen wollte, auf dem mein Vater ein Hotel plante. „Es gibt schon zu viel Beton im Norden“, soll er gesagt haben. Und ich, der ich meinen Großvater mochte, hatte mir immer wieder anhören müssen, dass der Alte nicht für seine Familie sorge. Ich versuchte ja, meinen Vater zu verstehen; aber das brachte mich in einen Konflikt mit mir selbst. Inzwischen habe ich meinen Vater etwas kritischer zu beobachten gelernt und finde, dass Großvater im Grunde Recht hat: Vater denkt wirklich nur ans Geld, und meine Mutter stärkt ihm darin den Rücken. Damals, als der Streit zwischen Großvater und Vater ausbrach, war ich noch ein Junge, der mit einem alten Mann nichts anzufangen wusste. Jetzt finde ich ihn spannend. Schon wegen seiner Vergangenheit ist er so etwas wie ein Held für mich. Er kämpfte im Krieg gegen die Deutschen, und 1967 hätte er Justizminister werden können, als die Obristen putschten; aber er gab lieber seinen Posten bei der Kriminalpolizei auf, als deren politische Gegner zu bespitzeln und einsperren zu lassen. Letztes Jahr habe ich meinen Eltern gegenüber zum ersten Mal durchgesetzt, dass ich einen Teil meines Urlaubs in Chaniá bei meinem Großvater verbringen konnte. Und jetzt bin ich erstmal hier, so lange es ihm und mir Spaß macht.

Für mich ist klar, dass ich eher wie mein Großvater werden will als wie mein Vater. Und es ist komisch: Ich habe bei ihm auch das Gefühl, dass er in mir so etwas wie den Sohn sieht, der mein Vater nicht geworden ist. Er erzählt mir von seiner Arbeit und von den Schwierigkeiten, die man ihm macht. Aber offenbar hat er auch Freunde bei den Behörden, die ihm heimlich für sein Buch Kopien von Aktenstücken zukommen lassen. Und da mich seine Arbeit interessiert, bittet er mich gelegentlich, ihm bei der Suche nach Material zu helfen. Ich frage viel, und er erklärt mir geduldig die komplizierten Verhältnisse im Krieg und nach dem Krieg.

Da ich ohnehin noch nicht so recht weiß, was ich studieren soll, ist mir dieses Jahr (ich hoffe, dass es ein Jahr wird) bei meinem Großvater sehr recht. Eigentlich ist es schon so etwas wie ein Studium, nur eben mit dem besten Lehrer, den ich mir denken kann: Er bringt mir bei, in den verwirrenden Tatsachen, den Widersprüchen, den Halbwahrheiten und Lügen, die in den Papieren stehen, einen Sinn zu finden, der der Wahrheit ziemlich nahe kommt. Ich glaube, ich habe es mit der Wahrheit, und darin bin ich Großvater wohl ähnlich.

Seitdem die beiden Deutschen von dem Toten in der Schlucht und der Reaktion der Leute im Ort erzählt haben, lässt ihn der Gedanke nicht los, dass da unten irgendeine „alte Schweinerei", wie er das nennt, wieder hochkommt.

Jedenfalls überraschte er mich zwei Tage nach dem Abflug von Wolfgang und Beate schon beim Frühstück mit der Frage: „Hättest du Lust, mit mir ein paar Tage Urlaub im Süden zu machen?"

Eigentlich finde ich Chaniá und seine Umgebung im Frühling großartig: die Sonne über dem Hafen, die Orangen- und Zitronenhaine im Hinterland, die schneeweißen Bergkuppen und am frühen Abend die Mädchen auf der Hafenpromenade. Aber warum nicht in den Süden fahren?

„Gerne, Großvater. Badehose, Strandhandtuch, Schwimmflossen?"

„Ja, und einen Pullover, einen Regenumhang und eine Mütze. Vielleicht auch kräftige Schuhe für eine Bergtour."

„Und eine Strickleiter für eine Tour durch die Schlucht?", fragte ich mit möglichst unschuldigem Gesicht.

„Ich glaube, du wirst mir zu schlau", strahlte Großvater. „Aber ernsthaft, ich muss ein bisschen Sherlock Holmes spielen."

„Und mir hast du die Rolle des Dr. Watson zugedacht?"

„Eher die einer Anstandsdame. Ich falle nicht so auf, wenn du dabei bist. Und außerdem rechne ich natürlich auf deine Hilfe."

Es entging mir nicht, dass er seine alte Armeepistole einpackte.

Großvaters Auto hat bessere Tage gesehen, aber wir hatten keine Schwierigkeiten, auf der schönen neuen Straße nach Süden rasch voranzukommen.

„Wie war es damals mit den Wegen, Großvater?"

„Schlecht. Selbst die Königsfamilie musste im Mai 1941 zu Fuß und auf Eseln durch die Samaría-Schlucht nach Süden flüchten. Keine Rede davon, dass die Deutschen größere Truppeneinheiten mit Panzern und Geschützen schnell in den Süden verlegen konnten. Für sie war es lebenswichtig, dass sie die Straßen ausbauten, natürlich mit kretischen Zwangsarbeitern. Dabei setzten sie sich den Angriffen der *andartes* aus. Die Zerstörung von Kándanos war eine ‚Vergeltungsmaßnahme' gegen Partisanenangriffe. Jedenfalls hieß das damals so."

„Ich weiß, Großvater. Wir haben das in der Schule gelernt. Und dass die *andartes* Helden waren. Außer den Kommunisten natürlich, die nicht für Griechenland kämpften, sondern nur Machtpositionen für den Bürgerkrieg aufbauen wollten und sogar mit den Deutschen zusammenarbeiteten. Mir kam das immer wie Propaganda vor."

„Recht hast du: In Wirklichkeit war alles viel komplizierter. Die *andartes* waren keine Armee von Engeln; überall gab es Idealisten und solche, die das Ganze zu ihrem Vorteil nutzten. Man kommt sich leicht groß und stark vor, wenn man eine geladene Waffe in der Hand hat. Ihre selbsternannten Kommandanten waren oft selbstherrlich, kleine Napoleons, die nicht mit anderen Gruppen zusammenarbeiten wollten, nicht einmal mit denen, die auf ihrer Seite waren. Sie wollten sich auch von den britischen Agenten nichts sagen lassen, die versuchten, ihre Aktionen zu koordinieren und ihnen militärische Taktik beizubringen."

„Aber das heißt noch nicht, mit den Deutschen zusammenzuarbeiten."

„Nun, es kam vor, dass eine Gruppe stillhielt, wenn die Deutschen eine Aktion gegen eine gegnerische Widerstandsgruppe starteten, weil es ihnen im Moment wichtiger war, ihre Rivalen auszuschalten, als gemeinsam gegen die Deutschen zu kämpfen. Natürlich versuchten die auch, Kommunisten und Monarchisten gegeneinander auszuspielen. Und dann darfst du die englischen Agenten nicht vergessen; zwar waren die unsere Freunde, aber sie hatten Anweisungen, und es ist klar, dass sie die Monarchisten unterstützen sollten und nicht die anderen.

Und neben den Gruppen, die kämpften, gab es noch die Politiker auf beiden Seiten, die es für besser hielten zu warten, bis die Alliierten den Krieg gewonnen haben, und ihre Kräfte für die Abrechnung zu schonen, die dann kommen musste. Und das hieß Bürgerkrieg."

„Aber gab es nun Zusammenarbeit mit den Deutschen oder nicht?"

„Du gibst nicht auf, was? In einer solchen Situation ist nicht 24 Stunden am Tag, nicht 365 Tage im Jahr bewaffneter Kampf. Beide Seiten wollen eigene Verluste vermeiden. Beide Seiten haben ein Interesse daran, dass die Ernte eingebracht wird. Und es gibt auf beiden Seiten ein paar Leute, die ein Interesse daran haben, dass auch im Krieg ein Rest von Vernunft herrscht und das Ganze nicht in ein allgemeines Blutbad ausartet. Also diese Art von Absprachen gab es ständig.

Und außerdem gab es richtige Kollaborateure, aus Überzeugung und Opportunismus, sogar Einheiten von Kretern, die sich an dem beteiligten, was die Deutschen Bandenbekämpfung nannten."

„Dass alles nicht so einfach ist, wie man es in der Schule lernt, weiß ich schon; aber ich brauche doch Klarheit. Und im Augenblick, ist es so: Je mehr ich über die Situation erfahre, desto wirrer wird mir im Kopf."

„Das ist ein gutes Zeichen. Da musst du durch. Wenn etwas klar ist, dann ist es nicht wahr, und wenn es wahr ist, dann ist es nicht klar, jedenfalls wenn es um Menschen geht und um das, was sie tun. Menschen sind zu allem fähig – sagen wir, fast jeder Mensch zu fast allem, besonders in einem Krieg. Und manchmal haben sie gar keine Wahl: Was sie auch tun, sie machen sich schuldig." Großvater schlug mir aufmunternd auf die Schulter. Dabei hätte er fast ein Schaf überfahren, das plötzlich über die Straße trottete.

Und fast ebenso plötzlich steuerte er die nächste Ausweichstelle an und bremste. Ich warf ihm einen fragenden Blick zu und sah, dass er bleich war und schwer atmete.

„Was ist dir, Großvater? Bist du krank? Ist es wegen des Schafs?"

„Nein, Junge. In dem Augenblick, als ich dir auf die Schulter schlug, wurde mir klar, dass ich hier weise Sprüche klopfe, während drei Menschen in Gefahr sind. Wir ändern die Fahrtroute. Setz dich ans Steuer; ich erkläre dir, wie du fahren musst."

Ich gehorchte ohne Zögern.

„In etwa fünfhundert Metern kommt eine Linkskurve, und du siehst vor einem ziemlich alten allein stehenden Haus eine schmale Straße, die nach links schräg den Berg hochführt und dann auf halber Höhe den Hang entlang. Die nimmst du. Fahr vorsichtig, es gibt einige scharfe Kurven."

„Willst du mir nicht sagen, was dich bedrückt?"

„Ich bin schon dabei. Wolfgang und Beate haben mit drei Leuten gesprochen, die etwas wissen, was sie nicht wissen dürfen, oder von denen andere zumindest vermuten, dass sie etwas wissen. Wenn unsere Annahme stimmt, dass dieses Gold noch irgendwo in dieser Gegend in einem Versteck liegt und Leute darauf scharf sind, dann werden sie versuchen, diejenigen mundtot zu machen, die davon wissen."

„Bei dem Lehrer leuchtet mir das ein. Der kennt offenbar die Geschichte mit dem Schatz und weiß, dass Pavlos in diese Geschichte irgendwie verwickelt ist, und er weiß von dem Toten in der Schlucht, woher auch immer. Und ihm hat ja schon jemand einen Denkzettel verpasst. Aber was ist mit den anderen beiden?"

„Diese Deutschen. Dieses junge Paar. Der Tote war ziemlich sicher ihr Onkel. Sie haben ihn jedes Jahr gesehen. Jemand könnte auf die Idee kommen, dass sie etwas wissen."

„Wo der Schatz liegt?"

„So etwas Ähnliches. Der Alte könnte irgendwelche Andeutungen gemacht haben."

„Ist dir klar, dass das, was du sagst, auch für dich gilt? Du bist auch nicht unsterblich, Großvater."

„Ja, Junge, das ist mir klar."

Großvater warf einen Blick auf die Karte, die er auf dem Schoß hatte, eine alte Militärkarte. „Diese Straße gab es damals auch noch nicht, aber die Dörfchen heißen immer noch wie damals. Es müssen ungefähr zehn Kilometer bis zum letzten Ort sein, wo die Straße endet. Er heißt Paradisi."

Abgesehen von einigen Bauern, die in ihrem Kleinlaster unterwegs waren, und einem Ziegenhirten trafen wir niemanden. Es stimmte offenbar, was Wolfgang und Beate uns erzählt hatten: In diesen Dörfern wohnt kaum noch jemand.

„Bevor wir an die Stelle kommen, wo die jungen Leute wohnen müssen, gebe ich dir ein Zeichen. Kannst du einen Motor abwürgen und so tun, als ob er nicht wieder anspringt? Es muss nicht professionell klingen."

„Ich glaube schon."

Während ich geräuschvoll die Motorhaube hochklappte und mit Großvaters Werkzeugkasten hantierte, warf ich einen verstohlenen Blick zu dem Häuschen, in dem die beiden wohnten. Es war auf den ersten Blick klar, dass dort etwas nicht stimmte. Jemand hatte die Tür aufgebrochen und die beiden Fensterscheiben eingeschlagen. Die jungen Leute waren offenbar dabei, ihre Habseligkeiten aufzusammeln, die überall im Hof verstreut lagen, kamen aber sofort zur Straße. Von dem deutschen Auto war nichts zu sehen.

„Brauchen Sie Hilfe?", fragte der junge Mann.

„Vielen Dank, ich glaube, wir schaffen es. Ich bin Alechos, aus Chaniá, und das ist mein Enkel Manolis." Großvater machte eine Kunstpause und schaute sich um. „Ich glaube, Sie brauchen selber Hilfe. Was ist denn passiert?"

„Das ist Hildegard, meine Frau, und ich bin Ernst. Wir sind Deutsche, aber wir wohnen schon lange hier. Wir wissen selbst noch nicht richtig, was passiert ist. Jemand ist eingebrochen, hat unsere Sachen durchwühlt und aus den Fenstern geworfen und das Auto gestohlen."

„Das war also erst heute Morgen?"

„Ja, wir haben gegen acht angefangen, in den Olivenhainen zu arbeiten. Wir arbeiten hier für den Besitzer, wissen Sie." Großvater nickte verständnisvoll. „Wir sind gegen zwölf zurückgekommen." Es war die Frau, die antwortete. Ihr Griechisch war entschieden besser.

„Haben Sie irgendeine Idee, wer das getan haben könnte?"

Die beiden schauten sich ratlos an.

„Irgendwelche Leute aus der Nachbarschaft vielleicht, die Sie nicht mögen?"

Beide protestierten sofort.

„Auf keinen Fall. Die Leute mögen uns und sind gut zu uns. Sie helfen uns, wenn wir Schwierigkeiten haben. Bestimmt nicht."

Ich sah Großvater an; er hatte offensichtlich einen Entschluss gefasst.

„Ich will ganz offen sein; ich bin nicht zufällig hier. Erinnern Sie sich, dass Sie in der vorigen Woche mit einem Paar aus Deutschland gesprochen haben, zwei Deutschen, die hier vorbeigekommen sind? Sie haben die beiden in Ihrem Auto nach Megalochório gefahren und zusammen zu Abend gegessen."

Die beiden schauten ihn erstaunt an. „Natürlich. Wolfgang und Beate."

„Die meine ich. Das sind Freunde von mir. Sie haben mir von Ihnen erzählt, und ich habe den Eindruck gewonnen, dass Sie beide in Gefahr sind. Wie ich sehe, stimmt das auch." Wieder machte er eine Kunstpause und blickte ihnen fest in die Augen. Es war klar, dass er ihr Vertrauen gewinnen wollte, und das war sicher einer seiner Tricks als Rechtsanwalt.

„Wissen Sie, dass Ihr Onkel Eugen tot ist?“ Die beiden schüttelten entsetzt den Kopf.

„Tut mir Leid. Wolfgang und Beate haben seine Leiche in einer Schlucht gefunden. Sie haben das Ganze bei der Polizei gemeldet. Kurz darauf war die Leiche verschwunden. Die beiden hatten entschieden den Eindruck, dass man versucht, den Tod Ihres Onkels zu vertuschen, und man hat ihnen gedroht, damit sie über die Sache nicht sprechen.“

„Wollen Sie sagen, dass mein Onkel ermordet worden ist?“, fragte die Frau. Sie war vielleicht knapp über dreißig, aber sie sah aus wie ein Mensch, der zu viel arbeitet und zu wenig Spaß im Leben hat.

„Das weiß ich noch nicht. Aber es gibt Leute, die glauben, dass ihr Onkel etwas wusste, was sie auch wissen möchten. Und diese Leute haben offenbar Ihr Haus durchwühlt, um an Informationen heranzukommen, die Ihr Onkel besaß, und die er Ihnen anvertraut haben könnte. Und wahrscheinlich haben sie auch den Wagen genommen, um ihn in Ruhe auseinander zu nehmen und zu sehen, ob darin irgendwelche Papiere versteckt sind.“

Hildegard und Ernst waren vollkommen verwirrt. Das fand ich allerdings auch nicht verwunderlich. „Ich verstehe überhaupt nichts“, sagte Ernst schließlich.

Die Stimme meines Großvaters nahm einen fast beschwörenden Klang an.

„Sie kennen mich natürlich nicht. Ich bin Rechtsanwalt, und ich möchte Ihnen helfen, denn Sie brauchen Hilfe. Werden Sie mir einige Fragen beantworten?“

„Sicher“, sagten beide im Chor.

„Wie lange kommt ihr Onkel schon nach Megalochório?“

„Sehr lange, länger als wir, und wir sind schon fast sieben Jahre hier. Durch ihn haben wir ja zum ersten Mal von dieser Gegend gehört.“

„Wissen Sie, warum er gerade hierher kam?“

„Er war im Krieg auf Kreta.“

„Mag sein“, sagte Großvater. „Aber in Megalochório waren keine deutschen Soldaten stationiert.“

„Jedenfalls war er begeistert von dieser Gegend. Er streifte viel herum und kannte sich sehr gut aus.“

„Wissen Sie, was er suchte?“

„Komisch, dass Sie das fragen. Wir hatten immer das Gefühl, dass er etwas suchte. Aber was?“

„Was war er von Beruf?“

„Rechtsanwalt. Wie Sie.“

„Haben Sie ihn jemals mit anderen Deutschen gesehen?“

Die beiden schauten sich ratlos an.

„Ich meine, ob er jemals mit Freunden hier war.“

Ernst schien sich plötzlich an etwas zu erinnern.

„Ja, im letzten Jahr hat er erwähnt, dass er mit zwei jungen Deutschen hier ist, die Urlaub machten, Freunden, wie er sagte. Ich habe sie sogar einmal flüchtig zusammen gesehen, in dem *kafeníon* am Platz.“

„Die waren sogar mal hier“, warf Hildegard ein. „Zusammen in seinem Auto; aber da war Ernst unterwegs.“

„Wie sahen sie aus?“

„Wie man sich Deutsche vorstellt: blond, der eine nicht so besonders schlank.“ Ernst lachte verlegen.

„Haben Sie irgend etwas von Ihrem Onkel?“, fragte Großvater die junge Frau. „Ich meine, Papiere, Briefe, irgendetwas?“

Sie überlegte. „Ich habe das Papier aufgehoben, auf dem er uns das Auto schenkt. Es ist ja unser einziger Beweis, dass es uns gehört. Aber jetzt …“ Sie stockte.

„Kann ich den Zettel mal sehen?“

Sie kramte ihn aus einer Tasche ihrer verwaschenen Jeans. Großvater starrte den Zettel an und zeigte ihn dann mir. Ich sah nichts außer aneinander gereihten Buchstaben.

„Erkennen Sie seine Handschrift?“

Sie überlegte.

„Wenn ich es mir recht überlege, ich kenne sie eigentlich gar nicht."

„Hat er euch öfter als ‚Kinder' bezeichnet, so im Gespräch?" Die beiden schauten einander wieder fragend an. Dann schüttelten sie den Kopf.

„In diesem Papier sind die Us geschrieben wie das griechische Ypsilon, das wie ein lateinisches V aussieht. Und auch Erwachsene formlos als *pädiá,* als Kinder, anzusprechen, ist eine griechische Sitte. Das haben Sie sicher schon gemerkt."

Die Frau nickte. „Sie meinen, dieses Papier hat ein Grieche geschrieben, der ein bisschen Deutsch kann?"

„Ich glaube es zumindest. Wenn jemand die Leiche verschwinden lassen wollte, dann musste dieser Jemand auch das Auto erst mal vom Parkplatz vor seiner Pension wegschaffen. Eigentlich eine gute Idee. Er musste nur wissen, dass Sie mit dem Toten verwandt sind."

„Meinen Sie, das hier" – sie zeigte auf die zerbrochene Tür – „waren die gleichen Leute?"

„Ich bin mir nicht sicher. Ich kann mir aber vorstellen, dass diese Leute wiederkommen. Wenn die Kerle nicht gefunden haben, was sie suchen, könnten sie versuchen, etwas aus Ihnen herauszuprügeln und Sie anschließend umbringen, damit niemand sie als Täter erkennt."

„Glauben Sie das wirklich?" Ernst schien nicht überzeugt.

„Ja. Glauben Sie mir, bitte! Ich gebe Ihnen den guten Rat, in den nächsten Tagen bei einem Ihrer Nachbarn zu übernachten. Wenn – das wäre immerhin möglich – die Polizei sich entschließt, Ermittlungen aufzunehmen, dann könnte sie bei Ihnen auftauchen, sie nach Chaniá bringen wollen, solche Sachen. Ich gebe Ihnen meine Visitenkarte mit meiner Nummer in Chaniá. Haben Sie keine Angst, ich will kein Geld von Ihnen. Vereinbaren Sie mit Ihren Nachbarn, dass sie diese Nummer anrufen, wenn sie Sie länger als einen halben Tag nicht gesehen haben. Und machen Sie ihnen klar, dass sie den Mund halten müssen, vor allem. Kennen Sie jemandem, dem Sie das zutrauen?"

„*Kiría* Pelagia", sagten beide im Chor. „Vor der fürchten sich sogar starke Männer", fügte Ernst hinzu.

„In den nächsten beiden Tagen bin ich in der Pension *Poseidón* in Megalochório. Und jetzt möchte ich Sie noch um den vollen Namen und die Adresse Ihres Onkels bitten."

Er reichte der jungen Frau einen Notizblock. Sie schrieb ohne Zögern.

„Auf Wiedersehen, Kinder. Gott schütze euch." Wir schüttelten uns die Hände, ich klappte die Motorhaube wieder herunter und wendete den Wagen. Das war meine erste Erfahrung mit Großvater als Anwalt. Er konnte das Vertrauen von Menschen gewinnen, und er strahlte eine Autorität aus, gegen die man schwer ankam.

Wir näherten uns schließlich Megalochório auf einer staubigen Nebenstraße. Inzwischen war es gegen zwölf. Dimitris Haus war verschlossen. Großvater schrieb im Wagen einen Brief und schob ihn unter der Tür durch.

„Offensichtlich ist er zu seinen Kriegsgewohnheiten zurückgekehrt", meinte er befriedigt. Ich schaute ihn verständnislos an.

„Er hält sich in einem Versteck auf, von dem aus er gute Sicht hat, und kommt nur zum Haus und zum Einkaufen, wenn er unbedingt muss. Das heißt, er weiß, was ihm blühen kann."

Wir mieteten zwei winzige Zimmer in der Pension und richteten uns ein. Das Haus war um diese Zeit fast leer.

„Gehen wir erst einmal ins *kafeníon*", sagte Großvater. „Und dann ans Meer."

Ich hatte nichts dagegen.

Ich verlor den Glauben an die Wahrheit endgültig, als ich anfing, mich mit der Geschichte des Zweiten Weltkrieges und des nachfolgenden Bürgerkrieges zu befassen. Eigentlich nicht an die Wahrheit, aber an unsere Fähigkeit, sie zu ertragen. Es genügt, zwei brandneue Bücher über, sagen wir einmal, die Eroberung von Konstantinopel durch die Türken vor fast 550 Jahren zu lesen, und das ist doch weiß Gott lange genug her. Alle Beteiligten sind längst tot und vermodert und ihre Kinder und Enkel auch, und doch findet man die gleichen Halbwahrheiten, die gleiche Schönfärberei, das gleiche Selbstmitleid, die gleiche Unfähigkeit, den eigenen Verbrechen, der eigenen Feigheit, dem eigenen Opportunismus ins Auge zu sehen.

„Ich nenne Lüge, etwas nicht sehen wollen, das man sieht. Etwas nicht so sehen wollen, wie man es sieht. Die gewöhnlichste Lüge ist, mit der man sich selbst belügt." Das stammt von einem deutschen Philosophen, Nietzsche, und das Buch ist ein Geschenk Severins.

Seit fünfzig Jahren schüttle ich im Stillen den Kopf darüber, wie selektiv die Erinnerung meines deutschen Freundes Severin ist, was er alles ausblendet über seine Zeit in Kreta und was er dort gesehen und erlebt hat, und er war doch gewiss ein guter Mensch. Aber bin ich wirklich anders, oder habe ich nur *eftichía* gehabt, auf der richtigen Seite gewesen zu sein? Ich habe das Wort „*eftichía*" mit Bedacht gewählt: Glück. Zufall mit einem Pluszeichen. Ich mache mir nichts vor, bei allem Schrecklichen, was die Deutschen meinen Landsleuten in diesem Krieg angetan haben: Diejenigen, die nur Opfer und nichts als das waren, haben letzten Endes das bessere Los gezogen, denn sie haben keine Schuld auf sich geladen. Mit uns, den „Helden", war das anders. Schlugen wir zu und töteten vier deutsche Soldaten, die in einem Wagen unterwegs waren, so konnten wir ziemlich sicher sein, dass die Deutschen aus dem nächstgelegenen Dorf die zehnfache Menge an Geiseln nehmen und erschießen. War es das wert? Hielten wir still, damit unsere Leute in Ruhe ihre Olivenernte einbringen konnten, mussten wir damit rechnen, dass die Deutschen die Ruhe dazu benutzen würden, einen großen Teil der Ernte zu beschlagnahmen, und wir lieferten diejenigen, die wir schützen wollten, dem Hunger aus. Über diese und ähnliche Dinge offen zu sprechen, ist selbst heute noch schwer. Auch Gruppen, Parteien, ganze Nationen belügen sich selbst und andere.

„Der Parteimensch wird mit Notwendigkeit Lügner." Noch einmal Nietzsche. Ich habe mein Leben lang versucht, mich zu engagieren für das, was ich für richtig hielt, ohne ein „Parteimensch" zu sein, aber es war schwer und hatte seinen Preis.

Mir stand eine sehr unangenehme Begegnung mit Pavlos bevor, eine Begegnung, die ich über vierzig Jahre vermieden hatte. Pavlos war einer von denen, die nie zweifelten, ob das, was sie tun, auch richtig ist. Er glaubte an die Ordnung, an seine Ordnung (und das war erst einmal die Ordnung der Besitzverhältnisse in seinem eigenen Dorf), an seine zweitausend Olivenbäume, seinen Weinberg und seinen Zitrushain. Er glaubte an sein Recht, diese Ordnung mit allen Mitteln aufrechtzuerhalten – nach oben im Krieg gegen die deutsche Besatzungsmacht und nach dem Krieg gegen linke Regierungen; und nach unten gegen Leute in der Gegend von Megalochório, denen die Gerechtigkeit dieser Ordnung nicht mehr selbstverständlich war. Leute, die auch für sich und ihresgleichen einen bescheidenen Anteil forderten und der Meinung waren, Griechenland sei nicht nur ein Land für die Reichen.

Und deshalb stand Pavlos immer auf der Seite derjenigen im Staat, die genauso dachten wie er. Er und seine Gruppe hatten nie ein schlechtes Gewissen. Ein Mord, die Vergewaltigung der Frau eines politischen Gegners, eine gewöhnliche Ehrabschneidung, das belastete ihn nicht. Sein Charme war stets umwerfend, weil er sich selbst unwiderstehlich fand.

Und wie Beate mir erst vor ein paar Tagen versicherte, ist das noch immer so.

Manolis ist beeindruckt, weil die Leute hier mich mit Respekt behandeln, selbst die, die zu jung sind, mich als Chef der Kriminalpolizei erlebt zu haben. Aber sie behandeln Pavlos mit dem gleichen Respekt, diesen Westentaschendiktator, der mit dem halben Dutzend Leute, die aus seiner Gruppe noch übrig sind, seit dem Ende des Krieges hier den Ton angibt und klarstellt, wen man zu wählen hat. Entsprechend werden die Gelder verteilt, die aus Athen und Brüssel kommen. Leute, die nicht zu Pavlos' Partei gehören, sondern zur Gegenseite, machen es in anderen Orten genauso.

Ich erzähle im *kafeníon* jedem, der es hören will, dass ich ein Buch über den Widerstand schreibe. Ich verteile Visitenkarten und ermuntere die alten Männer, mir zu schreiben oder mich anzurufen, wenn sie ihre Geschichte erzählen wollen. Auf diese Weise wird Pavlos rasch erfahren, dass ich hier bin.

Mein Buch ist so weit gediehen, dass ich nicht mehr Akten und Archivmaterial brauche, sondern Interviews. Manolis wird mir dabei helfen, mit Tonband und Auswertung. Er ist begeistert von dieser Idee, aber er war realistisch genug vorzuschlagen, ein „richtiger" Professor von der Universität solle uns dabei beraten. Ich konnte ihn beruhigen: Ich diskutiere mein Buch regelmäßig mit einem richtigen Professor, übrigens einem Deutschen, der hier an der Universität unterrichtet. Auch ein alter Mann kann guten Rat gebrauchen.

Megalochório ist kein schöner Ort, aber die Landschaft drumherum entschädigt für alles. Wir kletterten über einen Pfad, der nach Osten durch Gestrüpp über die Landzunge zur nächsten Bucht führt. Ich bin ziemlich aus der Übung, und der Weg fiel mir nicht leicht. Die Bucht war menschenleer. Es war ein schöner, warmer Sonnentag, mit fast wolkenlosem Himmel. Wir setzten uns auf einen Felsen und schauten ins Leere.

Nach etwa einer Viertelstunde hörten wir Schritte aus dem trockenen Bachbett, das rechts von uns ins Meer mündet.

„Das wird Dimitri sein", sagte ich. Es war Dimitri. Er war in Deutschland aufgewachsen, wo sein Vater an einer Hochschule lehrte, aber 1936 war die Familie nach Kreta zurückgekehrt. Als er unter den Obristen seinen Posten als Professor für Deutsch verlor, hatten ich und andere alle Hebel in Bewegung gesetzt, und schließlich hatte er diese Stelle im Dorf als Lehrer erhalten. Ich hatte ihn seit fünfzehn Jahren nicht mehr gesehen, aber er hatte sich kaum verändert. Seine Augen leuchteten wie eh und je. Er trug ein Gewehr, das er sorgfältig neben sich legte, ehe er sich setzte.

„Ich wusste nicht, dass du so einen jungen Sohn hast", sagte er.

„Manolis ist ein Enkel, aber manchmal vergesse ich das selbst. Wie geht es dir?"

„Ich komme gut zurecht. Meine Pension ist winzig, aber ich habe mein Stück Land, meine Bienen, meine Ziegen, und es gibt immer ehemalige Schüler, die mir ihre Dankbarkeit zeigen. Es gibt Menschen, die nicht vergessen. Pavlos gehört anscheinend auch dazu."

„Wunderst du dich nicht, dass Pavlos, der dich so lange in Ruhe gelassen hat, dir jetzt plötzlich die Zähne zeigt?"

„Er war immer sehr interessiert daran, ob ich in der Schule etwas Ungriechisches oder Gotteslästerliches lehre, und einmal hat er mir gedroht, aber das ist lange her."

„Warum also jetzt? Was weißt du? Hast du von diesem Gold gewusst?"

„Diese Geschichte kennt hier doch jeder, auch wenn nicht jeder sie ernst nimmt. Es gibt einen anderen Grund. Ich habe die Leiche gefunden."

„Du warst in der Schlucht, bevor die beiden Deutschen ihn fanden?"

„Ich war am Nachmittag dort, vielleicht gegen drei oder halb vier. Da wächst weit und breit der beste Salbei. Ich hörte einen Schuss."

„Du hast einen Schuss gehört? Aber der Tote hatte keine Schusswunde."

„Das ist ja das Komische. Ich war auf halber Höhe, an einer Stelle, wo früher die Erde gerutscht ist und jetzt der Salbei wächst, und kletterte vorsichtig nach unten. Ich rief mehrmals, um sicher zu gehen, dass niemand mich für eine ausgewilderte Ziege hält. Ich fand aber nur den Toten."

„Wie lange war er tot?"

„Höchstens eine Viertelstunde."

„Das heißt, wenn er nicht an dem Schuss gestorben ist, dann ist er aber ungefähr zur der Zeit gestorben, als der Schuss fiel."

„Hört sich komisch an, ist aber wohl so. Ich habe natürlich das Übliche gemacht: Puls fühlen, Pupillen ansehen. Ich habe ihn umgedreht, um nach einer Schussverletzung zu suchen."

„Und was hast du gefunden?"

„Nichts, oder doch etwas: Als ich ihn umdrehte, rutschte ihm das Hemd aus der Hose, und ich sah, dass er Einstichstellen oberhalb des Gesäßes hatte. Ich kenne solche Einstichstellen. Meine Frau hatte Diabetes."

„Wie erklärst du dir das alles?"

„Ich stelle es mir so vor: Dieser Fremde, der immer wieder kam, wusste etwas von dem Schatz, und Pavlos oder einer von seinen Leuten war der Meinung, man müsse ihm einen Denkzettel verpassen: Er schoss über ihn hinweg. Der Fremde bekam einen Herzschlag oder so was und fiel um. Ich kam dazu, also konnte der Schütze die Leiche nicht mehr beseitigen. Er hatte möglicherweise auch keine Zeit mehr nachzusehen, ob den Fremden dieser Schuss vielleicht nicht doch getroffen hatte. Auf jeden Fall musste er am nächsten Morgen wieder hin. Kurz nach Sonnenaufgang war die Leiche weg. Natürlich kann es auch sein, dass es gar keinen Zusammenhang gibt."

„Du hättest Detektiv werden sollen."

„Pavlos kann es nicht gewesen sein, denn er wusste am Abend, als Beate und Wolfgang ihm ihre Geschichte erzählten, noch nichts von der Leiche", sagte Manolis eifrig.

„Der Mann, der am nächsten Morgen schon im Morgengrauen mit einem Toyota-Pick-up hochfuhr und dann in der Schlucht verschwand, war jedenfalls ein guter Freund von Pavlos. Nach einer ganzen Weile kam er mit einem schweren Paket zurück, um das eine Plastikplane gewickelt war."

„Dimitri, du weißt wirklich zuviel."

„Ich weiß, aber ich verstehe nicht. Spätestens am nächsten Morgen muss der Mann gesehen haben, dass der Schuss den Fremden nicht getroffen hat, also dass er eines natürlichen Todes gestorben ist. Warum also nicht einfach der Polizei den Toten melden? Der kam schließlich schon seit Jahren als Tourist hierher."

Eine Weile sagte niemand etwas.

„Vielleicht verstehen wir nur deshalb nicht, weil die Erklärung zu einfach ist", sagte Manolis, ganz in Nachdenken versunken. „Würde die Polizei die Sache aufrollen, käme die alte Geschichte aus dem Krieg wieder hoch und würde offiziell. Dann wäre der Goldschatz für Pavlos verloren. Es muss ja nicht stimmen, es genügt ja, dass er so denkt. Vielleicht ist er ja nicht besonders klug."

Dimitri lächelte. „Wäre Pavlos klüger als er ist, dann müsste er sich die Frage stellen, ob es realistisch ist, dass er jetzt etwas findet, was er schon seit einem halben Jahrhundert sucht."

Ich war nicht ganz dieser Meinung.

„Pavlos ist uns allen sicher in einem Punkt überlegen: Er hat einen feinen Instinkt für Macht. Wenn es um sein Eigentum und seinen Einfluss geht, beginnen seine Gehirnzellen zu arbeiten. Selbst wenn der Schatz nie gefunden wird, ist er für ihn von unschätzbarem Wert. Pavlos ist der unbestritten reichste und mächtigste Mann hier. Er hat sein Land, eine Taverne, die eine Goldgrube ist, ein Haus in Athen, und er hat Beziehungen nach oben; aber alle, die von ihm abhängen, sehen ihn immer mit dem Gold im Hintergrund. Ganz bestimmt gilt das für seine ehemalige Gruppe. Diese alten Männer träumen von dem Anteil, den sie dann erhalten würden."

„Falls sie nicht vorher sterben“, sagte Dimitri. Der sarkastische Unterton war unüberhörbar. „Was wirst du tun, Alechos?“

„Ich habe vor, ihn einzuschüchtern. Wenn dir, mir oder den beiden Deutschen etwas passiert, dann wird ihm etwas passieren.“

„Ich hoffe, dass du richtig gerechnet hast, Alechos. Du bist nicht unverwundbar. Was ist mit den beiden Deutschen?“

Ich erzählte ihm die Geschichte. „Und du denkst, das haben auch Pavlos' Leute getan?“

„Ich bin mir nicht sicher. Pavlos käme wahrscheinlich nicht auf die Idee, ihr Haus und das Auto nach Aufzeichnungen zu durchsuchen. Wenn ich ihn frage, werde ich sehen, ob er es war. Diese blonden jungen Deutschen, mit denen der Tote im Urlaub zusammen war, die kämen natürlich auch in Frage. Aber solange wir nicht mehr über sie wissen …“

Dimitri erhob sich. „Ich gehe. Wenn das Wetter einigermaßen stabil bleibt, kann ich es noch eine Weile aushalten, so zu leben, wie ich jetzt lebe. *Jiássas.*“

Wir umarmten uns zum Abschied. Solche wie ihn gibt es bald nicht mehr.

Die Sonne stand schon tief, und wir machten uns auf den Rückweg. Manolis stellte hundert Fragen, und auf viele musste ich antworten: ich weiß es nicht, ich weiß es noch nicht, das werden wir wohl nie wissen. Wir zogen uns zum Abendessen um. „Wie Engländer“, stellte Manolis befriedigt fest.

„Hast du keine Angst?“, fragte er mich.

„Im Prinzip schon. Aber er wird uns wohl nicht in seinem Lokal erschießen.“

Das Lokal war fast voll, aber wir fanden noch einen Tisch. Pavlos war nicht zu sehen. Iannis bediente uns mit ausgesuchter Höflichkeit, das Essen war vorzüglich, der Wein vom Besten. Manolis war sichtlich beeindruckt von

Irinis Schönheit. Als Jannis schließlich mit zwei Metaxa und der Rechnung auftauchte, sagte ich:

„Sag deinem Vater, dass ich ihn sprechen möchte."

„Meinem Vater geht es nicht gut."

„Ich möchte ihn trotzdem sprechen. Es ist wichtig."

„Ich werde es ihm ausrichten, aber ..."

„Es ist besser für Pavlos, wenn er mit mir spricht, glaub mir das, Jannis. Du möchtest doch nicht, dass ihm etwas passiert. Er soll mich im Poseidón anrufen, heute noch, spätestens morgen früh."

Das Telefon läutete, als wir die Pension betraten. Es war Pavlos.

„Was willst du von mir?"

„Ich möchte mit dir sprechen, Pavle, ganz einfach. Es wäre gut für dich und gut für mich."

„Wo?"

„Wie wäre es, wenn wir uns in Agia Irini treffen würden, einem Ort des Friedens? Oder fährst du nicht mehr Auto?"

„Natürlich fahre ich noch. Vielleicht ist das Kloster eine gute Idee, Aleche. Um zwölf?"

„Einverstanden, Pavle. Und sieh zu, dass deine Leute inzwischen keine Dummheiten machen. Ich meine, Katzen erschießen oder Schlimmeres. Gute Nacht."

„Mach keine Witze. Gute Nacht."

6 *Manólis*

Wie alle Klöster nahe der Südküste hat auch Agia Irini im Zweiten Weltkrieg britische Soldaten und verwundete Partisanen versteckt, und wenn Großvater diesen Ort als Treffpunkt vorschlug, so beschwor er damit wohl eine alte Gemeinsamkeit – auch wenn es, wie ich ja in den letzten Tagen mühsam gelernt hatte, damit in Wirklichkeit nicht weit her gewesen sein kann. Jedenfalls war es ein geschickter Schachzug: Großvater zeigte Pavlos damit, dass er ihn als ehemaligen Mitkämpfer respektierte, und gleichzeitig nötigte er seinen Gesprächspartner, ihn selbst auf der gleichen Ebene zu akzeptieren. Als ich ihm diesen Gedanken beim Frühstück mitteilte, lächelte er, ich kann nur sagen, geschmeichelt.

„Nicht schlecht. Hast du in der Schule was über De Gaulle gelernt?"

„Dass er in London nach dem Sieg der Deutschen eine französische Exilregierung gründete und die Engländer ihn nicht mochten, weil er nicht nach ihrer Pfeife tanzte."

„Bravo. 1958 riefen ihn die Franzosen noch einmal, weil die Politiker den Algerienkrieg nicht beenden konnten. Sie hatten jahrelang immer wieder gesagt: Algerien ist französisch und bleibt französisch. Die aufständischen Algerier sind Terroristen, mit denen man keinen Frieden schließen kann. Damit waren die Politiker in ihren eigenen Worten gefangen."

„Und was machte De Gaulle?"

„Er erfand eine Zauberformel: ‚Frieden der Tapferen'. Jetzt waren die algerischen Truppen keine Terroristen und die französischen keine kolonialen Unterdrücker mehr, sondern beide waren einfach tapfere Soldaten; also konnten jetzt beide miteinander verhandeln."

„Ich verstehe. Warum ist 1947 in Griechenland niemand auf diese Idee gekommen?"

„Weil es den Kalten Krieg zwischen West und Ost gab. Entweder man gehörte zum Ostblock oder man war für die USA. Die USA unterstützten die Rechten, die Sowjetunion die Linken, dazwischen durfte es nichts mehr geben. Wir hatten keine Chance für einen Kompromiss zwischen denen, die Stabilität und Ordnung um jeden Preis wollten und Reformen schon für Umsturz hielten, und denen, die mehr soziale Gerechtigkeit wollten, auch wenn einige Großgrundbesitzer dabei ein paar Hektar Land hätten abgeben müssen."

„Ziemlich deprimierend, finde ich."

Wir brachen beizeiten auf. Der Tag war nicht weniger warm als der gestrige, obwohl sich ab und zu Wolkentürme über die Lefka Ori wälzten und für Minuten die Sonne verdunkelten. Es sah nach Regen aus. Wir fuhren mit dem Auto bis an den Fuß des Berges; dann wies Großvater mich an, wo ich das Auto versteckt parken kann. Er bestand darauf, die anderthalb Stunden auf einem Eselspfad zum Kloster hochzusteigen:

„Erstens brauche ich die Bewegung, und zweitens rechnet Pavlos nicht damit."

Dafür bestand ich darauf, einen Regenschirm mitzunehmen. Das genehmigte er gnädig.

Trotz seines Alters kam er flott voran. Mit seiner Sonnenbrille und seinem umgehängten Fotoapparat sah er fast wie ein Tourist aus.

Das Kloster zeigte in einer kleinen Ausstellung neben alten Büchern und Ikonen auch Überbleibsel aus dem Krieg. Das Ganze nannte sich etwas großspurig „Historisches Museum". Es gab Fotos von uniformierten Kriegsteilnehmern, meist jungen Leuten, die im Winter 1940/41 an der albanischen Front gefallen waren, im Kampf gegen Mussolinis Invasionsarmee, und von Widerstandskämpfern in prahlerischen Räuberkostümen, die mir fast wie Karikaturen vorkamen. Es gab drei offenbar nach dem Krieg entstandene Fotos von englischen Soldaten in Zivil, mit dankbaren Widmungen, und ein paar Erinnerungsstücke: einen verbeulten deutschen Stahlhelm, eine verwitterte Gasmaske …Vor einem der Fotos blieb Alechos lange stehen: Es zeigte einen etwa fünfzigjährigen etwas untersetzten Mann mit breiten Schultern und Ehrfurcht heischender Haltung, in der traditionellen Tracht, mit über der Brust gekreuzten Patronengurten, zwei Pistolen im Gürtel und einer deutschen Maschinenpistole, wie sie die Fallschirmjäger bei der Landung trugen, offenbar eine Kopie des Fotos, das in der Taverne hängt und das ich dort nur von weitem gesehen hatte. „Pavlos", schloss der junge Mönch, der uns begleitete, seine Erklärungen, „er war damals der Partisanenführer hier." Großvater betrachtete das Bild ohne Begeisterung und nickte zerstreut. Ein anderes Foto fand ich besonders merkwürdig; es zeigte einen Jeep mit vier englischen Soldaten und hinter ihnen einen Panzer mit deutschen Soldaten.

„Was ist das?", fragte ich den jungen Mönch.

„Es sind Engländer, die eine deutsche Panzerbesatzung gefangen genommen haben." „Erkläre ich dir später", sagte Großvater zu mir auf Englisch. Er schaute sich gerade eine unter Glas gerahmte deutsche Zeitung an. Ein Foto zeigte zwei deutsche Soldaten mit Maschinenpistolen im Vordergrund und Zivilisten in einer Reihe im Hintergrund. Die Inschrift konnte ich natürlich nicht lesen. Großvater versuchte den Text zu entziffern; man sah es daran, dass er die Lippen beim Lesen bewegte. Schließlich wandte er sich mit fragendem Blick dem jungen Mönch zu.

„Das ist eine Neuerwerbung. Man hat es im Nachlass eines Arztes in Chaniá gefunden, der früher in der Gegend hier arbeitete und seinen Besitz dem Kloster gestiftet hat."

„Könnte ich den ehrwürdigen Abt einmal sprechen?"

„Einen Augenblick bitte."

Der junge Mönch verschwand. Nach einigen Minuten winkte er Großvater.

„Warte hier auf mich. Es kann eine Weile dauern."

Fünf Minuten später kam ein zweiter Mönch, hängte das Bild mit der deutschen Zeitung ab und verschwand wieder.

Ich sah zum Fenster hinaus. Auf der anderen Seite des Tals sah man die kleinen, halbverlassenen Bergdörfer liegen, durch die wir bei unserer Herfahrt gefahren waren. Wie mochte es Ernst und Hildegard zumute sein, denen Großvater so überdeutlich klar gemacht hatte, dass jemand sie wegen eines Geheimnisses, das sie gar nicht kannten, ins Jenseits befördern könnte?

„Das wäre geschafft", hörte ich Großvater hinter mir murmeln. Ich wandte mich um und sah zu, wie der junge Mönch das Bild mit der Zeitung wieder aufhängte.

„Jetzt wird es langsam Zeit. Gehen wir nach draußen."

Wir gingen zu einem baumbestandenen Platz mit roh gezimmerten Bänken und Tischen. Im Sommer findet dort immer das Fest der Patronin des Klosters statt. Pavlos kam fast gleichzeitig von der anderen Seite auf den Platz. Ich sah, dass er immer noch hinkte. Und ich sah zu meiner freudigen Überraschung, dass er nicht allein war. Irini war bei ihm. Mit soviel Glück hatte ich nicht gerechnet.

„Du siehst, ich habe mich auch für einen Chauffeur entschlossen", sagte Pavlos wie zur Begrüßung, und für einen Moment wirkte sein Lächeln fast sanft. „Mein Bein macht mir zu schaffen. Das ist Irini, meine Enkelin. Ihr Mann ist im vorigen Jahr, knapp einen Monat nach der Hochzeit, bei einem Autounfall umgekommen."

„Was für ein Unglück", murmelten wir beide betroffen. „Das muss ein schwerer Kummer für dich sein, Irini", fuhr Großvater fort.

„Ich versuche, nicht den Kopf hängen zu lassen. Pandelís wird davon nicht wieder lebendig; er mochte mich, wenn ich lustig war. Ich werde mich ein wenig umsehen, während ihr eure Männersachen verhandelt." Und sie verschwand durch die kleine Pforte, die den Platz vom eigentlichen Kloster trennte.

„Ich möchte dir auch einen Enkel vorstellen, Pavle. Manolis hilft mir bei meinem Buch über den Widerstand, in dem du natürlich eine große Rolle spielst. Und deshalb ist es mir wichtig, dass er dich kennen lernt. Du kannst ihm vertrauen. Was wir hier besprechen, wird er für sich behalten. Und wenn du irgendwann doch möchtest, dass etwas zwischen uns unter vier Augen bleibt, sag es nur. Dann geht er halt auch ein bisschen spazieren."

Auf Pavlos' Stirn bildete sich eine steile Falte. Er legte den Kopf zurück und überlegte. Ich spürte, wie er mich ansah, und ich merkte, dass ich ihm gefiel. Es klingt vielleicht merkwürdig, wenn ich das über mich selbst sage, aber ich muss irgendetwas an mir haben, das Menschen, die mich nicht kennen, Vertrauen einflößt. In meiner Militärzeit ist es mir ab und zu passiert, dass mir eine würdige ältere Dame im Bus oder ein Offizier, den ich überhaupt nicht kannte und der mich in seinem Auto mitnahm, sehr persönliche Dinge erzählten.

„*Endaxi*", sagte er schließlich. „Er kann bleiben, vorläufig. Setzen wir uns." Er blickte eine Weile über die Brüstung auf die Berge. Die Wolken hatten sich wieder verzogen.

„Seit 1957 haben wir nicht mehr miteinander gesprochen. Warum willst du jetzt ein Gespräch mit mir?"

„Weil wir beide alt sind, so alt, dass heute vielleicht die letzte Gelegenheit für ein Gespräch ist. Aber nicht so alt, dass sich nicht noch etwas zwischen uns ändern könnte. Und auf keinen Fall sind wir zu alt, um nicht noch etwas dazuzulernen."

„Komisch, dass du jetzt so redest, Alechos. Eigentlich hast du mich immer schlecht gemacht."

„Ich habe dich nicht schlecht gemacht, Pavle, ich habe dich nur kritisiert, wenn ich das Gefühl hatte, du hast dich selber schlecht gemacht. Ich habe dich kritisiert, weil ich mir gewünscht hätte, du hättest immer nach dem Bild von dem Freiheitskämpfer gelebt, das die Menschen zu Recht von dir haben, von dem Mann, der sein Leben für Griechenland riskiert hat. Man kritisiert niemanden, von dem man gar nichts hält."

Ich sah, dass Pavlos sich ärgerte, aber gleichzeitig war er neugierig. Er wollte wissen, worauf Alechos hinsteuerte.

„Womit, findest du, habe ich mich selber schlecht gemacht?"

„Ich würde dir lieber erst mal sagen, warum ich dich respektiere. Als nach dem Sieg der Deutschen die meisten Honoratioren noch abwarteten, wer wohl den Krieg gewinnen würde und nach beiden Seiten taktierten, hast du vom ersten Tag an gesagt: Hier gibt es nichts zu taktieren; eine Nation, die sich selbst aufgibt, ist verloren. Du hast *ochi* gesagt, ein für allemal nein. Und so hast du dich auch verhalten. Als die Deutschen kamen, stand deine Widerstandsgruppe schon."

„Und was habe ich während des Krieges deiner Ansicht nach falsch gemacht?"

„Für Griechenland wäre es besser gewesen, du hättest mit anderen Widerstandsgruppen ernsthaft zusammengearbeitet, statt dein eigenes Süppchen zu kochen, aber das hörst du sicher nicht zum ersten Mal. Und das war zwar ein Fehler, aber kein Verbrechen. Und es war ein Fehler, den du mit anderen Andartesführern teilst. Die Griechen kooperieren nicht gern. Und die Kreter schon gar nicht. Ganz zu schweigen von denen aus Megalochório."

„Hätte ich mit Kommunisten zusammenarbeiten sollen? Ich kann mir denken, dass du das meinst!"

„Ich meine etwas ganz anderes: Hättest du nicht den Propagandasprüchen von oben geglaubt, sondern dir die Leute aus der Gruppe von Nikos angeschaut, die alle aus der Gegend hier waren, müsstest du gesehen haben, dass man sie nicht mit den stalinistischen Parteifunktionären in der ELAS-Leitung in einen Topf werfen konnte. Aber du warst jung damals, und da glaubt man halt eher denen, die vorgeben, sie könnten die Welt erklären."

„Hast du vergessen, dass Krieg war, und dann Bürgerkrieg?"

„Wie könnte ich das vergessen? Hast du vergessen, dass du und deine Leute einige Mitglieder der Gruppe von Nikos auch noch nach dem Bürgerkrieg umgebracht haben, und dass noch während der Obristenzeit mit eurer Hilfe Leute von hier ins Gefängnis wanderten, die irgendwann einmal irgendwas gesagt hatten, das man als kommunistisch verteufeln konnte?"

Pavlos war so wütend, dass er aufsprang. „Muss ich mir das anhören?"

Mir war ziemlich unwohl. Was war, wenn beide die Beherrschung verloren? Aber Großvater blieb ganz ruhig. Offenbar wusste er genau, was er tat. Er redete mit Pavlos wie mit einem Freund, mit dem man eine kleine Differenz hat, und Pavlos setzte sich widerstrebend wieder.

„Nein, das musst du nicht, aber du solltest es nicht vergessen. Und inzwischen sind Jahrzehnte vergangen. Du bist ein Fanatiker gewesen, und dein Fanatismus hat dich zum Mörder gemacht. Denkst du jetzt manchmal darüber nach?“

Beide schwiegen, so lange, dass ich wieder unruhig wurde. Und dann sah ich auf Pavlos’ Gesicht ein Lächeln.

„Wenn du es genau wissen willst, das tue ich. In den letzten Monaten denke ich sogar ständig darüber nach. Wir haben damals doch nur das Geschäft der Engländer und später der Amerikaner besorgt, wir haben uns genauso benutzen lassen wie die Kommunisten bei uns von den Russen. Hätten wir Griechenland zusammen aufgebaut, stünden wir heute anders da und müssten uns nicht von denen aus Brüssel Ratschläge anhören. Aber damals sah ich in Leuten wie Nikos eine Art Ungeziefer, das man vernichten muss.“

„Vielleicht war das eine Art Wahn, den uns die Faschisten mitgebracht haben. Sie haben Millionen umgebracht wie Ungeziefer. Es ist gut, dass du die Dinge heute anders siehst … Denkst du manchmal auch an die Frauen? Waren sie auch Ungeziefer? Dieser Wahn hat dich auch dazu gebracht, Frauen ihre Ehre zu nehmen, nur weil sie Frauen von Gegnern waren. Bist du darauf stolz? Es ist geschehen und nicht mehr zu ändern, ich möchte nur, dass du jetzt, nach Jahrzehnten, siehst, dass das nicht gut war.“

Pavlos streckte die Finger der rechten Hand aus und ballte sie zur Faust.

„Bist du ein Pope? Predigst du mir? Ich habe keine Frau vergewaltigt. Aber ich gebe zu, dass ich kein Heiliger bin. Die Frauen hatten auch ihren Spaß. Hast du wie ein Mönch gelebt?“

Großvater lächelte. „Vielleicht hast du die Frauen tatsächlich verführt. Ich muss zugeben, du sahst immer sehr gut aus, und du siehst auch heute noch gut aus. Aber die Sache hat einen Haken. Es gibt da eine Geschichte aus dem englischen Bürgerkrieg, vor langer Zeit. König Richard der Dritte hat die Witwe des Mannes verführt, den er gerade ermordet hatte. Verstehst du, was ich meine?"

„Wer zum Teufel ist König Richard?"

„Ein König in einem Stück von Shakespeare, einem englischen Theaterstück, das in der Zeit eines ihrer Bürgerkriege spielt. Dieses Stück zeigt, dass man auch mit Macht verführen kann. Und das ist schlimm. Selbst wenn die Frauen schließlich einverstanden gewesen wären, war es schlecht. Solche Dinge meine ich, wenn ich sage: Du hast dich selbst schlecht gemacht."

„Du glaubst doch nicht im Ernst, dass ich auf diese Dinge stolz bin?"

„Du wusstest es nicht besser, damals. Dein Gewissen sagte dir: Tu das nicht! Die Politik, an die du geglaubt hast, sagte dir: Diesen Gegnern gegenüber gilt dein Gewissen nicht. Du darfst nicht nur, du musst! Genau deshalb waren die Deutschen im Krieg so furchtbar: Man hat ihnen eingeredet, es sei ihre Pflicht, kein Gewissen zu haben."

Ich begann mich zu fragen, wohin das Ganze führen sollte. Was hatte das alles mit der Leiche in der Schlucht und dem Goldschatz aus dem Krieg zu tun? Was war eigentlich Großvaters Strategie? Wenn er erst einmal günstige Voraussetzungen für das eigentliche Thema schaffen wollte, warum wurde er dann so deutlich und trieb Pavlos so in die Enge? Er musste aber doch wohl einen wunden Punkt getroffen haben, denn nach einigen Minuten Stille, die in der Luft lagen wie die Stimmung vor einem Gewitter, lächelte Pavlos etwas müde und sagte:

„Und das werden die Leute eines Tages in deinem Buch über mich lesen? Dass ich im Kampf gegen die Nazis und dann gegen die Kommunisten schließlich so geworden bin wie die, die ich bekämpft habe? Irini wird das über mich lesen und mich verachten?"

„Nein. Sie wird verstehen, was das für eine Zeit war und warum du und andere so gehandelt haben. Vielleicht wird sie erschrocken sein über diese Zeit, in der Menschen solche Dinge getan haben. Und sie wird lesen, dass du nachgedacht hast und dich verändert hast, und dass Griechenland sich verändern konnte, weil Leute wie du sich verändert haben. Sie wird stolz auf dich sein."

Wieder minutenlanges Schweigen. Als Pavlos sprach, wirkte er bedrückt:

„Und was müsste ich deiner Ansicht nach tun, damit das in deinem Buch stehen könnte?"

Ich traute meinen Ohren nicht. Obwohl Pavlos' Stimme immer noch wütend und sarkastisch klang, war doch offensichtlich, dass er das alles hören wollte, wie unter einem inneren Zwang. War das noch der Mann, den mir Großvater beschrieben hatte? Oder hatte einfach noch nie jemand den Mut gehabt, ihm solche Dinge ins Gesicht zu sagen?

„Dir nicht in die Tasche lügen, das wäre das erste. Und dann solltest du dich umsehen und merken: Griechenland ist nicht mehr wie in den dreißiger und vierziger und auch nicht mehr wie in den sechziger Jahren. Es braucht keine Diktatoren mehr, auch nicht in Megalochório. Die Leute können selbst entscheiden, wen sie wählen wollen. Was sie nicht mehr brauchen, ist ein System, in dem Parteien Geschenke an ihre Anhänger verteilen und Gelder aus Brüssel einfach verschwinden, ohne dass etwas für die Menschen geschieht, und wo jeder nur für seine Sippe sorgt, aber nicht für die Gemeinschaft. Die Leute sollten wissen, wohin das Geld für die Kläranlage geflossen ist, Pavle, und warum die Scheiße immer noch ins Meer fließt!"

„Ich bin nicht korrupt, wenn du das sagen willst", knurrte Pavlos, aber er blieb sitzen.

„Das sage ich gar nicht. Es ist dieses System, bei dem eine Partei um jeden Preis an der Macht bleiben will. Warum ziehst du dich nicht allmählich zurück? Das Leben ist schön, auch ohne Macht. Und du hast immer noch genug Ansehen und Einfluss; man wird auf deinen Rat hören, wenn er gut ist."

„Du redest wirklich wie ein Pope, nur besser. Aber du warst immer ein Träumer."

„Manche meiner Träume sind wahr geworden."

Zu meiner Verblüffung begann Pavlos zu lachen.

„Wenn ich dir sage, dass Irini mir die gleichen Sachen erzählt, seit sie in Amerika war, wirst du mir nicht glauben. Mein Neffe dort arbeitet in einem freiwilligen *community project,* um einen armen Stadtteil hochzubringen, und das findet sie begeisternd. Sie liegt mir ständig in den Ohren damit. Ich glaube, sie will einen Heiligen aus mir machen."

„Hör auf Irini", sagte Großvater augenzwinkernd. „Du hast schon angefangen, über das nachzudenken, was sie dir sagt, sonst hättest du mir nicht so ruhig zugehört."

„Bist du wirklich nur gekommen, um mir Moral zu predigen? Ich glaube, du bist wegen des Fremden gekommen, den die beiden Touristen tot in der Schlucht gefunden haben."

„Und wegen des Goldes, das er gesucht hat, und nicht nur er. Ich fürchte, es gibt wieder Mord und Totschlag hier, wenn erst der Goldrausch die Leute gepackt hat. Es hat schon angefangen. Dimitri schläft in den Bergen, weil man ihm gedroht hat, und einem jungen deutschen Paar in Paradisi, das dort lebt, hat man die Wohnung aufgebrochen und alles durchwühlt. Das ist erst der Anfang, Pavle. Du bist der einzige, der diese Leute schützen kann. Und du bist der einzige, der verhindern kann, dass es schlimmer kommt."

Phantastisch. Großvater versuchte gerade, den Bock zum Gärtner zu machen. Ob das funktionierte?

Pavlos' Gesicht färbte sich puterrot.

„Es ist nicht so, wie du denkst. Das mit der Kläranlage nicht und das mit dem Fremden nicht. Ich habe keinen Pfennig von diesem Geld aus Brüssel gesehen, und ich habe auch keine Leiche verschwinden lassen. Hier geschieht seit einigen Jahren etwas, das ich nicht mehr unter Kontrolle habe und wovon ich lange Zeit nichts geahnt habe. Einige von meinen alten Kameraden aus der Gruppe stecken mit drin und ein paar Jüngere, die an den richtigen Stellen sitzen, verstehst du? Seit ich davon weiß, schlafe ich sehr schlecht. Irinis Mann …“ Er brach abrupt ab und schaute mich an: „Sei mir nicht böse, ich muss darüber mit Alechos alleine reden, es ist zu …“ Er stockte.

„Ich gehe ein wenig spazieren und schaue mal, wo Irini geblieben ist“, sagte ich.

Als die beiden alten Männer nach uns suchten – es musste seitdem eine gute Stunde vergangen sein – fanden sie uns in tiefem Gespräch auf einer der Steinbänke vor dem Eingang des Klosters, obwohl der Himmel sich verfinstert hatte und es ziemlich kühl geworden war.

„Es wird gleich regnen, aber du hast ja vorgesorgt“, sagte Großvater und zeigte auf den Schirm.

Schließlich fuhren wir aber doch ein Stück zu viert. Irini saß am Steuer und ich neben ihr, während die beiden Alten im Fonds jetzt endlich über das redeten, was in Griechenland bei jedem Gespräch das Wesentliche ist: die Familie, die Kinder, die Gesundheit, die Preise … Und obwohl ich Mühe hatte, nicht ständig Irini anzugaffen, hörte ich doch, dass Pavlos erst seit kurzem humpelte. Er war gestürzt, in einer Schlucht. Nichts Ernsthaftes …

Nach zehn Minuten war die gemeinsame Fahrt zu Ende. Leider.

„Du warst genial. Du hast ihn regelrecht verführt. Wie Richard der Dritte.“

„Na, na“, sagte Großvater mit einem Lächeln in der Stimme, „der Vergleich hinkt. Richard III. war ein Schuft und hatte einen Buckel. Und das Objekt meiner Verführung war nicht Irini.“ Ich schaute ihn von der Seite an und sah, dass er bleich war und etwas mühsam atmete.

„Das war wirklich mein bestes Plädoyer, und es hätte verdammt schief gehen können. Aber ich habe ihn angesehen, und da hatte ich das Gefühl: mit ihm ist irgendetwas passiert. Also musste ich meinen Plan ändern … Ich habe unverschämtes Glück gehabt. Der Mann hat in der letzten Zeit einiges durchgemacht. Ich hatte das Gefühl, dass ich ihm nichts sagte, was er sich nicht selbst schon gesagt hat … Und natürlich, der gute Einfluss von Irini … Wer könnte einer solchen Frau widerstehen?“ Er seufzte theatralisch.

„Ich jedenfalls nicht, Großvater. Wenn wir nicht bald abreisen, kann ich für nichts mehr garantieren.“

„Noch ein Opfer des Goldschatzes. Was machen wir da bloß?“

„Was wolltest du mir eigentlich vorhin in der Ausstellung sagen, ich meine zu dem Foto mit dem deutschen Panzer hinter einem englischen Jeep?“

„Die Erklärung des Mönchs war Unsinn. In Wirklichkeit geht es um eines der absurdesten Kapitel des Krieges. Nach der Kapitulation der Deutschen versuchten die Briten, die *andartes* zu entwaffnen, damit es wieder geordnete Verhältnisse gab. Und da sie selbst nicht genug Truppen zur Verfügung hatten, benutzten sie die Deutschen als eine Art Hilfspolizei. Stell dir das mal vor: Deutsche Soldaten, die dem Status nach Kriegsgefangene sind, bekämpfen mit Panzern unter britischem Befehl Partisanengruppen, weil die ihre Waffen nicht abgeben wollen. Kein Wunder, dass es oft so schwer ist herauszufinden, wo schwarz und weiß ist.“

„Mir wird ganz schwindelig.“

„Ein gutes Essen könnte da schon was bewirken, vielleicht ausnahmsweise mal nicht in Jannis’ Kneipe. Schließlich könntest du da wieder auf Irini treffen.“

„Und was ist auf dem Foto mit den deutschen Soldaten und dem Schäferhund?“

„Die Bildunterschrift sagt, dass einer der Anführer Unteroffizier Eugen Kern ist. Der tote Mann in der Schlucht.“

Wenn das Wort „zusammenleben“ irgendeinen Sinn hat, dann im Urlaub. Jedenfalls für mich.

Man wohnt zusammen in einem oft winzigen Zimmer, man frühstückt zusammen auf einem winzigen Balkon oder teilt sich einen Schattenplatz am Strand, der gerade für zwei Handtücher reicht, man teilt sich eine winzige Dusche und ein Klo, das leckt. Es gibt tausend kleine Berührungen, absichtliche und unabsichtliche; der Körper des anderen ist nie so weit entfernt, dass man ihn nicht mit einem Schritt, einem Ausstrecken des Arms erreichen könnte; man bewegt sich kaum jemals aus dem Duftkreis des Menschen heraus, den man liebt.

Mit Beate geht es mir jedenfalls so; der Zauber, der einmal bewirkt hat, dass ich mich in sie verliebte, überfällt mich im Urlaub ungebremst und ergreift von mir Besitz; die Sehnsucht, das Begehren verlässt mich nie in dieser Zeit, nicht einmal im Schlaf, lebt in mir sogar gegen meinen Willen, wenn ich gerade wütend auf sie bin oder sie mir auf die Nerven geht mit irgendeiner kleinen Eigenart, die ich zu Hause nicht einmal bemerke. Und das ist wahrscheinlich der eigentliche Grund, warum viele Paare im Urlaub irgendwohin fahren, wo nichts mit dem Wunsch nach gemeinsamem Leben und Erleben konkurriert. Selbst schlechtes Essen und eine durchgelegene Matratze werden zu Randerscheinungen.

Im Alltag muss die gegenseitige Verführung organisiert werden, durch einen gemeinsamen Konzertbesuch, ein Abendessen bei Kerzenschein, einen Waldspaziergang mit einem wunderbaren Gespräch oder wie auch immer. Im Urlaub ist sie stets präsent. Urlaub zu zweit hat für mich immer noch etwas von Adam und Eva im Paradies, und das Wunderbare daran ist, dass die ganze Schöpfung Anteil hat an der gesteigerten Empfänglichkeit der Sinne: eine Ziege am Wegrand, die uns mit unergründlichem Blick anstarrt, der herbe Duft aus den zarten Blüten eines Kapernstrauchs, der aus einem Felsen über uns herauswächst, anscheinend ohne nährendes Erdreich, zwei Delphine, die im Abendlicht vor uns am Strand in übermütige Spiele vertieft sind; Mondaufgänge, Sonnenuntergänge, Sternschnuppen, die tausend Gesichter und Töne des Meeres; die Welt ist plötzlich wieder voller Wunder, wie vor dem Sündenfall.

Schöne Sonnenuntergänge gibt es auch in Frankfurt, aber von meinem Büro im Westend aus sehe ich sie nicht; Beates Körper duftet sicher im Augenblick genauso erregend wie in der Sekunde, als wir in der Schlucht die Leiche fanden, die uns dann aus unserem bescheidenen Paradies vertrieb, und unsere Blicke sich begegneten. Nur verströmt sie diesen Duft jetzt nutzlos zwischen den Regalen eines Bankarchivs in der Mainzer Landstraße und verwirrt allenfalls die Gedanken der beiden Doktoranden, die sie bei ihrer Arbeit unterstützen sollen. Wir haben uns seit unserer Rückkehr praktisch kaum gesehen.

Die Entdeckung der Leiche hat uns zu unserer Arbeit ein zeitraubendes Hobby verschafft; wir sind, ohne diese Entscheidung jemals zu diskutieren, Partner in einer informellen Agentur von Amateurdetektiven geworden, deren Hauptarbeit wir mit gutem Gewissen Alechos überlassen können, der Kreta kennt und über genügend Einfluss in seinem Land verfügt, in dem Verwandtschaft und Beziehungen alles sind. Aber das, was in amerikanischen Krimis Beinarbeit heißt, bleibt an uns hängen, auch wenn wir dazu nicht direkt unsere Beine benutzen. Wer war der hässliche Deutsche, der in einer südkretischen Schlucht nach einem sagenhaften Schatz buddelte, dessen Existenz so wenig belegt ist wie die des Ungeheuers von Loch Ness? Und wer oder was stand hinter ihm; denn als Einzelkämpfer können wir ihn uns nicht so recht vorstellen? Bisher wissen wir nur, dass er Eugen Kern hieß und in der Nähe von Emmendingen bei Freiburg lebte. Und wer war Leonidas Atzenis, wenn er überhaupt so hieß? Wie hatte er gelebt, wo, wann und wie war er ums Leben gekommen?

Nun ist für Beate wie für mich das Sammeln von Informationen durch Aufspüren und Befragen von Zeugen und durch das Wühlen in Archiven Teil unserer beruflichen Alltagsarbeit. Es ist vielleicht komisch, aber wir haben uns 1990 auf einem internationalen Kongress über „Neuere Ansätze in der Arbeit mit mündlichen und schriftlichen Quellen zur Zeitgeschichte“ kennen gelernt. Und genau dort sind wir schon einmal gemeinsam über eine Leiche gestolpert. Wir sind im Handumdrehen zu Amateurdetektiven geworden.

Wir einigten uns schnell, dass ich mich erst einmal um Onkel Eugen aus dem Kreis Emmendingen kümmern sollte und sie sich um den Bankier mit den Goldeseln. Nun hatte ich nicht gerade viele Daten für meine Suche: einen Vornamen, einen Teil der Kfz-Zulassungsnummer, eine Automarke; aber ehe ich ernsthaft angefangen hatte, befreite mich ein Fax von Alechos von dieser undankbaren Sucharbeit. Es lieferte uns Adresse und Beruf des Toten und kündigte weitere Neuigkeiten an, die uns per Post erreichen würden. Ich suchte erst einmal mit Hilfe einer jener kleinen Silberscheiben, die der Datenschutz eigentlich verbieten sollte, die Nummer seines Büros heraus. Herr Rechtsanwalt Kern sei in Urlaub; nein, man wisse nicht genau, wann er zurückkomme; dürfe man vielleicht zu seinem Juniorpartner durchstellen? Herr Kern bearbeite ohnehin nur noch wenige ausgewählte Fälle.

Also die Nummer seiner Privatadresse. Eine angenehme Frauenstimme meldete sich.

„Kern.“

„Guten Tag, hier spricht Wolfgang Martens aus Frankfurt. Ich bin Rechtsanwalt. Kann ich Herrn Kern sprechen? Im Büro konnte ich ihn nicht erreichen.“

„Er ist im Urlaub.“

„Ich weiß. Auf Kreta. Ich habe ihn dort kennen gelernt.“ Ich würde Schwierigkeiten haben, ihr zu erklären wie.

„Ach wirklich? Nein, er ist noch nicht zurück, und ich habe auch noch nichts von ihm gehört. Aber das ist nicht ungewöhnlich; mein Mann meldet sich selten aus dem Urlaub. Soll ich ihm etwas ausrichten, wenn er zurückkommt?"

Was immer für ein Mensch Kern gewesen sein mochte – und die Bemerkungen von Ernst und Hildegard deuteten nicht darauf hin, dass er ein angenehmer Zeitgenosse gewesen war – ich hasste es, seiner Frau mit ihrem sympathischen alemannischen Akzent sagen zu müssen, dass er tot ist.

„Frau Kern, ich … habe Gründe zu der Annahme, dass er vielleicht … in Schwierigkeiten ist."

„Was für Schwierigkeiten? Ich verstehe, dass Sie sich so vorsichtig ausdrücken, aber mein Mann ist nicht mehr jung und ich auch nicht. Sagen Sie mir also die Wahrheit: Ist ihm etwas zugestoßen?"

„Ja, leider. Er lebt nicht mehr. Es tut mir Leid, Frau Kern."

Eine Pause, die schwer auf mir lastete. Als ich ihre Stimme wieder hörte, wirkte sie auf mich sehr gefasst.

„Eugen war ein unermüdlicher Wanderer und waghalsiger Kletterer. Ich habe immer befürchtet, dass er sich einmal den Hals bricht. Ist es das?"

„Ich habe ihn tot bei einer Wanderung in einer Schlucht gefunden; natürlich bin ich kein Arzt, aber er wirkte nicht verletzt. Natürlich haben wir das – ich war mit meiner Freundin zusammen – sofort der Polizei gemeldet, in einem kleinen Ort an der Südküste. Wahrscheinlich dauert es eine Weile, bis die dortige Bürokratie sich in Bewegung setzt."

Man konnte es nicht direkt eine Lüge nennen; aber ich hätte ihr die Wahrheit wohl kaum am Telefon sagen können.

„Da ich seine Frau bin, sollte ich wohl etwas tun, aber was?"

„Nun, Sie könnten Ihren Mann als vermisst melden: Ihr Mann sei von seinem Urlaub nicht zurückgekommen und habe auch nicht angerufen oder geschrieben. Die hiesige Polizei wird dann vermutlich eine Anfrage an die Polizei in Chaniá richten; er wohnte in Megalochório, in der Pension

Poseidón. Und vielleicht wäre es auch sinnvoll, wenn Sie sich brieflich mit Hildegard und Ernst in Verbindung setzen; wenn ich es richtig sehe, war der Tote Hildegards Onkel; jedenfalls nannte sie ihn so. Haben Sie Kontakt zu den beiden?"

„Eigentlich nicht. Hildegard war Eugens Nichte, und ich weiß natürlich, dass sie auf Kreta wohnen und Eugen sie besucht hat, wenn er in Megalochório war. Aber ich kenne sie überhaupt nicht."

„Frau Kern, es tut mir wirklich sehr Leid, dass ich Sie mit dieser Hiobsbotschaft überfallen habe. Aber ich musste wohl …"

„Natürlich, Sie haben vollkommen richtig gehandelt."

„Es gibt einige Details, die ich Ihnen am Telefon schlecht sagen kann, und die Sie vielleicht wissen sollten, und ich hätte auch einige Fragen an Sie, denn wir haben natürlich auch ein paar Probleme bekommen. Wenn man einen Toten findet …"

Das war eine faustdicke Lüge, aber vielleicht würden die Behörden ja noch auf die Idee kommen, dass wir die Mörder waren, falls sie jemals etwas unternahmen.

„Das tut mir Leid. Kann ich Ihnen irgendwie helfen?"

„Ich möchte Sie fragen, ob ich Anfang der Woche bei Ihnen einmal vorbeikommen könnte. Über bestimmte Dinge kann man einfach besser reden, wenn …"

„Ich verstehe. Wann passt es Ihnen?"

„Ich möchte mich nach Ihnen richten."

„Montag wäre mir am liebsten, nachmittags. Rufen Sie mich einfach an, wenn Sie losfahren."

Ich bedankte mich überschwänglich, nannte noch einmal meinen Namen, gab ihr meine Büroadresse, meine Büronummer und meine private Telefonnummer und legte auf. In meiner Rolle als Todesbote fühlte ich mich hundeelend. Die Frau war geradezu ungeheuerlich gefasst gewesen, aber ich weiß aus eigener Erfahrung, dass es so etwas wie Gefühlsstarre gibt und dass Schmerz und Trauer oft erst mit Verzögerung kommen.

Wenn ich nach Baden fahren würde, um mit der Witwe Kerns zu sprechen, könnte ich die von Alechos versprochenen zusätzlichen Informationen gut brauchen. Warum hatte er sie nicht auch gefaxt? Er musste doch wissen, dass Briefe von Griechenland nach Deutschland oft ziemlich lange brauchen, vor allem wenn sie aus Tourismuszentren kommen. Oder hielt er Briefe für sicherer? Ich entschloss mich jedenfalls, ihm ein Fax zu schicken und ihn zu bitten, mir seinen Brief noch einmal zu faxen, wenn möglich sofort. Eine Stunde später brachte mir Frau Schwarzkopf die Antwort mit einem Deckblatt, auf dem handschriftlich mit Riesenlettern vermerkt war: For Mr. Martens, Lawyer, only – CONFIDENTIAL !!!

Sie versuchte es von der scherzhaften Seite zu nehmen: „Ich dachte immer, bei uns ist alles vertraulich außer unseren Pressemitteilungen."

Ich setzte meine strengste Miene auf: „Ja, aber das weiß der Absender nicht. In Griechenland gelten Rechtsanwälte als schwatzhaft, weil sie so oft in die Politik gehen."

Sie wusste nicht so recht, wie sie das verstehen sollte, lachte aber vorsichtshalber, und ich lachte mit, vorsichtshalber.

Alechos hatte Ernst gemacht mit seiner Ankündigung, seinen Enkel Manolis zum Privatsekretär und Mitarbeiter an seinem Buch zu machen, und der Brief zeigte, dass seine Wahl richtig war. Er stammte von Manolis; Alechos hatte sich mit einigen handschriftlichen Zusätzen begnügt.

Liebe Beate, lieber Wolfgang,

ein wenig verdanke ich es, glaube ich, eurem Besuch, dass ich so schnell zum Dr. Watson bei meinem verehrten Mr. Holmes avanciert bin. Im Unterschied zu meinem berühmteren Vorbild bekomme ich von Holmes sogar ein fürstliches Gehalt, was meine Eltern zugleich beruhigen und ärgern wird.

Meinen ersten Erfolg als Arbeitnehmer verdanke ich einem dreißigminütigen Warnstreik. Ich habe Großvater zu einem Computer überredet. Seine alte Remington-Kugelkopf, auf die er so stolz war, ist schneller gealtert als er und zeigt Ausfälle. (Als nächstes Kommunikations-Tool strebe ich eine E-mail-Adresse an.)

Großvater hat in Megalochório rasch gezeigt, was ihn früher bei der Kriminalpolizei zum Schrecken der Unterwelt und vor Gericht zum zweiten Demosthenes gemacht hat: In Megalochório ist der Teufel los, seit er dort war.

Da er mir jedoch nach einem flüchtigen Blick auf diese Einleitung strenge Sachlichkeit nahe gelegt hat, teile ich jetzt nur noch die dürren Ergebnisse mit.

Bei Ernst und Hildegard ist ziemlich brutal eingebrochen worden. Die Täter suchten anscheinend Aufzeichnungen über den „Schatz". Das Auto von Eugen Kern ist gestohlen worden, wahrscheinlich ebenfalls, um es gründlich zu durchsuchen. (Inzwischen hat man es in der Nähe von Chaniá aus dem Meer gefischt.) Mr. Holmes vermutet, dass es sich bei den Tätern nicht um Pavlos oder einen aus seiner alten Truppe, sondern um zwei junge, blonde, muskulöse Deutsche handelt, mit denen Eugen Kern im vorigen Jahr in Megalochório gesehen worden war und die ebenfalls im *Poseidón* wohnten. Er hat (durch schlichtes Nachfragen in einigen Kneipen) herausgefunden, dass sie auch in diesem Jahr da waren, und zwar zu der Zeit, als Kern gestorben ist, aber nicht im *Poseidón* wohnten. Holmes glaubt, dass diese beiden Deutschen eine größere Rolle in unserem Fall spielen. Warum? „Ich habe so ein Gefühl", das ist alles, was er mir dazu sagte. Ernst und Hildegard schlafen auf seinen Rat vorläufig bei griechischen Freunden. Großvater wird sie als Anwalt vertreten, falls die Polizei auf dumme Gedanken kommen sollte. Bei Ausländern kommt die Polizei überall auf der Welt ziemlich rasch auf dumme Gedanken, vor allem, wenn sie einen Schuldigen sucht, meint Mr. Holmes, und ich gebe ihm recht. (Inzwischen hat er die beiden zur Kriminalpolizei nach Chaniá begleitet, wo sie ihre Aussage zu Protokoll gegeben haben.) Ein Problem ist, dass es noch immer keine Leiche gibt.

Dimitri lebt vorübergehend wieder in den Bergen, wie während des Krieges. Er weiß zuviel, was immer ungesund ist: Erstens hat er die Leiche einige Stunden vor euch gesehen, und zwar kurz nachdem er einen Schuss gehört hat. Eine Schusswunde gab es nicht. Einstichstellen von Spritzen deuten darauf hin, dass Kern Diabetiker war wie seine Frau, meint Dimitri. Am nächsten Morgen sah er einen von den Alten aus Pavlos' Gruppe ein größeres „Paket" aus der Schlucht holen und in einem Pick-up abtransportieren. (Inzwischen war auch Dimitri in Chaniá und hat in Gegenwart Großvaters seine Aussage gemacht.) Die Kriminalpolizei hat den Fall einem Beamten übertragen, der nicht aus Kreta stammt, was einerseits gut, andererseits schlecht ist, wie ihr euch denken könnt. Der mit dem Paket, ein gewisser Jorgos, ist vernommen worden und hat natürlich behauptet, er habe Futter für seine Ziegen geholt (was immerhin möglich ist). Die Ziegen haben die Aussage verweigert.

Großvater will erreichen, dass die Untersuchung schnell in Gang kommt, weil es dann nicht mehr so leicht ist, Zeugen einzuschüchtern oder gar zu ermorden. Dem Dorfpolizisten hat er nachdrücklich klar gemacht, dass es für ihn gut wäre, wenn die Leiche wieder auftauchen würde, dass es für ihn noch besser wäre, wenn er sich eine Ausrede einfallen ließe, warum er euren Hinweisen auf die Leiche nicht nachgegangen ist, bevor seine Vorgesetzten aus Chaniá ihn danach fragen, und dass es auch nicht schaden könnte, wenn er sich darum kümmern würde, dass keine weiteren Zeugen bedroht werden. Der arme Mann tut mir Leid.

Die größte Überraschung ist jedoch Pavlos. Großvater hat sein Meisterstück geliefert und Pavlos zur Zusammenarbeit bewegt. Das war möglich, weil Pavlos durch Ereignisse des letzten Jahres schon weich gekocht war. Es scheint, dass ein Teil von Pavlos' Truppe von alten Männern sich hinter seinem Rücken mit einigen cleveren jungen Männern aus der Verwaltung zusammengetan haben, die wussten, wie man öffentliches Geld in die eigene Tasche leitet. Anscheinend haben die Alten sie überredet, die Schatzsuche wieder aufzunehmen, und ein Teil der Zuschüsse wanderte in hochmoderne Metalldetektoren (illegal eingeführt) und ähnlichen Schnickschnack. Seitdem suchen sie. Als einer von diesen jungen Männern, der gerade Pavlos' Enkelin Irini geheiratet hatte, endlich kapierte, was da gespielt wurde, und sich entschieden hatte, da nicht mitzuspielen, beschloss er, sich Pavlos anzuvertrauen. Kurz danach hatte er einen tödlichen Autounfall. Pavlos ist überzeugt, dass es sich um Mord handelt. Trotzdem schwieg Pavlos, wahrscheinlich, weil er seine Familie nicht gefährden wollte, möglicherweise auch, weil er einfach nicht wusste, wie er vorgehen sollte.

Von der Leiche Kerns erfuhr er erst durch euch. Er selbst glaubt schon seit Jahren nicht mehr daran, dass dieser Schatz gefunden werden kann. Sagt er.

Offenbar gab ihm die Unterredung mit Großvater den Anstoß, endlich zu handeln. Ein wesentliches Motiv ist, und das habe ich ihn selbst sagen hören, dass er um seinen Nachruf besorgt ist. Er möchte nicht als ein ehemaliger Partisanenführer gelten, der korrupt geworden ist.

Zwei Tage nach unserem Gespräch prangerte er im *kafenion* die Machenschaften seiner Gegner an und nannte alle Namen. Das Lokal war brechend voll, weil bereits Gerüchte im Umlauf waren, Pavlos habe etwas vor. Sogar Dimitri war wieder da. Pavlos sagte, er habe sicher im Lauf seines Lebens Fehler gemacht und auch manchem Unrecht getan, aber immer aus ehrlicher Überzeugung; doch korrupt sei er nicht, und die Leute sollten sich dagegen wehren, dass ihr Ort durch diese Sache mit der nicht gebauten Kläranlage und dem verschwundenen Geld für dieses Projekt in Verruf käme und in der Presse zum Gespött in ganz Europa würde, ganz zu schweigen von den Folgen für den Tourismus, wenn ruchbar würde, dass die Abwässer nach wie vor ungereinigt ins Meer fließen. Natürlich sind nicht alle seiner Meinung. Viele halten aus Angst den Mund. Die Schuldigen sagen, Pavlos sei nicht mehr ganz richtig im Kopf und beschmutze sein eigenes Nest, und das Projekt habe sich nur verzögert. Inzwischen haben tatsächlich Gemeindearbeiter mit irgendwelchen Hantierungen begonnen, die als Vorarbeiten für die Kläranlage deklariert werden.

In der Nacht nach dieser Ankündigung im *kafeníon* wurden die Scheiben von Pavlos' Kneipe zerschossen. Eleni erlitt einen Herzanfall, der Gott sei Dank nicht so gravierend war, wie es zunächst aussah. Wie Irini uns sagte – sie kam am nächsten Morgen mit dem Bus nach Chaniá, weil sie auch um Pavlos' Leben fürchtet –, hat ihr Großvater sich mit seinem alten Feind Dimitri zusammengetan. Jedenfalls sind die beiden alten Männer jetzt zusammen untergetaucht und leben in den Bergen wie in alten Zeiten, vorläufig jedenfalls. Großvater findet das richtig. Warum sollte Pavlos sich als Zielscheibe präsentieren?

Obwohl es vielleicht nicht streng sachlich ist, möchte ich doch berichten, dass ich von Irini sehr beeindruckt bin. Das ist sehr vorsichtig ausgedrückt. Hoffentlich passiert ihr nichts. Angst hat sie jedenfalls nicht.

Euer Manolis

P.S. Großvater weist mich nachdrücklich darauf hin, dass ich vergessen habe, ein Foto zu erwähnen, das in einer deutschen Zeitung erschienen ist, vielleicht einer Wehrmachtzeitung. Es hängt als Zeitungsausschnitt in einer Ausstellung mit Denkwürdigkeiten aus dem Widerstand und zeigt deutsche Soldaten mit Maschinenpistolen und einem Schäferhund vor einer Gruppe von Männern. Laut Bildunterschrift ist einer der Soldaten Eugen Kern.

Alechos' handschriftliche Kommentare trugen nicht unbedingt etwas zur Erhellung der Situation bei, aber sie zeigten, dass er blendender Laune war:

– Sherlock Holmes nahm Kokain, mir waren schöne Frauen immer lieber!

– Manolis ist ernsthaft verliebt, aber er hat wenigstens Geschmack!

– Lieber Wolfgang, du Glückspilz! Beate – das sind drei Frauen in einer, die eine ist klug, die andere schön, die dritte sexy. Wenn du sie nicht bald heiratest, komme ich selber noch auf die Idee!

Das war Alechos in Hochform, aber ich hatte keine Zeit, darüber nachzudenken, ob ich die Art, wie er Beate den Hof machte, eher erfrischend oder eher etwas penetrant fand. Im Prinzip verstand ich ihn gut; schließlich hatte er eine Schwäche für die Frau, die ich selbst unwiderstehlich fand.

Aber wenn ich bis acht Uhr mit dem Schriftsatz fertig sein wollte, auf den Abraham Epstein wartete, der ihn nach Hause mitnehmen und am Wochenende durcharbeiten wollte, dann musste ich mich sputen. Von den übrigen Anwälten war niemand mehr im Haus, und auch Frau Schwarzkopf war gegangen, begleitet von meinen guten Wünschen zum Wochenende.

Um kurz nach halb acht war ich fertig, aber als ich vorsichtig an Abrahams Tür klopfte, antwortete er nicht. War er eingeschlafen? Für mich war Abraham wie ein Vater, wenn man darunter einen Mann versteht, der älter und weiser ist als man selbst und mit dem man über fast alles reden kann. Abraham war alt, sehr alt, älter als irgendjemand, den ich persönlich kenne, wenn man von meinem Großvater absieht; aber der ist nur noch eine Erinnerung. Und mit meinem Vater kann ich nicht einmal über das Wetter reden. Wenn ich bedenke, dass Vater und Großvater Rädchen in der Todesmaschinerie gewesen sind, die Abrahams Familie ausgelöscht hat – er ist der einzige Überlebende –, ist es fast ein Wunder, dass er, wenn auch nicht sofort, aber nach und nach, Vertrauen zu mir gefasst hatte.

Ich klopfte noch einmal lauter, und diesmal antwortete er: Sein Hörgerät war abgeschaltet gewesen. Abraham sah mich aus seinen klugen Eulenaugen an und nahm meinen

Schriftsatz mit einem Kopfnicken entgegen. Natürlich hätte er längst nicht mehr arbeiten müssen, aber bestimmte Fälle interessierten ihn immer noch. Während ich ihn betrachtete, betrachtete er mich.

„Irgend etwas beschäftigt dich", sagte er, „und ich meine nicht deinen Fall. Erzähl's mir nicht jetzt, wahrscheinlich wartet deine Schöne auf dich. Aber wenn du willst, ruf mich an oder komm bei mir vorbei. Und dann bring sie mit."

Als ich zu Hause mein Fahrrad in den Keller brachte, war es acht. Abraham hatte Recht. Beate arbeitet zwar oft auch länger, aber heute war sie sicher schon zu Hause. Warum hatte ich nicht wenigstens angerufen?

Beate lag auf dem Sofa und hörte Händel. Nun ist das bei uns nichts Ungewöhnliches, aber die Art, wie sie dalag und meinen Kuss teilnahmslos akzeptierte, zeigte mir, dass sie grollte.

Ich drückte ihr wortlos Manolis' Fax in die Hand und verschwand in der Küche. Tatsächlich hatte sie, obwohl es eigentlich mein Küchentag war, einen Gemüseauflauf vorbereitet, der nun anklagend auf der Anrichte stand. Ich heizte den Backofen vor, entkorkte eine Weinflasche, zündete Kerzen an, deckte den Tisch, schob den Auflauf in den Backofen, stellte den Zeitschalter ein und kehrte ins Wohnzimmer zurück.

Sie zeigte auf einen Computerausdruck auf ihrem Schreibtisch. Ich nahm ihn und setzte mich auf die Seitenlehne des Sofas. Es handelte sich um eine E-Mail von einer Kontaktgruppe griechischstämmiger Juden in den USA. Sie sammeln Informationen über Holocaust-Opfer und Überlebende aus Griechenland und führen entsprechende Listen. Beate hatte schon öfter Tipps für ihre Arbeit von ihnen erhalten.

Viel wussten sie nicht, aber immerhin so viel: Ein Leonidas Atzenis, 1911 in Thessaloniki geboren, als die Stadt noch türkisch war, war dort später erfolgreich im Handel mit Goldschmuck und Edelsteinen. 1944 war er jedoch in Chaniá verhaftet und deportiert worden und auf der Überfahrt mit 300 anderen jüdischen Einwohnern bei der Versenkung des Schiffes ums Leben gekommen, das sie zum Festland transportieren sollte. Vielleicht werde man Genaueres über ihn erfahren, wenn erst die Archive der jüdischen Gemeinden von Thessaloniki und Athen wieder zugänglich seien.

Ich ließ das Blatt sinken und überlegte. Über diese Archive war erst vor einigen Wochen eine Nachricht durch die Presse gegangen. Sie waren 1941 von den Deutschen beschlagnahmt und erst kürzlich in Moskau wieder entdeckt worden. Es würde Jahre dauern, bis sie ausgewertet waren.

Die Ausrottung der jüdischen Gemeinden auf Kreta als Hintergrund für Atzenis' Verschwinden, das ergab einen Sinn. Nur passte dieser Hinweis nicht so recht zu einigen anderen Informationen. Stimmte er, dann hatte Atzenis es trotz seiner Verbindungen nicht geschafft, Kreta zu verlassen.

Andererseits wäre damit auszuschließen, dass er auf der Flucht nach Süden zu Tode kam. Und dies würde bedeuten, dass die Legende vom Goldschatz, der noch immer irgendwo auf Kreta versteckt schlummert, durchaus einen wahren Kern haben konnte.

Nach einigen Minuten legte Beate ihre Füße auf meinen Schoß und gab leise Knurrtöne von sich. Offenbar hatte sie mir vorläufig verziehen. Ich hatte nichts dagegen, mich mit ihren hübschen Füßen zu beschäftigen. Jennifer Larmores warmer Contralto in Händels *Giulio Cesare* wurde bald vom Klingeln der Zeituhr unterbrochen. Monsieur und Madame schritten zu Tisch, und die Aussichten auf ein gemeinsames Wochenende waren rosig. Wir würden lesen und Musik hören, ein Gastspiel im wiedereröffneten Gallustheater sehen und, wenn das Wetter mitspielte, eine Wanderung an der Bergstraße unternehmen. Im Gehen lassen sich auch manche Beziehungsprobleme leichter angehen, wie zum Beispiel meine Unart, nicht anzurufen, wenn ich später nach Hause kommen würde als verabredet.

Als wir beim Nachtisch waren, unser Gespräch über die gemeinsamen Pläne zum Wochenende hatte sich inzwischen erschöpft, lächelte Beate plötzlich, als sei ihr gerade etwas eingefallen.

„Alechos schafft es doch immer, mir den Hof zu machen und mich gleichzeitig auf die Palme zu bringen. Vielleicht liegt es daran, dass er nur Söhne hat und keine Tochter, die er necken könnte."

„Bestimmt. Aber ich glaube, er liebt dich auch, und das ist seine Art, es zu zeigen, zumal er nicht damit rechnet, dass ich ihm ein Messer in die Rippen stoße. Und im Augenblick ist er blendend gelaunt. Er hat seinen Lieblingsenkel Manolis seinem geldgierigen Sohn abspenstig gemacht und außerdem in ein paar Tagen die versteinerten Verhältnisse in Megalochório zum Tanzen gebracht."

Beate zupfte sich am linken Ohr, wie immer, wenn ich mit Zitaten um mich warf. Es war ihre Art zu zeigen, dass sie es gemerkt hatte.

„Mit der Gefahr, dass einige Leuten von tanzenden Steinen am Kopf getroffen werden. Auch ihn könnte es treffen."

„Das weiß er. Vielleicht ist seine Angst, bei seinem Buch zu versagen, größer als seine Todesangst."

Beate schaute mich an, als hätte ich etwas Unpassendes gesagt. Und das hatte ich tatsächlich.

„Was du da sagst, hört sich irrsinnig an. Aber du könntest trotzdem Recht haben. Das Buch ist schließlich sein Lebenswerk, sein politisches Testament."

„Wenn er erreicht, dass es in Megalochório zum Eklat kommt, wäre das ein großer Erfolg für ihn. Wenn die Leute in Megalochório den Mut finden, ihre korrupten Lokalpolitiker abzuservieren, meine ich. Dazu braucht er natürlich den Druck eines offiziellen Verfahrens. Und dafür wäre es wichtig, dass Kerns Witwe ihren Mann als vermisst meldet und die kretischen Behörden von hier aus in Zugzwang kommen. Außerdem müssten wir ihm die beiden blonden Deutschen möglichst gefesselt und geknebelt als Schnellpaket liefern. Am besten wäre es, sie hätten auch noch ein unterschriebenes Geständnis in der Hosentasche. Obwohl ich noch nicht genau weiß, was sie alles gestehen sollen."

„Du schaffst es", sagte Beate mit gut gespielter Überzeugung.

Ich erzählte von meinem Telefongespräch und kündigte an, dass ich am Montagmittag nach Süden fahren würde.

„Sei vorsichtig", sagte sie nur.

Am nächsten Morgen klingelte um halb zehn das Telefon. Es war Abraham. Er lud uns zum Frühstück ein. Selbstverständlich hatte er schon gefrühstückt, aber er hatte rücksichtsvoll gewartet, bis er uns wach glaubte. Natürlich lagen wir immer noch in den Federn.

So kam es, dass wir um halb elf bei ihm am Kaffeetisch saßen und ihm unsere Geschichte erzählten.

Abraham stammte aus Czernowitz und war in fünf Sprachen zu Hause, aber er konnte sehr gut zuhören. Als er geboren wurde, gehörte Czernowitz noch zur Donaumonarchie und war stolz auf seine neue Universität und seine elektrische Straßenbahn. Gut die Hälfte der Bewohner waren Deutsche, knapp ein Drittel Juden. Deutsche, Juden, Ruthenen, Rumänen und Polen lebten friedlich zusammen. „So friedlich, wie Menschen halt sein können, wenn man sie lässt", wie Abraham zu sagen pflegte. Abraham gehörte zu den wenigen Czernowitzern, die überlebt hatten, aber er glaubte immer noch halb und halb an diesen Satz.

Zu Hause fand Beate eine neue E-Mail vor, diesmal von einem Historikerkollegen aus Tel Aviv.

„Danke für deine E-Mail", schrieb er, „es ist immer gut zu wissen, dass die Elektronen noch fließen. Ein Daniel Atzenis aus Thessaloniki ist während des Zweiten Weltkriegs, wahrscheinlich 1943, illegal in Palästina eingewandert und im ersten israelisch-arabischen Krieg gefallen. Halt mich auf dem Laufenden. Ron."

Beate klickte „Sofort beantworten" an und tippte ein paar Dankeszeilen ein. Jetzt waren wir genauso schlau wie vorher. War das nun der gleiche Atzenis, nur mit einem anderen Vornamen?

Dass mir Fahren auf der Autobahn Spaß macht, kann ich nicht ernsthaft behaupten, schon gar nicht auf der Strecke Frankfurt-Basel. Sie ist die Rennstrecke einer Nation, deren führender Automobilklub seinen Mitgliedern unaufhörlich einhämmert, Rasen gehöre zu den unveräußerlichen Menschenrechten und Geschwindigkeitsbeschränkungen seien verfassungswidrig. Aber ich habe so meine Methoden, mit dem Unabwendbaren fertig zu werden: Ich höre klassische Musik, Nachrichtensendungen oder Sprachkurse auf Kassetten. In meinem Beruf habe ich ständig mit mindestens drei Sprachen außer meiner Muttersprache zu tun, und ich gehöre leider nicht zu den Menschen, denen fremde Sprachen einfach so zufliegen. Ich muss regelmäßig Zeitungen und Bücher in diesen Sprachen lesen, Radiosendungen hören, fernsehen und Filme anschauen – oder eben Kassetten laufen lassen, wenn ich Auto fahre oder meine Hemden bügle.

Rebisau ist ein kleiner Ort irgendwo zwischen Freiburg und Emmendingen, abseits der viel befahrenen Landstraßen. Ich ließ den Wagen in einer kleinen Seitenstraße stehen, weil ich das Bedürfnis hatte, mir die Füße zu vertreten. Das kleine Dörfchen im Tal mit seiner spätgotischen Kirche liegt inzwischen fast im Schatten der zahlreichen neuen Häuser, die in den letzten zwanzig Jahren an beiden Talhängen entstanden sind. Man kann nicht sagen, dass diese Häuser protzig sind, aber man sieht, dass es ihren Besitzern finanziell sehr, sehr gut geht und sie sich Architekt und Innenausstatter leisten können, falls sie selbst keinen Geschmack haben. Für viel Geld, versteht sich.

Kerns Haus macht da keine Ausnahme: ein Garten ohne Gartenzwerge und Nistkästen, dem man den Gärtner ansah. Eine Doppelgarage, vor der ein älteres Modell eben jener Autofirma stand, die so emsig nach dem Image einer Nobelmarke strebt und deren neueste Kreation man kürzlich bei Chaniá aus dem Meer gefischt hatte. Ein sehr, sehr komfortables Einfamilienhaus mit viel Platz und, was ich dankbar vermerkte, ohne jene Art von Haustieren, deren Wüten selbst den mutigsten Postboten erzittern lässt.

Vor dem Haus parkte ein schweres BMW-Motorrad. Ich konnte mir den verblichenen Hausherrn schwer auf diesem Gefährt vorstellen, aber weiteres Grübeln erwies sich als überflüssig: In dem Augenblick, in dem das Gartentor mit einem Summton aufging, öffnete sich auch die Haustür, und ein junger Mann in Motorradkleidung, den Helm in der linken Hand, stakste die Stufen herunter und stürzte an mir vorbei nach draußen.

In der Türöffnung wartete Frau Kern auf ihren neuen Gast. Das Ganze dauerte kaum drei Sekunden, und ich sah nichts von dem Motorradfahrer als kurz geschnittenes blondes Haar und ein etwas fülliges, aber trotzdem, wie es mir vorkam, verkniffenes Gesicht. Es erinnerte mich an etwas, aber an was? An Eugen Kern? Konnte dieser Mann Kerns Sohn sein? Er war vielleicht fünfundzwanzig, und Kern musste in den Siebzigern sein. Eher sein Enkel.

Wir saßen uns in einem Wohnzimmer gegenüber, das nicht ganz die Größe eines Fußballfeldes hatte und sehr geschmackvoll mit Möbeln im italienischen Landhausstil eingerichtet war, farblich abgestimmt mit einem Parkett, dessen Wert unser Jahreseinkommen locker abhängte.

Kerns Witwe war eine zierliche Person mit warmen braunen Augen und modischer Kurzhaarfrisur. Sie hatte auf einem fahrbaren Serviertischchen ein Kaffeegedeck und Gebäck aufgebaut.

„Aber vielleicht möchten Sie lieber Tee? In einer Minute können Sie kochendes Wasser und einen Teebeutel haben, Herrn Martens."

„Ich nehme lieber einen Kaffee, danke."

„Hoffentlich war die Fahrt nicht zu beschwerlich?"

„Eigentlich nicht. Ich bin immer schon zufrieden, wenn es nicht regnet. Dann ist die Strecke wirklich unangenehm. Die Leute fahren einfach zu schnell."

„Eugen gehörte auch zu diesen Fahrern. Er war sehr stolz darauf, ein guter Fahrer zu sein, und leistete sich alle zwei Jahre ein neues, schnelles Auto. Und auf diese Weise fuhr ich auch immer einen Wagen, der für mich zu schnell und zu groß war. Aber das ist nun vorbei."

Kam es mir nur so vor, oder sah ich die Spur eines kleinen, etwas traurigen Lächelns auf ihrem Gesicht? Der Wechsel zur Vergangenheitsform war sicher nicht leicht für sie.

„Es muss ein schwieriges Wochenende für Sie gewesen sein, Frau Kern. Ich habe oft an Sie gedacht in den letzten Tagen und mich gefragt, wie Sie sich fühlen müssen."

Das stimmte sogar.

„Nach unserem Telefongespräch am Freitagnachmittag habe ich sofort die Polizei angerufen und meinen Mann als vermisst gemeldet. Sie hat natürlich erst einmal abgewinkt. Und dann wollten sie alles Mögliche wissen: Flug, Hotel und so weiter. Und dann habe ich mich nach der Devise verhalten: Das Leben geht weiter. Ich habe gelesen, ferngesehen, im Garten gearbeitet, eine alte Bekannte besucht, für die ich immer einkaufe, weil sie schlecht gehen kann, ich bin zum Gottesdienst gegangen. Alles wie sonst auch. Und natürlich habe ich darüber nachgedacht, was er für ein Mann war, und über unser Zusammenleben."

Natürlich hätte ich gerne gewusst, ob sie mit irgendjemandem über die Sache gesprochen hatte. Mit dem jungen Mann, der vielleicht ihr Enkel war?

„Haben Sie denn niemanden, mit dem Sie sich aussprechen können?"

Sie überlegte einen Augenblick.

„Zu Eugens erwachsenen Kindern aus seiner ersten Ehe habe ich praktisch keinen Kontakt. Er verstand sich nicht mehr mit ihnen. Und ich habe mit Eugen keine Kinder mehr bekommen. Wir haben spät geheiratet, und ich habe meinen Beruf bis zur Pensionierung behalten. Ich war Lehrerin, verstehen Sie.

Nein, wenn ich es mir recht überlege: Ich wollte erst einmal mit niemandem sprechen, bevor ich nicht mit Ihnen gesprochen habe und mehr über diese Sache weiß."

Ich hatte lange überlegt, was ich ihr sagen sollte und was nicht, und mich entschieden, nach dem alten Grundsatz zu verfahren: Alles, was du sagst, muss wahr sein, aber du musst nicht alles sagen, was wahr ist.

„Ich will Ihnen so viel von der Sache erzählen, wie Sie als Betroffene wissen sollten, und die Details weglassen. Die Geschichte klingt sehr abenteuerlich. Wir, das heißt meine langjährige Freundin und ich, wir fahren schon eine ganze Weile im Frühling nach Kreta, wenn alles blüht, und wir kennen uns an der Südküste inzwischen ganz gut aus. Genauer gesagt, zwischen dem Kloster Preveli und Elafoníssi am westlichsten Punkt Kretas.

Auch in Megalochório waren wir inzwischen mehrfach. Wir kennen eine ganze Menge Touristen, die immer wieder um die gleiche Zeit dorthin kommen, mehr oder weniger vom Sehen, aber Ihren Mann hatten wir nie getroffen. Das ist auch ganz natürlich, denn wir kommen nicht immer exakt um die gleiche Zeit. Und bei ihm ist es wahrscheinlich genauso.

An dem Tag, an dem wir Ihren Mann gefunden haben, sind wir versehentlich in den oberen Abschnitt der Schlucht von Kakodíki geraten, der touristisch praktisch unerschlossen ist. Er ist wegen einiger Geröllfelder schwer passierbar, der Eingang ist völlig mit Gestrüpp bewachsen, und wir sind in die Schlucht auf einem seitlichen Einstieg hineingekommen. Aus Versehen, weil wir uns verirrt hatten."

Zeigte ihr Gesicht die Spur eines aufmunternden Lächelns? Oder fand sie meinen Bericht ein wenig zu umständlich? Ich beschloss, mich ein bisschen kürzer zu fassen.

„Ich erzähle Ihnen das alles deshalb etwas genauer, weil ich Ihnen deutlich machen will, dass es sich beim Weg durch diese Schlucht nicht um einen Wanderweg handelt, wie man sie in Wanderführern findet. Nur die Einheimischen kennen ihn und die halbverwilderten Ziegen, die dort das ganze Jahr über ihr Futter finden. Und Ihr Mann kannte sie. Wir fanden ihn dort tot, ohne dass wir eine Verletzung gesehen hätten, außer einer kleinen Platzwunde an der Stirn, die er sich beim Hinfallen zugezogen haben muss, denn er lag mit dem Gesicht halb nach unten.

Ein Mann, von dem wir erst später gehört haben, ein gewisser Dimitri, ein pensionierter Lehrer, hat die Leiche schon einige Stunden früher entdeckt und ebenfalls keine Wunden gesehen, aber Einstichstellen wie von Nadeln. Ist es möglich, dass er Diabetiker war?"

„Ja, das war er. Er hatte Zucker, und er schaffte es irgendwie, sich die Spritzen selbst zu geben, wenn er sonst niemanden dafür hatte."

„Wir erzählten einem Mann aus dem Dorf von dem Toten, den wir ziemlich gut kennen. Er reagierte verstört, und wir gingen zur Polizei. Der Polizist versprach, sich um die Sache zu kümmern, aber er tat das offensichtlich nicht, und am nächsten Morgen beobachtete Dimitri, dass jemand die Leiche in einer Plastikplane wegschaffte. Das wussten wir damals natürlich noch nicht.

Wir bekamen in den nächsten Tagen das Gefühl, dass wir vom ganzen Dorf wegen dieser Sache geschnitten wurden, reisten also ab und erzählten die Geschichte in Chaniá einem griechischen Rechtsanwalt, mit dem Beate – meine Freundin – von Kind auf befreundet ist. Der kümmerte sich um die Sache und fand heraus, dass eine Gruppe von ehemaligen Partisanen in dieser Schlucht einen Goldschatz aus dem Zweiten Weltkrieg vermutet.

Vieles spricht dafür, dass auch Ihr Mann darüber Informationen hatte und ebenfalls den Schatz suchte, und dass die Leute dort von seiner Suche wussten. Dafür spricht, dass Dimitri einen Schuss gehört hatte. Möglicherweise sahen diese Leute in Ihrem Mann einen Rivalen und wollten ihn erschrecken oder einschüchtern.

Der Tote hatte keine Papiere bei sich. Die Leiche ist noch immer verschwunden. Den Audi Ihres Mannes fanden

Ernst und Hildegard übrigens am Tag nach dem Tod Ihres Mannes vor ihrer Tür stehen, mit einem Zettel an der Windschutzscheibe, dass er ihnen den Wagen schenkt.

Der Text war in Deutsch, aber von einem Griechen geschrieben. Das heißt wahrscheinlich: Die Leute, die seine Leiche verschwinden ließen, mussten auch das Auto verschwinden lassen. Warum das alles so war, und was eigentlich geschehen ist, bleibt unklar, solange die Leiche nicht gefunden ist."

Auf dem Gesicht der Frau spiegelten sich sehr widersprüchliche Gefühle: Unglauben, Abscheu, Faszination – und auch etwas von der schwer zu beschreibenden Empfindung, die einen Menschen überkommt, den eine unerhörte Neuigkeit nicht völlig überrascht: ein zunächst unterdrücktes, dann immer triumphaler auftrumpfendes ‚Hab ich's mir doch gedacht'. Ihre Worte verrieten von diesen Gefühlen allerdings wenig.

„Diese Geschichte klingt abenteuerlich, fast unglaublich. Nicht, dass ich Ihnen nicht glaubte; so etwas kann man sicher nicht erfinden. Und natürlich hatte ich immer mal wieder das Gefühl, dass Eugen noch etwas anderes in jedem Frühjahr nach Kreta zog als die Landschaft … Aber auf eine solche Räuberpistole wäre ich nie gekommen … Ein Goldschatz, ausgerechnet, bei einem Mann, der immer Geld genug hatte für alles, was er wollte … Wenn ich ehrlich bin, dann dachte ich manchmal an eine Frau, vielleicht eine Frau, die er im Krieg kannte und mit der er ein Kind hat … aber so etwas …"

„Aber haben Sie ihn denn nie gefragt?"

„Nein, Eugen war kein Mann, den man so etwas fragt. Und wissen Sie, unsere Ehe war in den letzten Jahren nicht mehr so, ich meine, unsere Beziehung war nicht mehr so eng. In den ersten Jahren arbeitete er sehr viel für große Firmen, er verdiente sehr gut und hatte trotzdem viel Zeit für uns beide … wir gingen aus, er war stolz darauf, dass er sich ‚mit mir sehen lassen konnte', wie er das ausdrückte. Wir fuhren nach Venedig, Florenz, Rom, nach Granada, nach Mexiko, wir besuchten die Salzburger Festspiele, solche Sachen. Aber später hat er sich verändert, er wurde ziemlich eigenbrötlerisch."

Sie hielt inne. Wurde ihr das, was sie gerade sagen wollte, doch zu persönlich? Vielleicht gelang es mir, ihre Zunge zu lösen, wenn ich ihr ein Angebot aufs Geratewohl machte. Es war ein bisschen riskant. Schließlich wusste ich nichts Genaueres.

„Hatte diese Veränderung vielleicht etwas mit Politik zu tun? Die beiden jungen Leute, ich meine Hildegard und Ernst, erzählten mir, er habe ihre alternativen Lebensformen abgelehnt und verachtet. Sie hielten es für möglich, dass er immer noch den alten Zeiten nachtrauerte. Verzeihen Sie, dass ich das so offen anspreche, aber wäre es möglich, dass das etwas mit seinem Tod zu tun hat?"

Wenn ich Protest erwartete, hatte ich mich geirrt.

„Sie brauchen sich nicht zu entschuldigen. Natürlich wusste ich, dass sich mein Mann von seinen früheren Überzeugungen nicht gelöst hatte. So etwas merkt man einfach, selbst wenn wir über Politik eigentlich nie gesprochen haben. Ich glaube, er konnte das irgendwie nicht, seine Ansichten völlig ändern. Es wäre ihm wie ein Verrat an sich selbst vorgekommen. Aber man merkte im Alltag nichts davon. Obwohl er Schwäche verachtete, half er früher oft Bekannten, die in Schwierigkeiten waren. Und er machte nie abfällige Bemerkungen über Demokratie, über Juden oder Ausländer, verstehen Sie.

Aber in den letzten Jahren änderte sich etwas. Eigentlich hätte er nicht mehr arbeiten müssen, er hatte ausgesorgt für uns beide. Aber er war jetzt viel weg. Er fing an, Rechtsradikale und richtige Neonazis vor Gericht zu verteidigen, er schrieb Artikel für ihre Zeitschriften, er hielt Vorträge vor solchen Gruppen. Er wurde so … extrem … und die Leute, mit denen er immer mehr zu tun hatte …"

Sie schüttelte sich.

„Ich sagte ihm, ich wolle nicht, dass diese Leute in unser Haus kämen, und das akzeptierte er. Aber er verbrachte viel Zeit mit diesen Aktivitäten, und ich zog mich immer mehr von ihm zurück; ich glaube, er hat das nicht einmal gemerkt."

Mir ging ein Licht auf. Das Motorrad. Der Verkniffene. Die beiden blonden Deutschen in Jannis' Taverne am Nebentisch an dem Abend, als wir die Leiche fanden. Sie redeten den ganzen Abend nichts. Warum? Weil sie uns zuhörten? Wenn ich ihn wieder erkannt hatte, dann hatte er mich natürlich erst recht erkannt. Ich beschloss, ihr vom vermutlichen „Besuch" der beiden Typen bei Hildegard und Ernst und von Alechos' Meinung über ihre Rolle in diesem Fall zu erzählen.

„Frau Kern, der junge Mann, der vorhin bei Ihnen war, kennen Sie den näher?"

„Ich weiß, was Sie fragen wollen. Ja, das ist einer von ihnen. Ein merkwürdiger Zufall. Er wollte wissen, wann mein Mann aus dem Urlaub kommt. Aber ich weiß nicht, wie er heißt."

„Wussten Sie, dass Ihr Mann im vorigen Jahr mit zwei von diesen Typen auf Kreta war? Jedenfalls wohnten sie zusammen im *Poseidón,* und man hat sie auch zusammen gesehen. Einer von ihnen ist wahrscheinlich der junge Mann von vorhin."

Sie schaute mich entgeistert an. „Wirklich? Heißt das, sie waren in diesem Jahr wieder da und wussten, dass Eugen tot ist?"

„Ich habe ihn nicht gleich erkannt, aber er war einer der beiden Gäste, die in einem Lokal neben uns saßen, als meine Freundin und ich über den Toten in der Schlucht sprachen."

„Aber wenn sie eine Tür aufgebrochen und Eugens Audi gestohlen haben, um irgendwelche Pläne über die Stelle zu finden, wo das Gold vergraben ist, und dann nach Deutschland zurückgeflogen sind, dann haben sie wohl nicht gefunden, was sie suchten?"

„Bestimmt nicht. Die Vermutung, dass Ihr Mann, der die Gegend so gut kennt, Aufzeichnungen gemacht und sie bei Ernst und Hildegard oder in seinem Auto versteckt hätte, ist ohnehin ziemlich naiv – einmal angenommen, er kannte die Stelle und es gibt diesen Goldschatz überhaupt. Aber dass diese Typen möglicherweise nicht allzu viel Verstand haben, heißt nicht, dass sie nicht gefährlich sind."

„Was heißt das für mich?"

„Ich weiß es nicht genau. Aber wenn Sie eine Alarmanlage haben, schalten Sie die nachts ein, und wenn Sie wegfahren. Und achten Sie darauf, ob jemand das Haus beschattet oder Ihnen folgt, wenn Sie unterwegs sind."

Sie nickte. Mir fiel noch etwas ein.

„Hat Ihr Mann schon früher einen Wagen benutzt, wenn er nach Kreta fuhr? Das macht die Reise doch ziemlich umständlich."

„In den letzten Jahren nicht. Er mietete dort immer einen Kleinwagen, wenn er ihn brauchte."

„Vielleicht brauchte er für seine Suche einen Metalldetektor."

„Als Schatzsucher kann ich mir Eugen immer noch nicht vorstellen."

„Ich auch nicht. In Griechenland soll die Schatzsuche ja ein Volkssport sein, habe ich mir sagen lassen. Aber bei Ihrem Mann kann ich es mir nur so erklären, dass es eine Obsession war, die ihn seit dem Krieg nicht mehr verlassen hat."

Es gab nichts mehr zu sagen. Und als hätte sie meine Gedanken erraten, sprach sie das Schlusswort.

„Es war sehr, sehr freundlich von Ihnen, sich die Mühe zu machen, zu mir zu kommen. Es war nicht ganz leicht für mich, diese Dinge zu hören, aber es war nötig. Sicher hätten Sie gerne nähere Informationen über diese Neonazi-Gruppe, aber das Problem ist, dass ich nichts über sie weiß. Und wenn es Unterlagen über diese Leute gibt, dann hat Eugen sie in seinem Büro. Er hatte sich ein Zimmer dort wohnlich eingerichtet, in dem er schlief, wenn es spät wurde und er am nächsten Morgen früh wieder in Freiburg sein wollte. In der letzten Zeit benutzte er es öfter als mir lieb war."

Irgendwie war es auch ein Schlusswort über die Ehe dieser sympathischen Frau, die so kühl und beherrscht war.

Wenn ich der Meinung gewesen war, der Verkniffene sei von mäßigem Verstand, so wurde ich eines Besseren belehrt. Sein Verstand hatte ausgereicht, mein Auto zu finden und einen Zettel unter die Windschutzscheibe zu schieben. Wie, das war mir noch nicht ganz klar. Vielleicht war es das einzige Auto mit einer Nummer, die nicht aus der Gegend war.

DU SCHNÜFFELNDE SAU, WENN DU DIE FINGER NICHT VON DIESER FRAU LÄSST, WERDEN WIR DIR DEINE WICHSGRIFFEL ABHACKEN! VERPISS DICH NACH FRANKFURT UND LASS DICH HIER NIE WIEDER SEHEN!

Soweit ich sehen konnte, folgte mir niemand, als ich losfuhr. Jedenfalls hatte er jetzt meine Zulassungsnummer. Ich hatte die seine nicht. Bei diesem Test in praktischer Intelligenz hatte er mich geschlagen. Allerdings hatte ich seine Handschrift, wahrscheinlich.

Mein Besuch in Eugen Kerns Freiburger Büro erwies sich als Niete. Ich trat mit einem Phantasienamen auf, behauptete, einen Termin mit Kern zu haben, und sah mich ein wenig um, während die freundliche Dame im Vorzimmer, um ihren guten Willen zu zeigen, den Terminkalender nach meinem Namen durchsuchte. Aber das war es dann auch. Es war das Büro eines Industrieanwalts, nicht eines Neonazi-Sympathisanten. Er hatte die beiden Bereiche seines Lebens offenbar fein auseinander gehalten.

Wenn dieser Motorrad-Lümmel nicht bloß ein Großmaul war, musste ich in naher Zukunft etwas vorsichtiger leben. Als erste Vorsichtsmaßnahme rief ich Beate an und teilte ihr meine Neuigkeiten mit. Ihre Besorgnis zeigte mir, dass sie mich vorläufig lebend am liebsten hatte.

Mein zweiter Anruf galt Frau Kern. Es dauerte eine Weile, bis sie sich meldete; vermutlich war sie im Garten gewesen. Ich fragte sie, ob sie irgendjemandem gegenüber in den letzten zwei Tagen erwähnt hatte, dass sie Besuch aus Frankfurt erwarte. Vielleicht dem jungen Mann gegenüber, der sie aufgesucht hatte, bevor ich kam? Sie überlegte eine Weile.

„Es war sicher ganz dumm, was ich da gemacht habe. Als der junge Mann herumdruckste und nicht gehen wollte und noch eine und immer noch eine Frage stellte, habe ich etwas unwirsch gesagt, ich hätte keine Zeit mehr für ihn, ich erwartete einen Besuch aus Frankfurt. Warum? Ist etwas passiert?"

Es war sicher roh von mir, aber ich las ihr am Telefon den Liebesbrief vor, den ich an meinem Auto gefunden hatte. Das erleichterte mir meinen nächsten Satz:

„Vielleicht fällt Ihnen ja doch noch ein, wie dieser junge Mann heißt. Ihr Mann hat ihn vielleicht einmal erwähnt oder gesagt, wo der Treffpunkt der Gruppe ist."

Sie versprach mir nachzudenken, hörbar schockiert, aber doch nicht so schockiert, wie ich gedacht hatte. Sie war aus härterem Holz als ich, soviel war sicher.

Als ich auflegen wollte, hatte ich plötzlich das Gefühl, dass sie noch etwas sagen wollte. Und so war es auch.

„Unser Gespräch vorhin … was ich da vorher über seine extremen Ansichten gesagt habe … es stimmt alles so, und auch wieder nicht. Ich bin nie das Gefühl losgeworden, dass das alles nicht ganz echt war. Als müsste er sich etwas beweisen. Oder vielleicht anderen."

Ich riskierte wieder mal einen Sprung ins kalte Wasser, sozusagen:

„Wenn Sie so ein Gefühl hatten, Sie, die ihn so gut kannten, dann war es wohl auch so. Gab es – außer diesem Gefühl – irgendwelche konkreten Anzeichen dafür, dass seine Gefühle"… – ich suchte nach dem passenden Wort – „irgendwie ambivalent waren? Dass er … etwas wie zwei Seelen in seiner Brust hatte?"

„Ja, mir ist da eben, als Sie gegangen waren, eine Szene eingefallen, die ich völlig vergessen hatte. Vielleicht weil sie nicht in mein Bild von ihm passte.

Es war irgendwann im Winter, ziemlich spät am Abend. Ich kam von einem Besuch bei einer guten Bekannten nach Hause. Er saß in seinem Lesezimmer, ein Glas Markgräfler stand vor ihm, neben dem Telefon, und eine halbleere Weinflasche. Er hatte den Hörer in der Hand. Aber er telefonierte nicht. Ich glaube, er hatte gerade telefoniert. Er starrte ins Leere und wirkte bedrückt. Ich schaute ihn fragend an und legte ihm meine Hand auf die Schulter. Er schaute mir ins Gesicht, als sei ich eine Erscheinung aus einer anderen Welt. Und dann sagte er, ziemlich leise: ‚Ich glaube, ich habe mein ganzes Leben lang die falschen Freunde gehabt.'"

„Wie haben Sie reagiert?"

„Schlecht, ich war schon zu weit von ihm weg. Ich sagte so etwas wie: ‚Ganz so schlimm wird es doch nicht sein.' Und dann war der Augenblick vorbei. Er lachte abrupt, legte den Hörer auf und bot mir ein Glas Wein an. Vielleicht wäre es meine letzte Chance gewesen, mit ihm ins Gespräch zu kommen. Zu spät."

Ich wusste nicht so recht, was ich sagen sollte. Aber es war so etwas wie ein Anhaltspunkt, und deshalb brauchte ich ihre Hilfe.

„Das könnte wichtig sein. Vielleicht kommen Sie beim Nachdenken auf eine Idee, mit wem er telefoniert haben könnte. Ein alter Freund, von dem er sich verraten geglaubt hat?"

„Ich verspreche Ihnen nachzudenken. Gute Fahrt, Herr Mertens!"

Dass die verkniffenen Freiburger Neonazis nicht nur über ein Minimum an Intelligenz verfügten (ich möchte den Begriff „Vernunft“ nicht gerne auf einen Nazi anwenden), sondern auch gut organisiert waren, bemerkte ich, als ich aus dem Büro zurückkam und den Briefkasten öffnete. Wolfgang hatte noch einen Termin in Karlsruhe, und ich rechnete frühestens in einer Stunde mit ihm. Fast hätte ich die Lenkstange meines Fahrrades losgelassen.

LETZTE WARNUNG!!!
DAS HÄTTEST DU NICHT GEDACHT, DU HOSENSCHEISSER! AUCH IN FRANKFURT LEBEN DEUTSCHE, DIE DIR DEINEN STINKENDEN ARSCH AUFREISSEN WERDEN, WENN DU DAS MAUL NOCH EINMAL AUFMACHST!

Im Gegensatz zu der ersten Drohung, die Wolfgang an seinem Auto gefunden hatte, war dieser Wisch ein Computerausdruck. Nach dem Abendessen analysierten wir die Lage.

„Warum gehen diese Burschen so ein Risiko ein, Beate? Das ist das, was ich immer noch nicht verstehe. Selbst wenn sie völlig besessen von diesem Gold sind, reicht mir das als Erklärung nicht aus. Sie müssen doch damit rechnen, erwischt zu werden.“

„Spätestens nachdem sie dich erwischt haben. Oder mich. Der einzige Grund, der mir einleuchtet, ist der, dass sie Kern tatsächlich ermordet haben. Oder zumindest glauben, dass sie ihn ermordet haben. Selbst dann ist es eine verrückte Art von Vorwärtsverteidigung.“

„Wenn sie auch die Leiche versteckt hätten, dann würde das einen Sinn machen. Aber Dimitri sagt, es war Jorgos, und warum sollte er lügen? Jedenfalls verhindert das Verschwinden der Leiche die Feststellung der Todesursache. Und vielleicht ist sie für immer verschwunden.“

Ich hatte plötzlich die Vision von einer Auseinandersetzung zwischen Kern und den beiden Neonazis in der Schlucht. Sie war verrückt, wie alles in diesem Fall:

„Warum nimmt Kern sie das eine Mal mit und das nächste Mal nicht, und da fahren sie alleine hin, wohnen woanders, haben möglicherweise gar keinen Kontakt zu ihm? Haben sie sich vielleicht zerstritten? Hat er sie das erste Mal mitgenommen, weil er dachte, er kommt alleine nicht zurecht, hat sie heiß gemacht auf das Gold, und das nächste Mal fährt er ohne sie, vielleicht weil ihm die beiden zu auffällig sind, oder zu blöd, und sie fühlen sich verraten und fliegen ihm nach, verfolgen ihn, stellen ihn in der Schlucht, es kommt zur Auseinandersetzung …"

Hier ging mir erst einmal die Luft aus.

„Jedenfalls würde das fast alle offenen Fragen klären, zumindest was die Schatzsuche betrifft. Mir fällt es noch ein bisschen schwer, mir vorzustellen, wie Kern dann schließlich zu Tode gekommen ist, aber sonst ist dein Drehbuch ziemlich plausibel. Allerdings müssten wir uns dann auf ein ziemliches Gedränge in der Schlucht gefasst machen, ganz abgesehen von den Ziegen. Eugen Kern am Ziel seiner Wünsche, oder doch beinahe; Jorgos, der ihn im Auftrag der Bande beschattet, ohne dass Kern es ahnt; Max und Moritz, diese beiden Verkniffenen, die ihm nachgeschlichen sind und ihn überraschen. Es gibt einen heftigen Wortwechsel, Jorgos fühlt sich überfordert und tut das, was er früher immer getan hat, wenn er nichts mehr verstand: Er schießt, vorsichtshalber über ihre Köpfe, vielleicht sieht er auch nicht mehr so gut wie früher. Eugen Kern bricht zusammen, weil er gerade zuviel Zucker hat, oder zu wenig, die beiden Kerle verduften so schnell wie möglich; Dimitri kommt mit seinem Salbeikörbchen und beugt sich über den Toten …"

„Willst du mich verarschen, Wolferl?", fragte ich ihn. „Dieses Drehbuch würde uns nicht mal die deutsche Filmförderung abnehmen."

Mein Geliebter schaute mich völlig verständnislos an.

Oder tat er nur so?

„Nein, Beate, nein!“ sagte er aufgeregt. „Es klingt wie die Karikatur eines deutschen Heimatfilms aus den fünfziger Jahren, aber es ist die einzige Arbeitshypothese, die alle Unwahrscheinlichkeiten erklärt! Du bist genial!“ Er nahm mich in die Arme und küsste mich überschwänglich.

Ich mag Wolfgang immer sehr, wenn er so enthusiastisch ist; aber manchmal braucht er dann einen kleinen Dämpfer.

„Denkst du eigentlich, dass die tapfere kleine Witwe dir die Wahrheit gesagt hat? Ob sie dir alles gesagt hat, was sie weiß?“

Wolfgang kratzte sich an der Stelle, wo sein Haar die ersten weißen Strähnen zeigt.

„Inzwischen denke ich halb und halb, dieser Kerl war nicht da, um ihr einige Scheinfragen zu stellen, sondern um sie zu warnen: Wenn sie irgend jemandem verrät, wer er ist, dann wird er ihren Wellensittich erwürgen – oder ihr die Bude anzünden oder sie umbringen. Sie hat mir im Grunde nur verraten oder bestätigt, was ich eh schon wusste oder wenigstens vermutet habe.“

„Klingt ziemlich einleuchtend. Und denkst du, dass inzwischen die gesamte nationale Rechte Deutschlands hinter Leonidas' Goldschatz her ist, oder behalten ihn die beiden für sich, wenn sie ihn haben?“

„Unbedingt Hypothese zwei.“

„Das denke ich auch.“

Mir war eine Idee gekommen, wie wir uns wehren konnten, wenn die beiden die Meute auf uns hetzen sollten; aber diese Waffe konnten wir nicht sofort einsetzen, eher mit Zeitverzögerung. Erst einmal waren wir machtlos. Also würde unser Leben zunächst seinen gewohnten Gang gehen. Wolfgang würde versuchen, an die Freiburger Neonazis heranzukommen, ich würde weiter nach den Spuren von Leonidas und/oder Daniel Atzenis suchen, und im Übrigen hatten wir beide unsere Arbeit – stapelweise.

Trotzdem spukte die Figur des verschwundenen „Bankiers“ aus Thessaloniki auch während der Arbeit in meinem Kopf herum.

Was uns Alechos über ihn erzählt hatte, stimmte durchaus mit den verschiedenen Rückmeldungen überein, die ich von Kollegen aus den USA und aus Israel erhalten habe. Und alle Informationen über Atzenis passten zum Charakter dieser Stadt in Nordostgriechenland.

Vor dem Ersten Weltkrieg war sie noch türkisch gewesen; Kemal Atatürk, der strenge Vater der modernen Türkei, stammte ebenfalls aus Thessaloniki. Sein Geburtshaus steht noch heute.

Schon vor 2000 Jahren hatte es in Thessaloniki eine starke jüdische Gemeinde gegeben. Zu Anfang des 20. Jahrhunderts waren knapp sechzig Prozent der über hunderttausend Einwohner Thessalonikis Juden.

Unter türkischer Herrschaft lebten Griechen, Türken und Juden einigermaßen friedlich miteinander. Dann kamen die Balkankriege. 1912 erhoben sich die Griechen und ihre Nachbarn gegen die türkische Herrschaft, Thessaloniki wurde griechisch. Der Krieg ging bis 1922 weiter, mit wechselndem Kriegsglück. Die türkischen Bewohner flohen oder wurden vertrieben. Vertriebene griechischer Herkunft, die vorher auf dem türkischen Festland gelebt hatten, hausten nun, zum Teil bis lange nach dem Zweiten Weltkrieg, unter oft erbärmlichen Bedingungen in den Elendsquartieren von Thessaloniki. Das Zusammenleben zwischen Griechen und Juden, zwischen Vertriebenen und Einheimischen wurde schwieriger.

Als es im August 1917 in einem Flüchtlingslager am Rande Thessalonikis zu brennen begann und das Feuer einen Großteil der Stadt vernichtete, fast zehntausend Gebäude, wurden siebzigtausend Menschen obdachlos.

Es entstanden Hassgefühle gegen die „reichen Juden“. Dabei waren keineswegs viele Juden Thessalonikis reich. Ganz im Gegenteil: Fünfzigtausend von jenen, die ihre

Wohnung und auch sonst fast alles verloren hatten, waren Juden.

Aber es gab noch genügend Reiche, die in prächtig eingerichteten Häusern das Leben angesehener Bürger führten und als Zielscheibe für antisemitische Propaganda dienen konnten.

Die wohlhabenden Juden Thessalonikis galten als patriotische Griechen und treue Anhänger der Monarchie. Insofern war es keineswegs verwunderlich, dass ein nach außen hin eher unauffälliger Bürger wie Atzenis diskrete Bankgeschäfte für diejenigen tätigten, die ihre Transaktionen nicht an die große Glocke hängen wollten. Das konnte im Klima der zwanziger und dreißiger Jahre durchaus für monarchistische Politiker und sogar für das Königshaus zutreffen, das in Griechenland immer umstritten war.

Auch dass ein reicher Jude auf die antisemitische Politik in Deutschland und Polen reagierte und zionistische Organisationen finanziell unterstützte, war durchaus wahrscheinlich. Schließlich gab es allen Grund, die Auswanderung der gepiesackten und gedemütigten Juden nach Palästina zu unterstützen.

Nur was mit Atzenis nach dem Einmarsch der Deutschen in Griechenland und der Besetzung des Landes durch italienische und deutsche Truppen geschehen war, darauf gaben die Informationen, die ich im Laufe einer Woche erhielt, ganz unterschiedliche Auskünfte. Es mochte vielleicht noch weiteres Material auftauchen, und das hoffte ich, aber das, was mir vorlag, waren vier verschiedene Versionen der gleichen Lebensgeschichte ab etwa Anfang 1942:

– Atzenis flüchtete nach Kreta und kam dort 1942 auf ungeklärte Weise ums Leben (identisch mit der Version, die uns Alechos präsentiert hatte).

– Atzenis flüchtete nach Kreta, blieb in Chaniá und wurde von dort mit den anderen kretischen Juden nach Auschwitz verschifft, kam dort aber nie an, weil das Schiff versenkt worden war.

– Atzenis blieb in Thessaloniki oder ging wieder dorthin zurück. Nach dem deutschen Einmarsch schloss er sich dem Widerstand an und wurde 1943 bei einem Überfall auf eine motorisierte deutsche Militärstreife auf der Chalkidiki erschossen.

– Atzenis wanderte während des Krieges auf abenteuerlichen Wegen illegal in Palästina ein, nahm einen anderen Namen an und schloss sich einer radikalen jüdischen Organisation an, die gegen die englische Mandatsmacht kämpfte. Er fiel 1948, in den ersten Tagen des jüdisch-arabischen Krieges.

Die Möglichkeiten, dass es Namensverwechslungen gab und dass Atzenis noch unter einem oder mehreren anderen Namen operiert hatte, musste ich auch einbeziehen; dass ein Mann mit Geld und Beziehungen vielleicht über eine zweite oder dritte Identität mit Pässen verfügte, die über jeden Zweifel erhaben waren; dass ein anderer sich mit irgendeinem Papier, auf dem ein schöner Stempel prangte, Atzenis' Identität zugelegt hatte, obwohl der schon tot war. Und so weiter.

Wolfgang, dem ich meine vier Atzenis-Versionen nach einem halben Tag des Brütens vorlas, machte mich auf eine weitere Möglichkeit aufmerksam:

„In bestimmten Lebenssituationen kann es für mich auch nützlich sein zu beweisen, dass ich tot bin. Zum Beispiel wenn die Polizei nach mir fahndet. Man hört auf, mich zu suchen, und ich mache mich seelenruhig mit meinem Bankraub-Zaster und meinem falschen Pass aus dem Staub. Und lasse dich dann nach Kanada nachkommen. Oder auf die Insel Dominica."

Die Vorstellung, mit Wolfgang als untergetauchtem Bankräuber einen ruhigen Lebensabend in Vancouver oder auf einer verschlafenen Karibikinsel verbringen zu dürfen („Denk daran, Liebling, von jetzt ab bin ich Kevin für dich!") erheiterte mich für einen Moment. Für einen Juristen hat er entschieden zu viel Phantasie, und zwar von der absurden Sorte; aber als Lebenspartner hat er einen hohen Unterhaltungswert und erspart manches Fernsehprogramm. Und Abraham schwört, dass Wolfgang gerade mit seiner Phantasie seinen Klienten und damit der Rechtsanwaltspraxis Geld einbringt.

Er betrachtete mich eine Weile mit gerunzelter Stirn und streichelte zerstreut mein rechtes Knie.

„Was mich auf den Gedanken bringt, dass hier einer seinen eigenen Tod inszeniert hat, ist gerade, dass es vier Versionen gibt. Vielleicht hatte er mehrfach in dieser Zeit das dringende Bedürfnis, den Behörden – in Griechenland den deutschen und in Palästina den englischen – zu beweisen, dass es ihn gar nicht gibt. Er konnte nicht wissen, dass ihn Hinweise auf sein Weiterleben in irgendwelchen Aktenstücken überleben würden und dass irgendwann, fünfzig Jahre später, eine gut aussehende Historikerin ihn als mehrfachen Fälscher seines Ablebens entlarven würde. Und hätte er es gewusst, es wäre ihm damals wohl gleich gewesen."

Das war die Lösung. Schließlich hatte ich selbst fasziniert den Erzählungen meines Vaters gelauscht, der mit falschen Papieren gegen Kriegsende monatelang in Venedig gelebt, Lebensmittelkarten bezogen und die Oper besucht hatte. Sein Fehler war, dass er die Engländer eben nicht von seiner Nichtexistenz hatte überzeugt können. Sie fanden ihn, weil sie nach einem lebendigen Severin Rüttgers suchten.

„Wir wissen schließlich, dass die Deutschen Atzenis suchten. Er war Jude, er hatte Gold, war also ein Objekt zum Ausplündern, das genügte. Für die Nazis war das Vermögen eines Juden Beutegut. Und wenn er nicht besonders auffällig aussah, hatte er mit einem guten falschen Pass eine reelle Überlebenschance.

Zum Beispiel diese Geschichte mit den Goldeseln. Er und sein Führer verschwinden samt dem Gold und den Eseln an der Südküste, und dann sitzt er irgendwo, sagen wir, in der italienischen Besatzungszone im Osten Kretas, mit dem Pass eines pensionierten Professors aus irgendeinem neutralen Land, hat das Gold im Ziegenstall unterm Stroh … Und als die Deutschen 1943 die Italiener als Besatzungsmacht ablösen, hat er eine neue Idee …"

Wolfgang unterbrach sich selbst. Seine Rekonstruktion eines möglichen Hergangs war gerade dabei, sich in ein Märchen aus Tausendundeiner Nacht zu verwandeln. Und dabei kam mir dieses Märchen nicht einmal besonders absurd vor.

„Spinn nur weiter, Junge. Vielleicht beziehst du in deine Überlegungen noch mit ein, dass für diesen Mann Sprachen kein Problem waren. Wahrscheinlich war sein Vater wohlhabend. Dann musste schon der kleine Leonidas Französisch lernen. Da er aus Thessaloniki stammte, war er sehr wahrscheinlich sephardischer Jude und deshalb mit dem urigen Spanisch seiner Vorfahren aufgewachsen. Griechisch und Türkisch konnte er ohnehin. Vielleicht noch Englisch oder Deutsch …"

„Aber hast du bei Alechos nicht selbst die nahe liegende Frage aufgeworfen, warum dieser Mann nicht rechtzeitig in die USA gegangen ist?"

„Vergiss die nahe liegenden Fragen. Ich will dich weiter spinnen hören. Das ist im Augenblick deine wichtigste Arbeit. Und entferne dich dabei nicht zu weit von meinem Knie. Sonst kommen wir beide auf dumme Gedanken, und darunter könnte die Arbeit leiden."

„Kannst du mir sagen, was wir hier eigentlich tun?"

„Wir erstellen ein Täterprofil, Dummkopf. Wenn man davon absieht, dass wir nicht wissen, was er eigentlich getan hat, außer zu verschwinden."

„Also gut, Schlaukopf. Als Hitler in Prag einmarschiert, weiß Atzenis, dass es Krieg geben wird. Er baut eine zweite Existenz auf. Er nimmt ganz legal den alten spaniolischen Namen seiner Familie wieder an, indem er einem höheren Beamten ein klingendes Geschenk macht, und wird unter dem Namen De Leon argentinischer Handelsattaché in Athen; oder Repräsentant für Schweizer Schokolade in Chaniá. Vielleicht makelt er auch in Piräus Ladung für Schiffe, die unter der Flagge Mexikos fahren."

Trotzdem wurde an diesem Abend nichts mehr aus dem Täterprofil. Die Hand auf meinem Knie entwickelte ihre eigene Logik, und das war gut so.

Am nächsten Morgen saß ich wieder in meiner Bank und brütete über der Frage, was ich dort eigentlich tat. Stand die Wahrheit in den Akten, über denen ich saß?

Meine Arbeit hat mit Erinnerung zu tun, und Menschen erinnern sich nun einmal nicht gern an Situationen, in denen sie eine erbärmliche Rolle gespielt, in denen sie gekuscht haben, obwohl sie auch nein hätten sagen können, oder an eine Anordnung, die sie auch weniger eifrig und pflichtbewusst hätten erfüllen können. Und wenn sie doch mit dergleichen unangenehmen Erinnerungen konfrontiert werden, fällt ihnen sicher die berüchtigte Ausrede des „Befehlsnotstands" ein. Das muss keine bewusste Lüge sein ... Aber es spricht für sich, dass auch mehr als ein halbes Jahrhundert nach den Ereignissen kein Aktenstück aufgetaucht ist, in dem von der Hinrichtung eines deutschen Soldaten die Rede ist, der wegen Verweigerung eines verbrecherischen Befehls hingerichtet wurde. Geschweige denn eines deutschen Bankiers.

Und merkwürdigerweise gilt die Erinnerungssperre auch noch, wenn die schuldige Generation längst abgetreten ist und neue Gesichter das alte Unternehmen repräsentieren. Es ist schmerzhaft, sich einzugestehen, dass die Firma, mit der man sich identifiziert, der man seinen Aufstieg verdankt, nicht immer nur anständige Geschäfte gemacht hat.

Es müssen ja nicht die ganz großen Sauereien sein: Zur „Endlösung" gehörten auch willige Vollstrecker, die Vermögen, große und viele kleine, registrierten und in Geld verwandelten, das einem alten Sprichwort nach nicht stinkt, die Konten auflösten und die Überschüsse an den Staat überwiesen. Etwa Buchhalter, die bei der „Arisierung" von Geschäften halfen und tausend andere Handlangerdienste für die Vernichtungsmaschinerie der Nazis leisteten – und sich selbst dabei nicht vergaßen.

Die Sparkasse oder die Volksbank, bei der viele kleine Leute ihr Konto haben, nicht ausgenommen. Oft genug wurde das Grundstück, auf dem sie vor ein paar Jahren ihre neue Filiale gebaut hat, in den dreißiger Jahren einem Juden „abgekauft", der dort mit Stoffballen und Nähgarn gehandelt hatte, bis es nicht mehr ging, natürlich zu einem zeitbedingt günstigen Preis – um es vorsichtig auszudrücken.

Das Sündenregister der Großbank, für die ich arbeite, ist entsprechend großformatiger, und ihre Entscheidung, mich für die Aufarbeitung ihrer Archive anzustellen, war nicht nur das Ergebnis von Wahrheitsliebe. Wenn man täglich damit rechnen muss, dass neue Akten ans Licht kommen, aus irgendwelchen Beutearchiven der ehemaligen Sowjetunion oder sonst woher, entdeckt man am besten selbst, welche Leichen noch im eigenen Keller modern.

Ich brauche meine ganze Sensibilität, um bei der Wahrheitssuche nicht die empfindsamen Gefühle der Bank zu verletzen; und zumindest bei meiner wichtigsten Kontaktperson, dem Leiter des Archivs, bin ich erfolgreich gewesen. Er glaubt mir inzwischen, dass ich nicht von Rachegefühlen geleitet bin, und ich habe ihn davon überzeugt, dass eine wissenschaftlich unangreifbare, nicht geschönte Arbeit über die Rolle der Bank damals ihr für das Image heute nur nutzen kann. Inzwischen geben wir gemeinsam regelmäßige Zwischenberichte an die Presse, und die Reaktion ist positiv.

Mein Chef, Dr. Mangold, ist zu jung, um sich noch persönlich schuldig fühlen zu müssen, und er kennt sich gut aus. Wenn irgendjemand weiß, wo bankeigenes Material über einen obskuren kleinen Goldhändler und Juwelier im Thessaloniki der Vorkriegszeit zu finden wäre, der auch Bankgeschäfte betrieb, dann er. Und er ist zu artig, um einer Dame, die er schätzt, einen persönlichen Wunsch abzuschlagen. Mangold hat mich mit einem kleinen Lächeln und seinem stereotypen „Für Sie immer" erfreut, als ich ihn – zwei Tage nach unserem Urlaub – um einige Minuten seiner kostbaren Zeit gebeten habe.

„Natürlich hatten wir Büros in Athen und Thessaloniki, in Patras und in Iraklion. Allerdings lagerten die Akten über unser Südosteuropa-Geschäft während des Krieges in Wien. Einiges ist verbrannt, und die Russen haben einiges mitgenommen. Was noch da ist, können Sie gerne einsehen. Wenn Sie etwas veröffentlichen wollen, müssen Sie … aber das wissen Sie ja. Es wird eine unangenehme Arbeit sein; die Sachen sind noch nicht auf Microfiche.“

Die Suche kostete mich über zehn Stunden, verteilt auf eine ganze Woche, denn sie konnte nur in meiner Freizeit stattfinden. Ich fand erst einmal gar nichts. Im Europa der dreißiger Jahre, das von Devisenbewirtschaftung geprägt war, nach der Weltwirtschaftskrise, musste zwar jede Transaktion über Landesgrenzen genau dokumentiert werden. Aber wahrscheinlich lief gerade deshalb vieles über unkontrollierbare, weil illegale Kanäle. Es gab noch andere deutsche Banken, zu denen Atzenis Beziehungen unterhalten haben könnte als die, deren Geschichte ich erforschen sollte. Und schließlich war es möglich, dass er Beziehungen zu regulären Banken gar nicht unterhalten hatte – will sagen, dass die Geschäfte in diskreten Köfferchen mit doppeltem Boden abgewickelt wurden.

Die beiden von meinen Reizen hingerissenen und mir blind ergebenen Doktoranden, mit denen mich Wolfgang regelmäßig neckt, hätten mir die Suche zweifellos erleichtern können. Leider existieren sie nur in seiner unerschöpflichen Phantasie, imaginäre Doppelgänger, die mich auch während der Arbeitszeit mit Liebe und Verehrung überschütten. Immerhin hatte mich das auf die Idee gebracht, Dr. Mangold gegenüber anzudeuten, dass meine Arbeit für die Bank mit ein wenig Hilfe schneller gehen würde – und es würde die Bank faktisch nichts kosten. Wer heute sein Studium abschließt, muss oft ein, zwei Jahre umsonst arbeiten, nur um Praxis vorweisen zu können, so traurig ich das auch finde.

Dr. Mangold lächelte, als er meinen Vorschlag hörte, und bot mir einen selbstgebrauten Kaffee an. Das ist eine seiner sympathischen Seiten: er macht sich seinen Espresso selbst. Und neuerdings bietet er mir immer einen an, wenn er mich über staubige oder klebrige Akten gebeugt sieht. „Ich werde mal einen Vorstoß unternehmen. Und ein Forschungsstipendium ist für die doch …“ Sein Satz blieb in der Luft hängen wie der Flügelschlag einer Möwe. Hatte er wirklich *peanuts* gesagt, oder bildete ich mir das nur ein?

Als ich schließlich doch etwas fand, hatte ich eigentlich schon aufgegeben und war gerade dabei, das Material, das ich schon gesichtet hatte, wieder einzuordnen: Es gab eine ganze Mappe über den Gesuchten. Die Geschäftsbeziehungen mit der offenbar neu gegründeten Privatbank Atzenis hatten 1935 begonnen. Es gab beglaubigte Auszüge aus offiziellen Akten, eine Art Eröffnungsbilanz in Abschrift, Aktenvermerke über Bonitätsprüfungen – und jede Menge Empfehlungsschreiben. Ein weltbekannter griechischer Weingutsbesitzer, zwei Mitglieder des Diplomatischen Korps, darunter ein Deutscher, der Präsident eines Automobilklubs, ein Reeder, ein Minister, ein hoher Beamter der königlichen Hofhaltung. Es gab handschriftliche Notizen über Telefongespräche mit einem General, einem nicht näher bezeichneten „Prinzen“ und, noch merkwürdiger, über eine vertrauliche Unterhaltung mit einem deutschen Handelsattaché, der bei der deutschen Botschaft in Ankara akkreditiert war. Das Bankhaus hatte sich gut abgesichert, ehe es Geschäftsbeziehungen zu Atzenis aufnahm. Und für einen Mann, der gerade mal Mitte zwanzig war, musste Atzenis hervorragende Verbindungen haben. Wieso eigentlich? Oder waren das alles Leute, die bei ihm in der Kreide standen?

Es gab seit 1936 regelmäßige Überweisungen der Atzenis-Bank auf ein Devisenkonto zu Gunsten einer Agentur, die, wie ich wusste, junge Juden in Deutschland in Kursen für die Auswanderung nach Palästina vorbereitete. Es gab überraschenderweise wiederholte Zahlungen eines deutschen Elektrokonzerns an Atzenis, seit 1937 und bis kurz nach Kriegsbeginn. Und im Frühjahr 1939 erteilte das Reichsfinanzministerium der Bank eine Ausnahmegenehmigung für eine gemeinsame Operation mit der Atzenis-Bank, die sich, und das war nun das Allermerkwürdigste, offensichtlich auf eine Firma mit dem Hauptsitz in Istanbul bezog, zu der Atzenis den Kontakt angebahnt hatte. Das ziemlich vage gehaltene Schreiben bestätigte lediglich das „nationale Interesse" des geplanten Vorhabens. Zweimal hatte Atzenis persönlich mit Vertretern der Bank in Deutschland verhandelt – und wer weiß, mit wem sonst noch.

Nicht dass ich das Ganze schon irgendwie einordnen konnte. Abgesehen von seinen finanziellen Zuwendungen an eine zionistische Organisation, die das Reich offensichtlich toleriert hatte, war alles neu und unverständlich. Atzenis musste eine sehr viel wichtigere Rolle gespielt haben, als es zunächst aussah. Aus dem Gold- und Juwelenhändler, der möglicherweise für jemanden bei Hofe Geldgeschäfte tätigte, war ein Bankier geworden, dem das Deutsche Reich Gefälligkeiten erwies, weil es ihm auf obskure Weise verpflichtet war.

Wolfgang empfing mich mit einer stürmischen Umarmung, obwohl es nach acht Uhr war und ich nicht angerufen hatte. Offenbar hatte er sich Sorgen gemacht, aber er wollte es auf keinen Fall zeigen.

Kaum hatte ich die Badezimmertür wieder geöffnet, führte er mich mit der steifen Beflissenheit eines Oberkellners, der die Primadonna der Oper empfängt, zum gedeckten Tisch: „Du musst hungrig sein." Mir war heute nicht nach gebackenem Ziegenkäse und Broccoliauflauf zumute, aber was hätte ich sagen sollen? Schließlich war ich wirklich hungrig, und ich brannte darauf, ihm so rasch wie möglich von meiner Entdeckung zu erzählen.

Er hörte mir wortlos zu, mit gespannter Aufmerksamkeit, und als ich fertig war, schwieg er minutenlang.

„Erinnerst du dich, wer der andere Diplomat war?“

„Ich glaube nicht. Augenblick … ich glaube, der türkische Botschafter. Warum?“ In diesem Augenblick ging mir ein Licht auf. „Du meinst …“

„Natürlich! Atzenis ist in einer Stadt aufgewachsen, in der Griechen, Türken und Juden einmal friedlich zusammengelebt haben. Er spielt den griechischen Patrioten, und wahrscheinlich ist er das auch, aber gleichzeitig pflegt er die alten Geschäftsbeziehungen seines Vaters …“

„… der vielleicht mit Kemal Atatürk noch persönlich bekannt war … Aber warum?“

„Trotz der schlechten Beziehungen zwischen der Türkei und Griechenland nach dem Krieg – oder vielleicht sogar wegen der schlechten Beziehungen brauchte man jemanden, der Geschäfte zwischen diesen Ländern vermittelte und für beide glaubwürdig war.“

„Und wenn er wirklich überzeugter Zionist war, brauchte er die Türkei vielleicht, um Einwanderer nach Palästina zu schmuggeln … Oder ist das zu unwahrscheinlich? Aber was hatte er den Deutschen zu bieten?“

„ Zum Beispiel Wolfram. Ein Metall, auf das die Deutschen scharf waren. Oder sonst was Kriegswichtiges.“

„Was? Aber warum kauften es die Deutschen nicht direkt von den Türken?“

„Das weiß ich auch nicht.“

„Jedenfalls haben wir jetzt eine Vorstellung, was aus Atzenis geworden ist. Du hattest schon Recht mit deinen Ideen, nur war es eben nicht Mexiko oder Argentinien, sondern die Türkei. Er lässt sich mal kurz mit seinen Goldeseln in Kreta sehen und verschwindet dann mit einem Diplomatenpass in Istanbul. Den hat ihm eine der Regierungen, denen er einen Gefallen getan hat, aus Dankbarkeit ausgestellt.“

„Oder er war gar nicht selbst in Kreta, sondern hat einen Cousin geschickt, der die Esel laufen ließ und sich in die italienische Besatzungszone Kretas absetzte.“

„Nachdem er seinen Führer umgebracht hatte.“

„Vielleicht. Und was passierte danach?"

„Atzenis kehrte nach Thessaloniki zurück und starb dort. Oder er ging nach Israel und starb dort. Oder er starb überhaupt nicht und ist jetzt, Moment mal, so um die neunzig."

„Und wo?"

„In Südafrika. Er verzehrt seine Pension als Direktor bei De Beers. Du weißt, er hatte schon immer mit Diamanten zu tun."

Es war ein schönes *brainstorming:* Wie zwei Teenager fabulierten wir um die Wette und amüsierten uns köstlich. Aber plötzlich merkte ich, dass etwas nicht stimmte. Wolfgang war unnatürlich bleich und schien auf das Klingeln des Telefons zu warten. Er spielte mir etwas vor, weil er mir die Freude an meiner Entdeckung nicht verderben wollte.

„Was ist los?"

„Diese Frau. Sie ist nicht zu erreichen. Ich meine, die Frau von Kern. Ich habe einen Reporter aus Freiburg angerufen, Walther Frumberg, den mir ein Typ von den Grünen empfohlen hat, und ihm die Geschichte erzählt, so gegen vier. Der bringt morgen früh eine Notiz über das rätselhafte Verschwinden eines Rechtsanwalts aus der rechten Szene. Gegen sieben hat er sich mit dem Wagen auf den Weg nach Rebisau gemacht, um herauszufinden, was los ist. Er ruft an, sobald er etwas weiß."

In diesem Augenblick klingelte das Telefon. Wolfgang sprang auf und griff nach dem Hörer. Er hörte mit unnatürlicher Anstrengung zu. „Danke, Walther, ich melde mich morgen früh. Schick mir ein Fax mit dem Text, sobald du die Zeitung hast, bitte … Mir geht es besser."

Er schaute mich verzweifelt an. „Sie ist tot. Er hat sie in ihrem Auto gefunden, in der Garage. Erstickt. Der Motor lief noch."

„Ein als Selbstmord getarnter Mord?"

„Sagst du! Hoffentlich merkt das auch die Polizei."

„Was heißt das: Mir geht es besser?"

Erst als Wolfgang eine Stunde lang mit Schüttelfrost im Bett gelegen hatte, bekam ich aus ihm heraus, dass jemand versucht hatte, ihn mit dem Auto zu überfahren. Er hatte sich durch einen Sprung vom Fahrrad gerettet. Der steife Gang eines beflissenen Oberkellners kam von seinen Schmerzen. Ich beschloss, Abraham anzurufen. Eine Stunde später meldete sich ein hünenhafter junger Mann. Zum ersten Mal in meinem Leben genoss ich das zweifelhafte Gefühl, einen Leibwächter auf der Straße vor unserer Wohnung in seinem Wagen zu wissen. Abraham hatte jeden Widerspruch im Keim erstickt.

„Morgen früh packt ihr eure Sachen und fahrt im Taxi zu mir. Ihr bleibt bei mir, bis sich die Sache geklärt hat. Hettys zwei Zimmer stehen leer. Und meine Katze freut sich, wenn sie ein paar Tage Gesellschaft hat. Wolfgang nimmt eine Woche Urlaub, und du, wenn du keinen Urlaub machen kannst, fährst mit dem Taxi ins Büro. Klar?“

„Danke, Abraham. Manchmal ist es schön, wenn man nur danke zu sagen braucht.“

„Das Fahrrad“, murmelte Wolfgang. „Dein Geburtstagsgeschenk. Nur noch Schrott.“

10 *Irini*

Das Lokal ist renoviert, die Scheiben sind ersetzt, die Gäste sind zurückgekommen.

Es gibt viel zu tun, und doch habe ich zu viel Zeit zum Nachdenken.

Jeden Morgen, wenn ich mich im Spiegel betrachte, sehe ich eine schöne junge Frau, fast noch ein junges Mädchen. Aber es macht mir keine Freude zu sehen, dass ich schön bin. Ich bin eine Witwe, die schwarze Kleidung tragen und den Blick senken muss, wenn sie einen unverheirateten Mann auf der Straße sieht, damit er sie nicht anspricht. Zum Beispiel Manolis.

Die beiden sind in den letzten beiden Wochen fast ständig hier. Manolis begleitet seinen Großvater auf Schritt und Tritt, als „Sekretär und Leibwächter", wie Alechos zu scherzen pflegt, wenn sie zusammen in unserer Taverne zu Abend essen. Ich senke den Blick und lächle, aber mir ist nicht zum Lächeln zu Mute. Leibwächter! Ich möchte an Alechos' Stelle sein. Ich möchte, dass Manolis mein Leibwächter ist. Mein Leib möchte, dass Manolis über ihn wacht, ihn mit seinen Händen berührt … Ich kann nichts gegen das tun, was mein Körper sich wünscht. Ich kann auch nichts dazu tun, dass Manolis die Wünsche meines Körpers erfüllt. Aber ich schäme mich. Vor allem, weil ich an nichts anderes mehr denken kann.

Die beiden kommen spät und bleiben meist, bis es leer wird. Sie unterhalten sich leise und lebhaft über das, was sie tagsüber tun: mit Leuten aus dem Dorf sprechen, mit jedem einzeln, auch mit Frauen, den älteren natürlich. Vielmehr ist es Alechos, der mit den Leuten spricht, und Manolis, der sich Notizen macht. Aber wenn sie sich miteinander unterhalten, wirken sie wie gute Freunde.

Ich sehe, wie Manolis mich ab und zu verstohlen ansieht und sofort wieder wegschaut. Was denkt er von mir? Ahnt er etwas? Verachtet er mich, weil er meine Gedanken errät?

Ich bin mir sicher, dass Alechos Bescheid weiß. Ab und zu, wenn die letzten Gäste gegangen sind, bittet er mich, ihnen ein paar Augenblicke Gesellschaft zu leisten. Mein Vater mag das ganz und gar nicht. Er behauptet, dass ich noch in der Küche zu tun habe, dass ich am nächsten Morgen um fünf aus dem Bett muss oder was ihm sonst so einfällt. Alechos lacht über seine Einwendungen und setzt seinen Kopf durch. Oder setzt er meinen Kopf durch? Für fünf oder zehn Minuten bin ich vor Glück wie betäubt. Alechos stellt mir Fragen über das Dorf, deren Sinn ich nicht immer erraten kann, Manolis notiert. Wenn sie gegangen sind, wirft mein Vater mir scheele Blicke zu. Mutter tut, als ob sie von alledem nichts gesehen und gehört hätte.

Seit ich mit Großvater in Agia Irini war, habe ich Manolis nicht einen einzigen Augenblick allein gesehen oder gar gesprochen. Aber für diese Minuten am Abend bin ich ihm nahe, so nahe, dass ich mich mit den Händen am Tisch festhalten muss, um ihn nicht zu berühren. Und wenn sie gegangen sind, warte ich auf den nächsten Abend.

So war es jedenfalls bis gestern. Seitdem ist alles anders. Es war brechend voll, aber die Gäste gingen früher als sonst, und die beiden kamen erst, als es in der Küche praktisch nichts mehr gab. „Macht nichts", sagte Alechos. „Wir nehmen, was wir kriegen. Ein paar Oliven, ein Omelette, was halt noch geht." Natürlich konnte meine Mutter sie nicht wegschicken und briet ihnen den frischen Fisch, den sie für uns aufgehoben hatte.

Alechos trank mehr Wein als sonst, und die beiden waren stiller als sonst. Dann kam die Einladung, und sofort war mein Vater da und brummte:

„Was willst du eigentlich von ihr?"

„Ich habe ein paar Fragen an sie."

„Warum fragst du nicht mich? Oder Venetía?"

Alechos lächelte entwaffnend. „Sei mir nicht böse, Jannis, du bist nicht schlau genug für meine Fragen, und Venetía wird nichts sagen, was du nicht vorher abgenickt hast. Ich brauche Irini, weil sie ein kluges Mädchen ist und ein bisschen Abstand von diesem Kaff hat."

Er sagte tatsächlich *bromótopos* zu unserem Dorf, und ich dachte, mein Vater würde hochgehen; aber Alechos legte ihm die Hand auf den Arm und sagte: „Ich meine es nicht so. Aber glaub mir, ich brauche Irini für meine Untersuchung. Es ist besser für alle hier, wenn die Wahrheit an den Tag kommt."

Mein Vater zog sich also grollend ins Büro zurück, Mutter und Großmutter hörte ich in der Küche werkeln. Für eine Weile sagte niemand etwas. Dann sah Manolis von seinem Schreibheft auf und schaute mich an.

„Wir wollen dir nicht wehtun, Irini", sagte er sanft. Ich blickte zu Alechos auf, aber der schwieg. Manolis räusperte sich. Offenbar fiel es ihm nicht leicht zu sprechen. „Verzeih mir! Dein Mann, Pandelís, wie war er in den letzten Wochen vor seinem Tod? Hatte er mit jemandem Streit? Hat ihn etwas bedrückt? Hat er schlecht geschlafen?“ Und dann legte er mit einer vorsichtigen Bewegung drei Finger seiner rechten Hand auf meinen linken Handrücken.

Ich hob den Blick und sah ihm in die Augen. In diesem Augenblick wurde mir klar, dass er dasselbe fühlte wie ich. Und ich wusste, dass er mich alles fragen durfte, auch das.

„Monatelang habe ich mir gewünscht, dass jemand mir diese Fragen stellt“, sagte ich nach einer ziemlich langen Pause. „Aber anscheinend wollte niemand wissen, was ich von diesem Unfall denke.“

„Wir bitten dich darum“, sagte Alechos.

„Wenn ich sagen soll, was anders war, bevor er starb, dann muss ich auch sagen, was vorher war. Und das fällt mir schwer.“

„Alles ist wichtig, auch deine Eindrücke. Und deine Gefühle“, sagte Manolis. Alechos nickte.

„Pandelís war der Mann, den sich meine Eltern für mich gewünscht haben. Er kam aus einer anständigen Familie, er hatte eine gute Schulbildung, er sah gut aus, hatte gute Manieren, er war sportlich. Und er war nicht wie die anderen jungen Männer aus dem Dorf – immer auf der Jagd nach einer unternehmungslustigen Touristin, solange die Saison dauert. Ich mochte ihn. Also habe ich ihn geheiratet, und ich hatte das Gefühl, dass meine Eltern gut gewählt hatten.“

Ich habe immer noch keine Ahnung, was mir den Mut gab, vor den beiden so etwas zu sagen.

„Und blieb das auch so?“, fragte Alechos.

„Ja, das blieb so. Er war ein guter Mann. Er hat mich nie angebrüllt, nie betrogen. Er war fleißig … eigentlich alles, was man von einem guten Ehemann sagen kann. Nur, dass ich nicht in ihn verliebt war.“ Jetzt war es heraus.

„Also eine gute griechische Ehe“, sagte Alechos. Es klang nicht so, als wollte er sich über mich lustig machen.

„Besser. Wir haben zum Beispiel ziemlich viel miteinander geredet. Er hat mich immer wieder gefragt, wie es in den USA war, und mir zugehört. Er hat mir von seiner Arbeit erzählt, seinen Plänen. Er hat seine Kollegen kritisiert, sich über seinen Chef lustig gemacht, weil er ihn für unfähig hielt …“

„Weswegen hat er seine Kollegen kritisiert?“

„Er sagte, dass sie zu viel an ihren eigenen Vorteil denken und zu wenig an die Gemeinde. Diese Einstellung gefiel mir, und sie gefällt mir immer noch.“

„Mir auch!“, sagte Alechos.

„Großvater hat uns zur Hochzeit dieses alte Häuschen in Spilio geschenkt, in diesem Bergdorf.“

„Wir waren dort“, sagte Manolis und strich mir über die Hand. „Ernst und Hildegard wohnen dort. Es ist wunderschön. Jedenfalls für mich, als Großstädter. Man sieht das Meer. Viele Häuser sind überwuchert, es ist wie im Märchen.“

„Großvater hatte vorher vieles in unserem Häuschen wieder herrichten lassen, von richtig guten Handwerkern. Trotzdem hatten wir eine Menge zu tun, um es wohnlich zu machen. Pandelís war sehr geschickt mit den Händen …“

Alechos lächelte: „Du auch, habe ich gehört. Von Pavlos.“

„Wir wollten nicht gleich Kinder, nicht im ersten Jahr. Wir hatten so viel zu tun, auch ohne das …“ Ich fühlte, wie ich rot wurde.

„Wann hat sich sein Verhalten denn verändert?“

„Das kam nicht auf einmal. Eher nach und nach. Pandelís wurde immer stiller, immer schweigsamer. Ich konnte nichts mehr aus ihm herauslocken. Er saß abends auf der Terrasse, trank Raki, zu viel Raki, und brütete vor sich hin. Und eines Tages schrie ich ihn an: ‚Was ist los! Sag mir was los ist, oder ich geh weg!‘ Es dauerte ziemlich lange, bis er antwortete, und ich habe nicht alles verstanden, denn er war ziemlich betrunken und sprach ziemlich undeutlich …“

Alechos’ Stimme klang, wie ich es mir immer bei meinem Vater gewünscht hätte, wenn es mir schlecht ging. „Was hast du denn verstanden? Auch wenn es anscheinend keinen Sinn macht: Es könnte uns helfen."

„Er hat herausgefunden, dass Leute in der Gemeinde eine ungeheure Sauerei anzetteln, dass sich sein Chef und einige andere regelmäßig mit einem Fremden treffen, der irgendwo hier in der Gegend ein nobles Haus hat, dass er ihnen gefolgt ist und sie belauscht hat … Ich bin mir sicher, dass sie das gemerkt haben. Deshalb haben sie ihn umgebracht."

„Hast du verstanden, was das für eine Sauerei war? Hatte es mit der Abwasseranlage zu tun?"

„Ja, aber da war noch was anderes. Eine Fracht und Fischerboote, ein Schiff … Ich konnte mir darunter aber nichts vorstellen."

„Und hast du eine Idee, was für ein Fremder das sein könnte?"

„Ich kenne hier in der Gegend nur ein einziges kleines Haus am Meer, das einem Fremden gehört, aber er war lange nicht mehr hier. Früher kam er jedes Jahr mehrmals mit seinen beiden Kindern, einem Mädchen und einem Jungen. Aber den kann er doch unmöglich gemeint haben."

„Kannst du dich an seinen Namen erinnern?"

„Ich weiß, dass er sich ‚Jorgos' nennen ließ, obwohl er Deutscher war. Und seinen Nachnamen fanden wir als Kinder komisch, weil er so ähnlich klang wie ‚Blume'. Ein Mann, der Blume heißt, darüber mussten wir lachen."

„Wie hast du reagiert?"

„Ich habe ihm geraten, mit Pavlos zu sprechen."

Plötzlich tauchte mein Vater in der Tür auf. Alechos reagierte blitzschnell.

„Wir sind gerade fertig, Jannis. Ich danke dir sehr, *korítsi mou.* Du hast uns sehr geholfen." Er zwinkerte mir zu.

In diesem Augenblick ging die Tür auf. Pavlos und Dimitri standen mit ihren uralten Rucksäcken davor.

„Willkommen zu Hause!", sagte mein Vater, aber es klang nicht sehr überzeugt.

„Ich glaube nicht, dass man euch ein Haar krümmen wird", sagte Alechos mit Überzeugung. „Ich habe sie gewarnt."

„Die Frage ist nur, ob sie die Warnung ernst nehmen", sagte Vater säuerlich.

Dimitri strahlte. „Die Antwort haben wir schon im *kafeníon* bekommen. Stephanos ist gestern nach Australien geflogen und wird eine ganze Weile dort bleiben."

Ich kannte die Geschichte schon. Stephanos ist einer von denen, denen Alechos ein kleines Päckchen mit Akten gezeigt hat: „Wenn hier auch nur noch ein Huhn stirbt, wird der Untersuchungsrichter diese Papierchen auf seinem Tisch finden."

Wahrscheinlich hat das Material, das Alechos ausgegraben hat, gar nichts mit der Sache zu tun, für die Pandelís sterben musste. Aber offensichtlich hat es Stephanos einen solchen Schrecken eingejagt, dass er es für besser hielt, eine Weile zu verschwinden, jedenfalls bis Gras über die Sache gewachsen war.

Stephanos ist Pandelís Vater, und Pandelís wusste, dass sein Vater zu denen gehörte, deren „Sauereien" er auf der Spur war. Aber das wird Alechos von mir nie erfahren.

Mir reicht es völlig, dass ich einem Mann heute Abend gesagt habe, dass er meine erste Liebe ist.

Wenigstens ist es uns in dem Trubel um die Ankunft der beiden Alten gelungen, uns äußerst unauffällig zu küssen.

Ist seitdem wirklich alles anders? Ich bin immer noch die junge Witwe, die mit keinem jungen Mann allein sein darf, wenn sie als „anständig" gelten will.

11 *Wolfgang*

Um sieben Uhr weckte mich das melodische Zwitschern des Faxmodems. Wenn ich schon gestern Schwierigkeiten hatte, mich zu bewegen, heute Morgen schaffte ich es nur unter Schmerzen bis zum Computer.

Walther hatte Wort gehalten. Das Fax war eine Kopie seines Artikels. Das Lokalblatt hatte den Artikel zweispaltig gebracht, die Überschrift:

„Rechter Rechtsanwalt stirbt nach Schatzsuche in Kreta.

Verbindungen zur Neonazi-Szene? Ehefrau tot in Garage gefunden."

Alles war drin: Kerns Tod in einer Schlucht, das Verschwinden der Leiche und des Autos, der Einbruch bei Kerns Nichte, ein rätselhafter Überfall in Frankfurt auf den deutschen Touristen, der die Leiche gefunden hatte. Die griechische Polizei, behauptete der Artikel, ermittle gegen zwei junge Deutsche aus der Freiburger Neonazi-Szene, mit denen Kern mehrfach seinen Urlaub auf Kreta verbracht habe. Das Motiv sei möglicherweise darin zu suchen, dass Kern auf einen vergrabenen Goldschatz aus dem Zweiten Weltkrieg gestoßen sei. Und der Artikel wusste noch etwas, was mir neu war. Kern ist angeblich in finanziellen Schwierigkeiten gewesen; wegen seiner Verbindungen zur Neonazi-Szene waren die Aufträge von Firmen für seine Kanzlei in letzter Zeit ausgeblieben, und sein Kompagnon hatte ihm gekündigt. Offenbar hatte Walther noch recherchiert, bevor er nach Rebisau fuhr, zu spät, um Carola Kern lebend zu finden.

Ich hatte das Fax kaum gelesen, da schrillte das Telefon. Walther sagte, der Artikel habe wie eine Bombe eingeschlagen, bei der Polizei jedenfalls. Er habe lange nicht erlebt, dass schon um sieben Uhr morgens wegen einer Meldung jemand nachhakte. Aber nach dem Tod der Witwe Kern sprangen sie im Sechseck. Selbstverständlich waren sie wütend und redeten von Nachrichtensperre. „Aber ich kann doch die Gedanken der Polizei nicht lesen, und ‚haben wir nicht so etwas wie Pressefreiheit?', habe ich ihnen gesagt. Darauf wollte der Mann deine Adresse und Telefonnummer. Er wird also gleich anrufen. Wie geht es dir?"

Ich sagte es ihm, und ich sagte ihm noch etwas. „Pass auf, Walther. Sobald sie deinen Namen wissen, stehst du auch auf ihrer Liste. Und weil wir schon einmal von einer Liste sprechen: Du und ich, wir brauchen dringend eine Liste mit den Namen und Adressen der Freiburger Neonazi-Szene. Wenn du selbst nicht rankommst, weil du im Augenblick nicht frei bist, versuch einen Kollegen drauf anzusetzen. Ich gebe dir eine Nummer, unter der ich zu erreichen bin. Bis später."

Im Hintergrund hörte ich Beate am Drucker hantieren. Sie hatte, während ich mich duschte und rasierte, bereits unsere Taschen gepackt, für unser zeitweiliges Exil.

Der nächste Anruf war von Abraham. „In einer halben Stunde wird ein junger Israeli auf Urlaub vorbeikommen, der für ein paar Tage ein Zimmer braucht. Und das trifft sich doch gut, für den Fall eines Einbruchs, oder so. Ist es euch recht? Der junge Mann weiß Bescheid."

„Ich halte viel von dir, Abraham, das weißt du, aber ich wusste nicht, dass du notfalls die ganze Kavallerie aufbieten kannst."

„Wenn ich immer auf die deutsche Polizei hätte warten müssen, wenn ich bedroht war …" Abraham brach mitten im Satz ab. Ich musste wieder einmal begreifen, dass das Leben für einen Juden in Deutschland nicht immer ungefährlich ist, zumal wenn er mit Entschädigungsansprüchen zu tun hat.

„Es tut mir Leid, Abraham. Ich hätte mir denken können, dass so etwas für dich nicht neu ist. Wahrscheinlich habe ich nur ein schlechtes Gewissen wegen der Kosten."

„Darüber reden wir, wenn alles vorbei ist. Ich erwarte euch."

Das Telefon klingelte wieder: die Freiburger Polizei. Nein, ich könne jetzt in Frankfurt nicht zur Polizei gehen und meine Aussagen zu Protokoll geben. Aber natürlich könne ich am Telefon sagen, was ich wisse. Sicher würde ich zur Polizei gehen, sobald ich wieder gehen könne. Ob er ein ärztliches Attest brauche?

Ich sagte ihm zwar nicht alles, was ich wusste; das hätte er nicht verkraftet. Ich verkrafte es ja selber kaum, obwohl ich zwei Wochen Zeit hatte, mich daran zu gewöhnen: Kerns Leiche, der Einbruch bei Ernst und Hildegard, Kerns Witwe, Leonidas, Alechos, Pavlos, Dimitri, Jorgos, die Verkniffenen, der Schatz, und jetzt ein Mord oder ein anderthalber, wenn ich mich mitzählte. Also sagte ich ihm nur, was für ihn gut war, um seine Arbeit ordentlich zu machen.

Ich beschloss, nicht mehr ans Telefon zu gehen

Die Türklingel ging. Der junge Israeli kam nicht allein. Ron hatte seine Freundin mitgebracht, ebenso hübsch wie er selbst, dazu einen Seesack und zwei Plastiktüten mit Lebensmitteln.

„Macht euch keine Sorgen: Er passt auf, dass niemand hier einbricht, und ich passe auf, dass er keine Tassen zerbricht, nicht wahr, Ron?“, sagte sie strahlend. Ihr Englisch war bezaubernd. Ron brummte verlegen und legte ein Handy auf den Küchentisch. „Sie heißt Danit und hat eine Nahkampfausbildung. Wenn hier was kaputt geht, war sie’s.“

Als wir mit ihren besten Wünschen ins Taxi gestiegen waren, überraschte mich Beate mit einer Frage, mit der auch ich mich gerade beschäftigte.

„Gehen sie nun erst mal zusammen ins Bett, oder machen sie vorher noch ihre Karateübungen? Oder machen sie nur Karateübungen?“

„Der Jugend“, sagte ich weise, „stehen noch alle Wege offen.“

Mir im Augenblick weniger. Das letzte Mal, als ich mich so zerschlagen gefühlt hatte, war im Jahr 1991. Damals hatte mich eine kräftige Atlantikwelle in El Hierro an den steinigen Strand geworfen. Und auch damals war mir wunderbarerweise nichts Ernstliches passiert.

Natürlich wartete Abraham mit dem Frühstück auf uns. Und während wir etwas betrapst am Tisch hockten und seine grau getigerte Katze uns misstrauisch, aber im Ganzen nicht unfreundlich musterte, wartete er mit einer ganz neuen Wendung unserer Geschichte auf.

„Irgendwie ist mir erst gestern so richtig klar geworden, wer der tote Mann in der Schlucht war. Eugen Kern, sagte ich mir, den Namen kennst du doch von früher. Eugen Kern, das Stinktier. Wäre mir der Name nur gleich aufgefallen, als ihr ihn erwähnt habt. Aber in den letzten zwanzig Jahren hatte ich erfreulicherweise nichts mehr mit ihm zu tun. Davor ziemlich viel. Bevor er wegzog."

Wir schauten ihn erwartungsvoll an. Die Katze sprang auf seinen Schoß, blinzelte träge und ließ sich nieder.

„Kerns Spezialität als Rechtsanwalt nach dem Krieg waren Wiedergutmachungs- und Entschädigungsfälle. Das heißt, er trat als Anwalt für die Partei auf, die für begangenes Unrecht an die überlebenden Opfer zahlen sollte. Nun, es muss solche Anwälte geben. Nicht alle waren wie Kern. Der war ein Überzeugungstäter. Er sammelte persönlich Beweise dafür, dass die Ansprüche des Klägers ungerechtfertigt waren. Ich erinnere mich an einen Fall im Rheingau. Das muss Anfang der fünfziger Jahre gewesen sein. Siegfried Stern war Arzt gewesen, ein angesehener und erfolgreicher Arzt. 1938 hatte er, und ich brauche euch nicht zu erzählen unter welchem Druck, sein Haus, seine Möbel, seine Praxis, alles, was er hatte, einem Kollegen übergeben müssen, für einen schändlichen Preis. Die Nazis schnappten ihn in Frankreich, und er hatte noch Glück, dass sie ihn so spät schnappten. Er überlebte, als einziger aus seiner Familie, und er hatte nichts mehr. Sein ehemaliger Kollege, ein Nazi, saß in seinem Haus und in seiner Praxis. Kern ging persönlich zu Nachbarn und Honoratioren im Ort und sammelte eidesstattliche Erklärungen, wie zum Beispiel, dass sie bei ihm nie einen Perserteppich und einen Frankfurter Schrank gesehen hätten, dass die Praxis schon vor 1933 schlecht ging usw.

Es war ein plumper Trick, aber er funktionierte. Stern bekam fast nichts. Und nach demselben Muster funktionierte es damals oft genug. Die Behörden, die Gerichte, fast alle teilten im Grunde genommen Kerns Meinung, die er mir gegenüber einmal so formulierte: Sicher sei damals manches vorgekommen, was nicht in Ordnung gewesen sei. Die Losung hieß für ihn: ‚Aber es war Krieg, und jetzt ist es vorbei.

Wir sind quitt und sollten nicht wieder anfangen.' ,Quitt?' fragte ich ihn. Dann sagte er mir, was er meinte. Der Holocaust sei nur eine etwas überzogene Reaktion auf das, was bestimmte jüdische Geschäftemacher den Deutschen angetan hätten. Aber natürlich seien nicht alle so gewesen. Und dann hielt er mir eine lange Rede über die vielen unschuldigen Juden, die mit den schuldigen leiden mussten."

Ich kannte Geschichten wie die, die Abraham uns erzählt hatte, nur allzu gut, wenn auch meist nur aus den Akten. Erst vor einigen Wochen hatte ich den Brief eines Bürgermeisters an das Entschädigungsamt aus dem Jahr 1953 gelesen. Darin wies er minutiös nach, dass ein ehemaliger Mitbürger unmöglich Möbel im Wert von dreihundert Mark besessen haben könne. Und als Beweis für seine Glaubwürdigkeit berief er sich darauf, dass er selbst wegen seiner Ehe mit einer Jüdin „im Dritten Reich verfolgt" gewesen sei. Seine Begründung war: Solche Forderungen würden nur neuen Antisemitismus schüren.

„Sein Einsatz hat Kern wohl viele Klienten eingetragen", meinte Beate.

„Er brauchte sich um solche Kleinigkeiten wie Sterns Praxis bald nicht mehr zu kümmern. Die Aufträge, die er von Firmen erhielt, waren lukrativer. Ende der Sechziger gab es irgendeinen kleinen Skandal, eine Rüge von der Anwaltskammer oder so was. Er zog weg und machte eine neue Praxis in Süddeutschland auf. Da verlor ich ihn aus den Augen."

Ich erzählte ihm, was ich von Walther Frumberg gehört hatte. Abraham war nicht verwundert. „Wahrscheinlich war er den Firmen mit seinen Überzeugungen nicht mehr fein genug. Ein überzeugter und bekennender Antisemit als Anwalt einer honorigen Firma, das passte nicht mehr in die Landschaft der achtziger und neunziger Jahre. Und ich könnte mir vorstellen, dass er erst Kontakt zu Neonazis suchte, als er nichts mehr zu verlieren hatte."

„Aber sein Anwesen bei Freiburg weist nicht unbedingt auf finanzielle Schwierigkeiten hin", wandte ich ein.

„Ich glaube, er hatte genug verdient."

Beate entschuldigte sich, stand auf, öffnete ihr Notebook und begann etwas zu suchen.

Die Katze erhob sich würdevoll, trippelte zu Beate hin und starrte sie unverwandt an.

„Begegnung der dritten Art", sagte Abraham.

„Mein Computer hat keine Maus, sondern einen Trackball", sagte Beate freundlich, aber bestimmt. Die Katze, von dieser Mitteilung offensichtlich nicht abgeschreckt, kam näher.

„Gleich wird sie auf deinem Schoß sitzen", warnte Abraham. Und so war es denn auch.

Beate schien gefunden zu haben, was sie suchte. „Es hilft uns zwar im Augenblick nicht weiter, aber ihr erinnert euch doch, dass Alechos und Manolis bei ihrem Besuch im Kloster Agia Irini ein Foto aus einer deutschen Zeitung gesehen haben. Alechos hat die Unterschrift abgeschrieben und das Bild fotografiert. Das Foto zeigt zwei deutsche Soldaten mit Maschinenpistolen und gefangene Partisanen. Einer der Soldaten war ein Unteroffizier Eugen Kern."

Wir schauten sie erwartungsvoll an.

„Nun, gestern Abend fand ich eine E-mail von Manolis. Er hat seinen Kopf durchgesetzt und von Alechos einen Internetanschluss bekommen. Der Abt von Agia Irini hat Alechos angerufen: Das Foto ist vorgestern aus der Ausstellung gestohlen worden."

Abraham stieß einen Pfiff aus, keinen sehr kräftigen, aber immerhin einen Pfiff. Ich war überrascht über diesen neuen Beweis ungeahnter Fähigkeiten bei meinem Chef. „Unglaublich", sagte er. „Jedenfalls gibt es jetzt einen neuen Beweis, dass mehr hinter der Geschichte steckt."

„Ich habe ihm zurück gemailt, ich müsse unbedingt wissen, wie die Bildunterschrift genau lautet. Und das ist die Antwort: ‚Leutnant Georg Anthes und Unteroffizier Eugen Kern mit gefangenen Partisanen in Chaniá'. Diesen Georg Anthes sollten wir finden. Und wir sollten diese Zeitung finden. Auf Alechos' Foto von einem Foto, das dazu auch noch in einer Zeitung reproduziert und dazu gerastert wurde, ist wohl nicht allzu viel zu sehen, aber Manolis schickt einen Abzug."

Der Katze war das offenbar zuviel. Sie sprang auf die Fensterbank und schaute hinaus.

„Wie soll es denn weitergehen", wollte ich wissen.

„Du wirst ein paar Tage hier bleiben müssen", sagte Abraham sachlich. „Ich habe schon einen Arzt angerufen. Er kommt gegen zehn, dich genauer anschauen. Du hast anscheinend Glück gehabt, aber man weiß ja nie. Dr. Naumann ruft einige Minuten vorher von seinem Wagen aus an und identifiziert sich in der Sprechanlage mit dem Passwort „Thukydides". Wenn du unbedingt arbeiten musst, kann ich dir deine Unterlagen aus dem Büro schicken lassen, auf die gleiche Weise, mit Vorankündigung und Passwort. Klar?"

„Wir brauchen eine Liste der Freiburger Neonazis", sagte ich. „Wahrscheinlich kriegt Walther was raus. Ich habe auch schon ein paar E-Mails losgelassen; vielleicht bringt das was."

„Auch ich habe Kontakte gepflegt", sagte Abraham bescheiden. „Meine Liste liegt auf dem Schreibtisch. Sie dürfte nicht vollständig sein, aber ich kriege vielleicht noch was."

Ich war erst einmal platt.

„Kann ich dein Fax benutzen?"

„Natürlich."

„Ich gehe arbeiten", sagte Beate. „Genauer gesagt, ich rufe mir ein Taxi und fahre." Sie packte ihr Notebook ein und stand auf.

„Pass auf dich auf, Beate. Ich fahre jetzt auch", sagte Abraham. Er ging in die Küche, und die Katze folgte ihm. Wahrscheinlich wollten sie unseren Abschied voneinander nicht mit ansehen.

Ich rief Manolis an und erzählte ihm kurz, was passiert war. „Wir brauchen dringend die Namen und möglichst auch die Adressen dieser beiden blonden Deutschen, die in

Megalochório waren, einmal mit Kern und einmal allein. Die Polizei müsste doch längst die Anmeldelisten durchsucht haben. Es ist dringend, ehe die beiden erneut zuschlagen." Manolis versprach, sein Möglichstes zu tun. Alechos und er seien ohnehin häufig in Megalochório, weil die Lage sich dort zuspitze, und er sei in Sorge, auch wegen Irini. Ich redete ihm gut zu. Er bot sich an, sofort anzurufen, wenn er die Namen habe.

Dann rief ich bei der Freiburger Polizei an. Mir sei eingefallen, dass ich die beiden Typen in Megalochório in Pavlos' Kneipe ja gesehen hätte und den einen außerdem bei Frau Kern. Wenn er die Namen von der griechischen Polizei habe, sei ich sicher in der Lage, sie zu identifizieren, zumindest den einen. Der fahre außerdem ein BMW-Motorrad.

Die Polizei mag es nicht, wenn man ihr sagt, was sie tun soll. Der Gedanke war ihren fähigen Mitarbeitern anscheinend noch nicht gekommen, denn er schiss mich an, warum ich erst jetzt damit herausrücke. Ich wies auf meinen geschwächten Zustand hin und legte auf. Dann faxte ich Abrahams Liste mit den Neonazis an Walther.

In einer halben Stunde würde der Arzt da sein. Ich musste die Zeit nutzen. Meine Tasche war schon oder vielmehr noch gepackt. Ich machte mich ans Werk, denn ich musste hier raus. Die Dinge kamen in Fluss, und ich wollte nicht Genesungsurlaub spielen, während die Meute auf Beate und mich und wer weiß, auf wen sonst noch losgelassen war.

Michael Peukert, kurz, wenn auch nicht ganz korrekt, Diesel-Zorro genannt, wartete auf meinen Anruf. Ich hatte mich schon gestern Abend mit ihm in Verbindung gesetzt, sobald ich den Schreck über meine verpasste Himmelfahrt und den Mord an Kerns Witwe überwunden hatte, kurz vor Beates Rückkehr. Wäre es nach Zorro gegangen, säße er heute im Gefängnis. Vor einigen Jahren hatte ich Mike einen großen Gefallen getan: Ich überzeugte ihn, dass Anschläge auf Überlandleitungen auf die Dauer keine Erfolg versprechende Methode sind, Atomkraftwerke überflüssig zu machen. Ich nahm ihm das Versprechen ab, seine beachtlichen technischen Fähigkeiten in Zukunft friedlicher zu nutzen – und weniger selbstzerstörerisch. Dafür hatte ein Polizist mit einem großen Herzen und viel Vertrauen in die Jugend an einer bestimmten Stelle zwei Augen zugedrückt. Mit einem kleinen Startkapital von Beate, von mir und ein paar Freunden schmiss er sein Jurastudium und baute eine markenfreie Autowerkstatt auf. Er reparierte unsere Autos, bis sie reif waren für das Recycling, und alle Kunden, die er durch unsere Mundpropaganda hinzugewann, waren hochzufrieden. Unfreundliche Zeitgenossen könnten seine Werkstatt im Rodgau, nicht allzu weit von Frankfurt, einen Schrottplatz nennen; aber wenn es ein Schrottplatz war, so hätte nicht einmal Greenpeace daran etwas auszusetzen gehabt.

Sein Anrufbeantworter hatte sich nach dem siebten Klingeln gemeldet: „Besser wäre es, Sie würden zu Fuß gehen, Rad fahren oder öffentliche Verkehrsmittel benutzen. Wenn Sie aber unbedingt ein Auto brauchen, das funktioniert, dann sind Sie bei Zorros Werkstatt an der richtigen Adresse. Geben Sie Namen und Rufnummer an, ich rufe Sie zurück, sobald ich die Hände frei habe." Es dauerte keine fünf Minuten, bis er zurückrief.

„Ich sitze in der Klemme, Zorro. Kannst du etwas für mich tun, das dich wahrscheinlich zwei Tage kosten wird?"

„Wann?"

„Morgen am späten Vormittag oder am Nachmittag."

„Ich tue alles für dich, Wolfgang, das weißt du, allein schon deshalb, weil du noch nie was von mir verlangt hast. Aber willst du mir nicht erzählen, was du ausgefressen hast?"

„Es hat damit angefangen, dass Beate und ich die Leiche eines Mannes gefunden haben, der angeblich einen Goldschatz gesucht hat. Dann ist bei Leuten eingebrochen worden, die etwas über die Sache wissen konnten. Eine Frau ist aus dem gleichen Grund ermordet worden, und zwar so, dass es wie Selbstmord aussieht. Der vorläufig letzte Stand ist, dass jemand versucht hat mich umzubringen, und zwar mit einem Auto. Und Beate könnte die nächste sein."

„Bist du sicher?"

„Ganz sicher. Und ich bin nur deshalb noch am Leben, weil ich mit so etwas gerechnet hatte. Ich habe mir überlegt, wie ich es machen würde, wenn ich jemand wäre, der mich ein paar Tage beobachtet hat, und so hat er es auch gemacht. Ich wusste nur nicht, wann und wo er zuschlagen würde. Es ist passiert, als ich mit dem Fahrrad durch eine Einbahnstraße in der Nähe meiner Wohnung fuhr. Er muss einen Komplizen gehabt haben, der hinter ihm die Straße für zwei Minuten blockiert hat."

„Willst damit sagen …"

„Mike, wenn du mir hilfst, haben wir alle Zeit der Welt, um uns Geschichten zu erzählen. Ich brauche dich, ein unauffälliges Auto, das dich und mich heil nach Freiburg bringt, womöglich ein Nummernschild, das nicht hier aus der Gegend ist, ein Handy, das nicht auf meinen Namen zugelassen ist, und jemanden, der notfalls nicht vor einer Prügelei mit einigen gewalttätigen Neonazis zurückschreckt, die ihrerseits nicht vor ein paar Morden zurückschrecken."

„Du kannst dich auf mich verlassen."

„Das weiß ich. Ich weiß nur noch nicht, wann und wo wir uns morgen treffen. Kannst du zwischen zehn und elf am Telefon erreichbar sein?"

„Müsste gehen. Und du glaubst die Sache mit dem Goldschatz?"

„Mike, ich glaube, dass dahinter noch eine andere Sache, eine ganz große Sauerei steckt. Etwas, das erklären könnte, warum sie dieses Risiko eingehen. Ich weiß nur nicht was. Ich muss auflegen."

„Also dann, ich warte auf deinen Anruf."

Das war also gestern gewesen, und ich wusste, dass er mich nicht hängen lassen würde.

Der Arzt kam pünktlich, ein freundlicher alter Herr. Er betastete mich, klopfte mich ab, prüfte Reflexe, stellte Fragen, schüttelte den Kopf und sagte dann, wie ich halb und halb erwartet hatte:

„Ich bin zwar hierher gekommen, weil Abraham das so wollte und weil er mein Freund ist, aber eigentlich kann ich nichts Verbindliches sagen, ehe ich nicht ein paar Röntgenaufnahmen gemacht habe. Können Sie nicht einfach mitfahren und zurück ein Taxi nehmen?"

„Doch, natürlich. Ich muss nur noch schnell einen Anruf machen. Wie lange werden Sie ungefähr brauchen?"

„Mit dem Weg, sagen wir, eine Stunde." Und dann fragte ich ihn nach seiner Adresse und seiner Telefonnummer.

Ich rief Zorros Werkstatt an und sagte Mike, wo er mich abholen solle. „Klingle den Doktor mit dem Handy an, wenn du vor der Tür stehst. Lass den Motor laufen. Ich komme aus der Tür, und ab geht's."

„Auf zum letzten Gefecht", sagte er etwas unpassend und hängte auf. Ehemalige Autonome sollten nicht aus der *Internationale* zitieren, aber Mike hielt sich nicht gern an Regeln.

Dr. Naumann wunderte sich zwar, als ich ihn bat, schon vorauszugehen und mit laufendem Motor vor der Tür zu warten, bis ich mit meinem Gepäckstück herauskam. Aber er tat, was ich ihm gesagt hatte. Soweit ich sehen konnte, folgte uns niemand.

Um die Mittagszeit saß ich in einem ziemlich alten dunkelblauen Audi mit Mike am Steuer. An der Windschutzscheibe baumelte einer von den winzigen Hampelmännern aus Holz, die Mike zum Vergnügen schnitzte und die bei seinen Kunden sehr begehrt waren. Aber sie waren nicht verkäuflich. Mike verschenkte sie, wenn ihm danach war, meistens an Kinder. „Die Autobahnen des Führers", rezitierte Mike. Er stimmte sich offenbar auf die Neonaziszene ein. Ich erzählte ihm die ganze Geschichte von vorne bis hinten. Einige entscheidende Details kannte ich allerdings zu diesem Zeitpunkt selbst noch nicht.

Meine Arbeit ging an diesem Tag nicht besonders gut voran. Ich kannte Wolfgang: Er würde nicht tagelang untätig in Abrahams Wohnung sitzen. Und saßen die beiden jungen Israelis in unserer eigenen Wohnung nicht wie in einer Falle? Gegen ein Uhr rief ich Abraham an, um ihm meine Sorgen mitzuteilen. Er war nicht überrascht.

„Ich sehe das genauso wie du. Wolfgang wird die erstbeste Gelegenheit benutzen, nach Freiburg abzudampfen und dort auf die Jagd zu gehen, mit meiner Liste in der Gesäßtasche."

„Und hast du keine Angst, dass ihn jemand umlegt?"

„Doch. Aber er ist kein Dummkopf. Und er hat den besten Grund, am Leben zu bleiben: Er liebt dich und ist glücklich mit dir. Außerdem habe ich auch etwas dazu getan. Eine hochgestellte Persönlichkeit", er hüstelte ironisch, „hat der Freiburger Polizei Beine gemacht. Im Augenblick klappert sie bereits die Neonazi-Liste ab, wenn auch knurrend."

„Du bist …"

„Ich weiß. Und im Übrigen habe ich Nachrichten von unserem starken Mann vor eurem Haus. Als euer Taxi losfuhr, hat jemand versucht, euch zu folgen. Unser Mann stellte sich dumm und blockierte ihn für eine Minute in der Parklücke. Dann fuhr er mit vielen Entschuldigungen weg. Wir haben die Autonummer des Kerls. Den starken Mann habe ich natürlich auswechseln lassen."

„Das heißt, die Kerle konnten uns nicht folgen und wissen nicht, wo wir hingefahren sind. Aber was denkst du, was sie tun werden? Was befürchtest du?"

„Ich rechne damit, dass zwei oder drei Leute versuchen werden, in eure Wohnung zu kommen, die Tür hinter sich zu schließen und auf dich oder Wolfgang zu warten. Und wenn es ihnen nicht gelingt, das Schloss zu öffnen, ohne es zu beschädigen, werden sie wahrscheinlich die Wohnung verwüsten, eine Todesdrohung an die Wand sprayen und verschwinden. Also wird der Mann von draußen mit Ron und Danit Funkkontakt halten und notfalls eingreifen."

„Du wusstest also, dass Ron mit seiner Freundin auftaucht?"

Abraham antwortete nicht, aber ich hörte ihn lächeln.

„Sie sind füreinander geschaffen."

Ich widerstand der Versuchung, Wolfgang in Abrahams Wohnung anzurufen. Gegen drei klingelte mein Telefon: Wolfgang. Er klang wie ein geprügelter Hund, also brauchte ich ihn gar nicht auszuschimpfen.

„Mir geht es viel besser, kaum noch Schmerzen. Ich bin mit Diesel-Zorro in Freiburg. Ich habe Kontakt mit Manolis aufgenommen, damit Alechos von der Polizei endlich die Namen der beiden Verkniffenen herausbekommt. Er wird zurückrufen oder faxen. Inzwischen werden wir Abrahams Liste abklappern."

„Abraham lässt dir ausrichten, dass die Polizei gerade dabei ist, dasselbe zu tun. Er hat irgendeinen großen Häuptling beschwatzt, sie in Bewegung zu setzen. Also lauf ihnen nicht übern Weg."

„Pass auf dich auf, Katzengöttin."

„Pass selbst auf, Straßenkater."

Mein Auftritt kam knapp eine Stunde später. Danit rief an, mit Triumph in der Stimme, wie mir schien: „Wir haben sie. Kannst du kommen?"

„Wen habt ihr?"

„Die beiden Nazi-Typen. Die Einbrecher."

„Und? Was tun sie?"

„Gar nichts. Sie sind nicht in der Verfassung, etwas zu tun."

„Habt ihr die Polizei gerufen?"

„Noch nicht. Das musst du entscheiden."

„Habt ihr die Sache in der Hand?"

„Es könnte nicht besser sein."

„Okay, ich komme."

Der Anblick, der sich mir bot, passte so gar nicht in unsere friedliche Wohnung. Zwei junge Männer, der eine um die fünfundzwanzig, der andere etwas älter, der eine mit Stoppelglatze, der andere mit modischer Kurzhaarfrisur, lagen nackt im Flur auf alten Zeitungen, an Händen und Füßen mit Kabel gefesselt und aneinandergebunden. Es roch nach Schweiß und Urin. Die Zeitung unter dem einen war feucht. Sie sagten nichts, weil ihnen der Mund mit Klebeband verschlossen war. Auf dem Küchenboden lagen ihre Kleider, gekrönt von zwei blauen Overalls mit der Aufschrift „Deutsches Handwerk – Wertarbeit". Ich wusste gar nicht, dass es so etwas noch gab. Auf dem Tisch stand eine Werkzeugkiste, daneben lagen ein Gummiknüppel, ein Totschläger, eine Pistole, ein Handy, ein Führerschein, ein Geldbeutel und eine Brieftasche.

Ich schaute sie an, und in mir stieg eiskalte, mörderische Wut auf, ein Gefühl, das mir fremd und unheimlich war. Das waren die Leute, die versucht hatten, Wolfgang umzubringen, und die jetzt in unserer Wohnung lauern würden, hätte Abraham die Sache nicht in die Hand genommen.

Ron erklärte, was passiert war. Er zeigte auf sein Handy.

„Hermann hat uns von draußen angerufen, als sie kamen. Sie haben irgendwo geklingelt und sind hochgekommen. Ich konnte durch die Tür hören, was sie machen. Sie haben das Ding an der Tür abgeschraubt …"

„… das Schließblech?"

„Danit hat die Tür aufgemacht, als sie mit dem Schloss anfingen, und sie freundlich begrüßt: ‚Kann ich Ihnen helfen? Ich bin die Cousine von Wolfgang aus den USA. Wollen Sie einen Kaffee?' Wir haben sie ganz schnell hier herein bugsiert und ein Paket aus ihnen gemacht. Sie haben behauptet, die Hausverwaltung habe sie geschickt."

„Was ist mit dem Nazi unten im Auto?"

„Hermann hat ihn ein bisschen provoziert. Leute dieser Art mögen es nicht, wenn man sie für schwul hält. Der Typ hat reagiert, wie er sollte. Es endete damit, dass er Nasenbluten und andere bedauerliche Symptome zeigte. Hermann hat mit ihm eine Spazierfahrt unternommen. Sein Auto steht noch da."

„Er ist im Augenblick nicht in der Lage, Kontakt mit seinen Freunden aufzunehmen", setzte Danit hinzu.

Ich schaute sie wortlos an.

„Du wunderst dich, dass ich mich freue? Du hättest die beiden hören sollen! Und schau dir ihr Waffenarsenal an! Sie wollten euch umbringen, verstehst du!"

„Ich verstehe dich gut", sagte ich. „Ich werde versuchen, mit ihnen zu reden. Kannst du inzwischen alle Nummern aufschreiben, die in ihrem Handy gespeichert sind? Nicht nur die Telefonliste, auch die Anrufliste und die gewählten Nummern. Falls er sie nicht gelöscht hat."

„Wem gehört der Führerschein?" Einer von ihnen rollte die Augen.

„Der andere hat ihn beschimpft, weil er einen Ausweis dabei hatte", sagte Danit. „Der führt offensichtlich das Kommando."

Wenn das so war, hatte der Mann mit dem Führerschein einen schwachen Punkt: Er gehorchte. Ich sollte es also zuerst mit ihm versuchen.

Also hielt ich ihm seinen Ausweis unter die Nase. „Wollen Sie sprechen?"

Er schüttelte den Kopf, machte eine Pause, dann nickte er.

„Nimm ihm bitte das Klebeband ab, Ron."

„Wie heißen Sie?" Es dauerte eine Weile, bis er sich räusperte und antwortete.

„Tilo."

„Sie haben versucht einzubrechen, Tilo. Sie haben Waffen … das wird die Polizei interessieren. Sind Sie vorbestraft?" Der andere versuchte, ihm einen Tritt zu geben, was nicht so recht klappte.

„Ja."

„Wer hat Ihnen den Auftrag gegeben?" Tilo schwieg und versuchte, seinen Kumpan mit dem Blick zu erreichen. Der ballte die Fäuste.

„Ich weiß es nicht." Er zeigte mit dem Kinn. „Der hat mit denen gesprochen."

„Denen aus Freiburg?"

Er nickte rasch, fast ohne nachzudenken.

„Sie glauben vielleicht, Sie haben irgendeine große nationale Heldentat vollbracht. Aber denen aus Freiburg geht es nicht um Deutschlands Ehre. Es geht um ganz schmutziges Geld. Dafür haben sie schon zwei Menschen umgebracht; einer davon war eine Frau, die absolut nichts mit der Sache zu tun hatte. Und dann der Versuch, meinen Freund zu töten. Es lag nicht an euch, dass es nicht geklappt hat. Ich schwöre Ihnen, wer das gemacht hat, wird dafür büßen."

Ich entschloss mich, zum Du zu wechseln und ihn ein bisschen anzuschreien. „Warst du es?"

Er schüttelte heftig den Kopf.

„Okay, der andere also. Aber du warst doch dabei!"

Ich sah, wie ihm der Schweiß ausbrach. „Nein!", schrie er.

Ron hatte bisher keinen Blick von den beiden gewandt. Jetzt ging er in die Küche und kam mit dem Werkzeugkasten und dem Knüppel zurück.

„What's his name?", fragte er und zeigte mit dem Knüppel auf den Geknebelten.

„Name? Wir sagen Eckart zu ihm."

„That's his name? You're sure?"

„Er heißt Thomas."

Danit war im Nebenzimmer noch damit beschäftigt, die Nummern aus dem Handy zu notieren.

„These idiots", sagte sie. Sie stand auf, den Zettel in der Hand, und knipste mir mit dem Auge zu: „I got it! I found it! The number! Die Nummer!"

Es war ein alter Trick, aber er wirkte.

„Du siehst, Tilo, ihr seid dran. Du hast nur eine Chance!"

„Was für eine Chance?"

„Du sagst uns alles, was du weißt. Dann kannst du dich anziehen, kriegst deine Sachen zurück und kannst gehen. Und das wars für dich. Wir werden nur eine Kopie von deinem Führerschein machen, zur Sicherheit, aber wir werden sie nicht benutzen, solange wir nichts Schlechtes von dir hören."

„Versprochen?"

„Versprochen."

„Und was passiert mit ihm?"

„Den behalten wir hier. Bis die Sache erledigt ist. Und dann ist er auch erledigt. Du kannst in Ruhe irgendwo hingehen, wo du nichts mehr mit ihm zu tun hast."

Ich hörte mich reden, als sei ich eine Fremde. War das ich? Konnte ich so was tun? Offenbar konnte ich.

Tilo war offensichtlich erleichtert. Eckart oder Thomas wusste, dass er verspielt hatte. Er tobte, soweit das seine Fesseln zuließen.

Vielleicht war es nicht falsch, ihn in diesem Zustand etwas sagen zu lassen.

„Nimm ihm für einen Augenblick das Klebeband ab, Ron." Ron tat es. Das erste war, dass Eckart oder Thomas mich anspuckte. Das zweite war, dass er Tilo anspuckte.

„Du wirst nirgendwo hingehen, wo wir dich nicht kriegen, du Verräter! Wir werden dich bei lebendigem Leibe kastrieren, hörst du! Wir werden dir ein Messer in den Bauch stoßen und es dreimal herumdrehen, bis du krepiert bist, du schwachsinnige Ratte!"

„Dazu werden Sie keine Gelegenheit mehr haben, Meister Eckart!" sagte ich. „Ich bin durchaus fähig, den Mistkerl, der meinen Freund umbringen wollte, mit einer Betonplatte beschwert und gut verschnürt in den Main zu werfen. Die Polizei ist mir zu lasch."

Wieder dieses Erstaunen über mich selbst. Das Schlimmste war, dass ich für den Augenblick auch glaubte, was ich sagte. Anscheinend war es auch das Beste, was ich tun konnte, denn Eckart oder Thomas schnappte fast über.

„Schlampe! Judenhure!", geiferte er. „Du und dein schmieriger Judenanwalt, ihr werdet noch dran glauben! Wir werden euch gnadenlos jagen! Juda verrecke!"

Ich hatte die rasche Bewegung Rons nicht wahrgenommen, aber ich sah, dass Eckart oder Thomas sich mit schmerzverzerrtem Gesicht krümmte, soweit seine Fesseln das zuließen. Das Geräusch, das aus seinem Mund kam, klang wie das Jodeln eines heimwehkranken Älplers. Dann holte Ron die Klebebandrolle aus Eckarts Werkzeugkasten und stoppte seinen Gesang. Als nächstes hielt er eine Spraydose in der Hand, auch aus dem Kasten.

Eckart bäumte sich auf. Er wusste, womit ihm Ron drohte.

„Es ist bloß Farbe", sagte ich, plötzlich sehr müde. „Pass auf ihn auf. Danit, hilf mir, Tilo nach nebenan zu bringen."

Er wusste nicht viel, aber doch einiges. Er rückte mit dem Familiennamen und der Adresse von Meister Eckart heraus, nachdem ich ihn noch einmal ein wenig eingeschüchtert hatte. Er nannte den Vornamen des Fahrers, der das Haus beobachtet hatte. Er sagte, dass die Anrufe immer aus derselben Freiburger Kneipe gekommen seien, aus der *Blauen Acht;* das habe er mitgekriegt, obwohl es immer Eckart sei, der sie angenommen habe. Der habe den Mann Hans genannt. Er wisse nicht, ob das sein richtiger Name sei. Hans und Eckart müssten Kumpels von früher sein. Er habe den Eindruck, Hans sei auch von hier, wie Eckart. Er schwor, bei dem Mordversuch an Wolfgang sei er nicht dabei gewesen.

„Also wer war es?"

Er schluckte. „Eckart. Rainer hat das Auto besorgt. Das ist der andere unten."

„Er ist nicht mehr unten, wir haben ihn hochgenommen. Also spuck seinen Namen und seine Adresse aus, er kann dir nichts mehr anhaben."

Dumm war nur, dass wir keinerlei Beweis gegen Eckart hatten. Und Tilo würde den Teufel tun, vor Gericht gegen ihn auszusagen, allein schon deshalb, weil er sich ja mit seiner Aussage selbst belasten würde, von der Rache, die er fürchtete, ganz zu schweigen.

„Woher ist das Auto?"

„Rainer hat es irgendwo geklaut und dann abgestellt."

„Wo?"

„Das weiß ich nicht."

„Weißt du die Autonummer?"

Er wusste sie nicht, wirklich nicht. „Es war ein grauer Mercedes Diesel, das ist alles, was ich weiß."

Danit hatte inzwischen bei der Auskunft die Nummer der *Blauen Acht* in Freiburg herausbekommen. Und ich hatte auch herausbekommen, dass Danit fast akzentfrei Deutsch sprach. „Meine Großeltern stammen aus Czernowitz, wie Abraham." Sie werde mir das gelegentlich genauer erklären.

Die Nummer stimmte mit der einzigen Freiburger Nummer auf dem Handy überein.

„Wir wollen jetzt nur noch eine Sache von dir, dann kannst du gehen. Wir wählen jetzt die Nummer der *Blauen Acht* für dich. Wenn sich jemand meldet, willst du Hans sprechen. Wenn Hans ans Telefon kommt, sagst du: ‚Sie haben uns erwischt, alle drei. Die wissen jetzt Bescheid. Er hat gepetzt.' Wenn Hans nicht da ist, sagt du das gleiche, nur sagst du vorher: ‚Sagt das dem Hans, schnell!' Wenn er fragt, wer gepetzt hat, legst du auf. Wenn du irgendwas Falsches sagst, geht es dir wie Eckart."

Er zierte sich noch ein wenig, aber er machte es dann doch. Vorher ließ ich ihn ein paar Mal proben; es war mir wichtig, dass der Frankfurter Akzent durchkam.

Hans war „noch nicht da", aber man wolle es ihm ausrichten.

Während ich auf Meister Eckart aufpasste, halfen Ron und Danit Tilo beim Anziehen. Ich legte seinen Führerschein in den Scanner und ließ den Computer eine Kopie machen. Ich gab ihm den Führerschein zurück, sein Portemonnaie und fünfhundert Euro aus Meister Eckarts Brieftasche. In der Brieftasche waren über zweitausend Euro, nicht schlecht. Honorar für einen misslungenen Auftragsmord?

„Am besten", sagte ich zu ihm, bevor Ron ihn nach unten brachte, „nimmst du dich eine Weile aus dem Verkehr. Und am allerbesten wäre es, du würdest mit diesem dummen Nazikram aufhören. Diese Leute haben nichts kapiert." Es nützte vermutlich nichts, aber ich konnte es ja wenigstens versuchen. Er nickte, ein wenig zu eifrig. Und dann sagte er etwas, was für seine Verhältnisse eine verblüffende Einsicht war:

„Okay, Eckart ist ein Nazi, aber für mich ist er vor allem ein kleiner Gangster. Und Leute wie Rainer und ich, die im Kiez waren, müssen für ihn jobben."

Blieb uns Eckart oder Thomas. Wir hatten außer dem Einbruchsversuch und den Waffen wenig gegen ihn in der Hand. Mit einem guten Rechtsanwalt, und den hatte er sicher, war er in einem Tag wieder draußen. Aber wir konnten ihn ja auch nicht gefangen halten.

„Was hat Hermann mit dem andern gemacht?," fragte ich Ron.

„Er wollte ihn aus dem Verkehr ziehen, bis wir hier oben fertig sind. Er hat ihn ohne Kleider am Feldberg laufen lassen", sagte Ron merkwürdig laut.

„Bei der Kälte!", sagte ich erfreut. „Es ist höchstens 11 Grad." Ich verstand Danit jetzt noch besser. Hier war der Mann, der meinen Wolfgang beinahe umgebracht hatte, und ich hatte nichts gegen ihn in der Hand.

„Fangen wir also an." Ron nahm Eckart das Pflaster vom Mund. Als Antwort furzte der.

„Ich muss aufs Klo!", schrie er.

„Gut", sagte ich, „du liegst ja auf Zeitungen." Er schäumte vor Wut.

„Du hast noch eine Chance. Redest du, kannst du gehen. Wenn nicht ..."

„Was habt ihr mit mir vor?"

„Wir werden dich ‚nackter Jörg' spielen lassen."

Der „nackte Jörg" ist ein harmloser junger Mann, der im Frankfurter Stadtteil Sachsenhausen nackt herumläuft, und zwar so wie andere Leute, wenn sie Kleider tragen. Meister Eckart kannte ihn anscheinend nicht.

„Das heißt, wir werden dich gleich so wie du bist unten aus der Tür werfen, ohne Kleider, ohne Geld, ohne Handy, ohne Totschläger, ohne Autoschlüssel, ohne Hausschlüssel, ohne Einbruchswerkzeug, dafür mit einem aufgesprühten Hakenkreuz auf deinem Revuekörper. Das ist doch sehr gnädig für das, was du getan hast? Und wenn wir noch irgendetwas in der Angelegenheit von dir hören, bist du ein toter Mann. Mein Freund Ron hier, der hasst Nazis. Stimmt's?"

Ron nickte überzeugend.

„Mein Geld! Das ist mein Geld!"

„Schadenersatz", hörte ich mich sagen. „Es reicht nicht mal." Und dann versetzte ich ihm einen Tritt. Er jodelte wieder.

„Und wie komme ich in meine Wohnung?"

„Das ist dein Problem." Noch ein Tritt. Jodeln. Ich fing an zu begreifen, was Gewalt wirklich ist – Gewalt, die man anderen antut. Ich spürte sie in mir, zum ersten Mal in meinem Leben.

Danit machte mir ein Zeichen. Ich folgte ihr in mein Arbeitszimmer.

„Bist du verrückt? Du lässt einen potenziellen Mörder laufen! Was ist, wenn er geht und morgen mit einer ganzen Meute wiederkommt? Oder was ihm sonst einfällt? Jetzt ist er ganz klein, aber warte, bis er wieder was anhat!"

„Aber was soll ich machen? Ich kann ihn doch nicht gefangen halten. Und ich kann ihn auch nicht mehr in meiner Wohnung ertragen, keine Minute mehr!"

Blieb also die Polizei. Ich konnte mir lebhaft vorstellen, was passieren würde, wenn sie einen Streifenwagen vorbeischickten. Abgesehen davon, dass Meister Eckart morgen wieder auf freiem Fuß war. Wir würden Ärger haben, erheblichen Ärger. Alle drei.

Danit sah kein Problem. „Ruf Abraham an. Wozu hast du einen Rechtsanwalt wie ihn?"

„Aber erst müssen wir den Kerl versorgen."

Es roch inzwischen ziemlich schlecht in der Wohnung. Meister Eckhart war kleinlaut und versuchte nicht, Widerstand zu leisten; Ron schob ihn unsanft in die Dusche, Danit und ich reinigten den Boden und rissen alle Fenster auf. Dann halfen wir Ron dabei, ihn anzuziehen und wieder zu einem handlichen Paket zu verschnüren.

Ich rief also Abraham an, mit schlechtem Gewissen. Er war zu Hause und überhaupt nicht verwundert; wahrscheinlich hatte Hermann ihm schon Bericht erstattet. Er versprach, etwas zu tun.

„Die Polizei hat immer Leute, die sie einsetzt, wenn in den besseren Kreisen etwas Genierliches passiert ist, das ein einfacher Polizist nicht wissen soll."

So war es denn auch. Ein gut aussehender, gut gekleideter Herr in Zivil, um die Vierzig, erschien noch vor der Streife. Er stellte die nötigen Fragen, notierte die Antworten, musterte die Waffen, die Brieftasche mit dem Geld, die Einbruchswerkzeuge, die Drohbriefe, er hörte sich geduldig die Vorgeschichte in Kurzform an; von der Freiburger Connection schien er schon gehört zu haben. Dann nahm er Meister Eckart den Klebstreifen ab. Der ließ eine Flut von Anklagen los, aber der Herr in Zivil winkte nur müde ab.

„Das einzige, was ich von Ihnen wissen will, sind Ihre Personalien. Und danach halten Sie gefälligst den Mund." Das tat Meister Eckart denn auch.

Der diskrete Herr zog ein wenig die Augenbrauen hoch, als ich erwähnte, dass wir Tilo hatten laufen lassen.

„Das hätten Sie nicht tun sollen."

„Aber seine Informationen waren wichtig." Und ich musste widerstrebend, denn ich hatte Tilo schließlich mein Versprechen gegeben, genau diese Informationen preisgeben: die Kopie des Führerscheins, Rainers Adresse, die *Blaue Acht* und den Namen Hans. Und dass Wolfgang sich in Freiburg befand. Er nickte verständnisvoll, nannte mich „Frau Doktor Rüttgers" und notierte alles. Schließlich konnte ich noch loswerden, wie wichtig es sei, dass Meister Eckart in den nächsten vierundzwanzig Stunden nicht mit Hans Kontakt aufnehmen könne. Auch das verstand er.

Als sie weg waren, brach ich in Tränen aus. Ron und Danit trösteten mich.

Manolis hatte sich immer noch nicht gemeldet, jedenfalls nicht bei mir. Es war inzwischen kurz vor neun. Wolfgang meldete sich auch nicht. Ich sprach ihm auf die Mailbox, was ich wusste. Hoffentlich hörte diese Knalltüte sie rechtzeitig ab. Ich hatte eine ziemliche Wut auf ihn, aber um die loszuwerden, brauchte ich ihn lebendig. Als er wirklich anrief, verrann die Wut schneller, als ich reden konnte. Er hatte ein ausgedehntes Gespräch mit zwei Herren von der Kripo und eine Tasse Nescafé vor sich. Wenn er Nescafé trank, musste er ganz schön in der Patsche sitzen. Er werde noch einmal anrufen, sobald die Herren ihn gehen ließen.

Wir drei beschlossen, die Nacht in der Wohnung zusammen zu verbringen. Ich würde zu schlafen versuchen. Irgendwann würde Wolfgang ja auftauchen. Hoffte ich jedenfalls.

13 *Manolis*

Wir verbringen noch immer fast jeden Tag in Megalochório. Jeden zweiten Abend fahren wir nach Chaniá zurück. Eine lange Fahrt, eine schwierige Strecke mit zu vielen Kurven. Alechos meditiert über das, was wir tagsüber herausgebracht haben. Es ist nicht viel. Manchmal schläft er auch unterwegs ein. Gut, dass ich am Steuer sitze und nicht er. Wenn wir ankommen, stürze ich ins Büro, sehe nach, ob Wolfgang oder Beate gemailt oder gefaxt haben, und versuche sofort zu antworten. Die Nächte sind immer zu kurz.

Aber wenn wir in der Pension übernachten, sind sie noch kürzer. Was ist schon der Autoverkehr in Athen gegen einen Esel, der um 6 Uhr morgens vor deinem Fenster schreit?

Oder gegen die Hähne, die um die Wette krähen, manchmal die ganze Nacht durch?

Die Ermittlungen der Polizei in Sachen Abwasseranlage gehen weiter ihren gemächlichen Gang, und es sieht nicht so aus, als führten sie rasch zu einem Ziel.

Inzwischen sucht sie auch offiziell nach dem verschwundenen Kern – oder seiner Leiche. Seit die deutschen Behörden sich nach ihrem Verbleib erkundigt haben, ist etwas Hektik in die Sache gekommen. Das Ganze ist doch ein bisschen peinlich geworden für sie, weil Kerns Verschwinden in einer deutschen Zeitung breit getreten worden ist. Noch ist in unserer Presse nichts darüber zu lesen. Aber es kann nicht mehr lange dauern.

Am Anfang habe ich mich gewundert, dass die Polizei Großvater hier ungeniert recherchieren lässt. Polizisten mögen es doch sonst nicht, wenn ihnen jemand Konkurrenz macht. Aber anscheinend funktionieren die alten Beziehungen noch immer. Sie tun so, als ob sie ihm glauben, dass es bei unseren Nachforschungen nur um sein Buch geht. Und ich bin mir ziemlich sicher, dass sie ihm Informationen geben, in der Hoffnung, von ihm demnächst ein paar Tipps im Austausch zu erhalten. Ich habe da so meine Zweifel.

Was diese Seite seiner Arbeit angeht, ist der Alte verschlossen wie eine Auster, auch mir gegenüber. Ansonsten behandelt er mich ziemlich gleichberechtigt – ich würde sagen, wie einen jüngeren Bruder. Kriege ich nun all das, was mein Vater immer von ihm wollte, aber nicht bekommen hat? Und kriegt er nun das, was er von seinem Sohn wollte, endlich von seinem Enkel?

Er hat nicht ein einziges Mal meine Dummheit mit dem Deutschen und seinem Namen sarkastisch kommentiert. Irini hat ihn behalten, weil er wie das griechische Wort *anthos* klang, was „Blume" bedeutet. Und ich hatte prompt – wie immer, wenn ich den beiden schreibe, auf Englisch – nach Frankfurt gemailt, dass der Name des Mannes wie *flower* klang. Erst als ich Beate die Namen der beiden Soldaten auf dem Foto geschickt hatte, ging mir ein Licht auf: Jorgos ist Georg, *anthos* ist Anthes! Inzwischen sind die beiden selbst auf diesen Namen gestoßen. Großvater lachte schallend, als ich beim nächsten Abendessen mit der Geschichte herausrückte, und Irini lachte mit.

Es war wie ein Wunder, sic so lachen zu sehen und zu hören. Ich vergaß alles andere.

„Dein Haus steht also immer noch leer, Irini?", fragte der Alte eines Abends.

„Ich konnte mir anfangs nicht vorstellen, weiter dort zu leben, und bin wieder zu meinen Eltern zurückgezogen. Ihnen gefällt das; aber ich verstehe mich nicht besonders mit Vater: Ich bin ihm zu selbstständig. In ein paar Wochen muss ich das alles neu überdenken. Und ich kann mir auch nicht vorstellen, weiter in der Taverne zu arbeiten. Ich habe andere Pläne."

Ich traute mich nicht zu fragen, was das für Pläne sind, aber es gefiel mir.

Jetzt rückte Alechos damit heraus, was er im Sinn hatte: „Könntest du dir vorstellen, dass wir dort für ein, zwei Wochen wohnen? Das Hin- und Herfahren ist auf die Dauer zu anstrengend für mich, und die Pension …"

Irini strahlte. „Warum ist mir das nicht schon selbst eingefallen?"

„Wird es keinen Ärger mit deinen Eltern geben?"

„It's my house!", sagte Irini in bestem Amerikanisch, und es klang sehr entschlossen. „I don't care what my father thinks!" Immer, wenn sie zeigen wollte, dass sie einen eigenen Willen hat, verfiel sie ins Amerikanische, und das machte ihren Vater wütend. Im Gegensatz zu Pavlos konnte er nichts als die paar Brocken Deutsch oder Englisch, die man in einer kretischen Kneipe unbedingt braucht.

In Wirklichkeit war es dann doch ziemlich schwierig. Es dauerte am nächsten Morgen eine ganze Weile, bis Alechos wenigstens Pavlos überzeugt hatte. Der sah schließlich ein, dass es nicht gut war, seine Enkelin an die Leine zu legen.

Dafür hatte Irinis Vater noch eine Menge Einwände, aber gegen Pavlos standen seine Chancen schlecht. Und da Irini schon einmal dabei war, ihren Kopf durchzusetzen, machte sie auch gleich deutlich, was ihre „Pläne“ waren:

„Als Pandelís noch lebte, hat meine Cousine Ariadni in der Küche und beim Bedienen geholfen. Sie braucht das Geld. Und ich brauche Zeit und einen freien Kopf, um über meine Zukunft nachzudenken.“

„Aber ...“

Jetzt wurde Venetía ironisch: „Geht es dir eigentlich um deine Tochter oder darum, den Lohn für Ariadni zu sparen?“ Jannis warf seiner Frau einen giftigen Blick zu, aber er knickte ein.

Irini würde also fürs Erste zwei Zimmer an uns vermieten. Und bereits am Abend würde Ariadni wieder in der Kneipe bedienen.

Im Grunde war die Lösung perfekt. Und das nicht nur, weil Irinis Haus über ein Telefon, einen Computer und einen Internetanschluss verfügte.

Der Umzug sollte am Nachmittag sein. Irini würde uns hinbringen und uns alles zeigen. Pavlos wurde kurz feierlich: „Pass gut auf sie auf. Sie ist das Beste, was ich habe“, sagte er zu mir. „In Ordnung“, antwortete ich knapp und militärisch.

Sie war auch das Beste, was ich je haben würde, wenn daran zu denken wäre. Aber ich wollte jetzt nicht daran denken. Nicht jetzt!

Irini kam am nächsten Morgen wieder, als wir in der Küche saßen und unseren Kaffee tranken. Sie strahlte: „Habt ihr gut geschlafen?“

Wir hatten. Und auch sie fühlte sich prächtig. Wir saßen zusammen auf der Terrasse und schauten einfach in die Landschaft. Zehn Minuten vergingen.

Schließlich fragte Großvater sie: „Hat eigentlich irgendjemand nach dem Unfall die Papiere von Pandelís angeschaut? Ich meine, falls er irgendwelche Aufzeichnungen hatte?“

„Niemand. Ich hätte es nicht übers Herz gebracht, und ich hätte es auch niemandem aus meiner Familie erlaubt."

„Ich dachte an die Polizei, aber die hat ja an einen Unfall geglaubt."

Irini schien endlich zu verstehen. „Die Polizei?"

„Ich meine, er könnte sich irgendetwas notiert haben, was er nicht vergessen durfte: eine Telefonummer, eine Adresse, eine Kontonummer, irgendwelche Namen oder Zahlen, ich weiß es selbst nicht …"

Irinis Haus ist nicht besonders groß, aber wir verbrachten zu dritt einen halben Tag mit Suchen, bis mir der Computer einfiel. Die Suche dauerte noch einmal zwei Stunden. Schließlich fand ich unter „Eigene Dateien/Downloads" eine Datei „HPDeskjet Support", die 15 Zeilen mit einer Kombination von Zahlen und Buchstaben enthielt. Zwei davon waren Autokennzeichen. Nach ein paar Anrufen hatte der Alte heraus, dass eines davon zu einem Lieferwagen der Firma *Environment Logistics* in Chaniá gehörte, ein weiteres zu einem BMW, der auf eine deutsche Firmenvertretung in Réthymnon zugelassen war, und schließlich gab es zwei leicht verschlüsselte Adressen: die der Firma in Chaniá und die eines Privathauses in einem Dorf nicht weit von Réthymnon. Alles andere in der Datei war unverständlich, jedenfalls für uns. Immerhin waren wir jetzt ein Stück weiter. Die Aufzeichnungen von Pandelís bewiesen nichts, aber sie zeigten, dass er tatsächlich etwas gesucht und gefunden hatte, was für ihn einen Verdacht bestätigte.

Wir nahmen uns vor, als erstes am nächsten Morgen das „Haus am Meer" in Augenschein zu nehmen, von dem Irini gesprochen hatte. Von der Nacht will ich nicht weiter reden; für mich war sie unruhig.

Unser Ziel im Nachbardorf war ein Schock für mich. Vielleicht ist dieses Haus vor fünfzehn Jahren einmal der Traum eines Deutschen von Ferienglück in Griechenland gewesen. Es liegt zwar noch immer am Meer, aber das gesamte Hinterland ist von Treibhäusern bedeckt, die in den letzten zehn Jahren entstanden sind, ein zweites Meer, wenn man von oben auf die hässlichen Plastikplanen schaut. Am Kieselstrand spielten zwei Kinder, eine junge Frau hängte Wäsche auf, ein Mann saß auf der Terrasse und las den *SPIEGEL*.

Nein, sie kannten den Besitzer nicht persönlich. Sie hatten das Haus über eine Agentur in Freiburg gemietet, die „alternative Ferienaufenthalte" anbot. Den Schlüssel hatte ihnen *Kiría* Kassandra gegeben, aus dem Supermarkt neben der Kirche. Natürlich dürften wir die Ferienwohnung besichtigen, wenn uns die Unordnung nicht störte.

Sie war erstaunlich geschmackvoll eingerichtet, sehr persönlich, mit einem ungewöhnlichen Bildschmuck: Es handelte sich um sieben Schwarzweißfotos, die Menschen beim Musizieren zeigten. Und von diesen Fotos ging eine große Ruhe aus.

Blieb *Kiría* Kassandra. Sie war zuerst ein bisschen misstrauisch, aber Alechos war der richtige Mann, ihr Vertrauen zu gewinnen.

„Nein, *Kírios* Jorgos kommt schon lange nicht mehr. Ich glaube, *Kiría* Ursula lebt nicht mehr mit ihm zusammen. Vielleicht lebt er auch nicht mehr, aber sie spricht nicht darüber. Ja, sie kommt zweimal im Jahr für zehn Tage oder zwei Wochen, manchmal auch ein bisschen länger."

„Wie alt schätzen Sie sie, *Kiría* Kassandra?" fragte der Alte listig.

„Sie muss über siebzig sein", antwortete sie wie aus der Pistole geschossen, „aber so sieht sie nicht aus! Sie zieht sich an wie Irini! Und, ich sage Ihnen, sie hat ihre Verehrer! In ihrem Alter. Aber ich will ja nichts gesagt haben!"

„Natürlich nicht", versicherte Alechos treuherzig. „Ich respektiere Ihre Diskretion. Könnten Sie mir vielleicht ihre Adresse geben? Wir haben etwas Wertvolles gefunden, was ihr gehört, und ich möchte es ihr persönlich übergeben!"

Kiría Kassandra platzte fast vor Neugier, aber Alechos war die Diskretion selbst. Gleichwohl machte er einige Andeutungen, die ihre Phantasie genügend beflügelten. Wir zogen also mit der Adresse von Ursula Anthes ab. Sie lebt in Freiburg. Die Adresse würde Beate und Wolfgang nützen. Ich hatte ohnehin den Eindruck, dass nur dort zu finden war, was sie suchten.

„Wir sind zwar eben erst eingezogen, aber gerade deshalb müssen wir heute noch einmal nach Chanía. Ich muss ein paar Informationen einholen, und du musst ein paar Sachen zusammenpacken, die wir in den nächsten Wochen brauchen."

Wenn ich richtig beobachtet hatte, zog Irini ein Mäulchen. Aber vielleicht bildete ich mir das ja nur ein. Ich wollte glauben, dass sie enttäuscht war, weil ich selbst enttäuscht war. Aber der Abschied zeigte mir, dass ich richtig gesehen hatte, und das machte mich glücklich.

Kaum saß ich am Steuer, sah mich Alechos von der Seite an: „Willst du über Irini reden?"

„Ich will, weil ich muss, aber ich will auch wieder nicht, weil ich mir kein Happy End für uns beide vorstellen kann. Nicht, wie ich meine Eltern kenne. Ich höre schon, was sie sagen werden, *pappú*."

Der Alte lächelte. „Ich auch. Aber ich habe auch ein Wörtchen mitzureden."

„Du willst mir helfen?" Ich hätte es wissen müssen, aber ich konnte es trotzdem kaum glauben.

„Es wird deine Mutter nicht interessieren, dass ihr beide füreinander geschaffen seid, und es wird deinen Vater nicht interessieren, dass ein kluges und ehrgeiziges Mädchen wie Irini dich bei deiner Karriere unterstützen kann, weil sie selbst etwas dazu lernen will. Aber es wird beide interessieren, dass sie eine ziemlich gute Partie ist. Sie ist die einzige Enkelin von Pavlos."

„Großvater!" Seine Bemerkung erschien mir ziemlich daneben.

„Ihr könntet die ersten Semester an der Universität von Kreta studieren, und dann könntet ihr für eine Weile in die USA gehen. Mit meiner Unterstützung, versteht sich. Trotzdem wird es nicht einfach werden."

„Ich weiß nicht, was ich sagen soll, Großvater!“

„Dann sag einfach nichts.“

„Und wenn sie mich gar nicht will?“

„Sei kein Dummkopf!“

Eine ganze Weile sagte keiner von uns ein Wort. Aber mir brannte noch eine andere Frage auf den Nägeln.

„Was denkst du eigentlich, wie diese Korruptionsgeschichte sich abgespielt hat? Du weißt doch anscheinend mehr, als die Leute dir sagen wollen.“

„Das Problem ist: Die Sache hat mehrere Ebenen. Ich weiß ziemlich genau, was sich auf der ersten und zweiten abgespielt hat, und ich habe ein paar Ideen, was auf den anderen Ebenen passiert sein könnte. Und ich bin mir ziemlich sicher, dass alle diese Ebenen miteinander verbunden sind. Aber ich weiß nicht wie.“

„Die erste Ebene ist die Sache mit dem Schmiergeld?“

„Sicher. Es passiert ständig, überall auf der Welt, in den Entwicklungsländern, in Griechenland, und es ist auch in Deutschland passiert, als sie den Osten vereinnahmt haben. Überall dort, wo es Nachholbedarf gibt. Nimm Megalochório. Tausend Jahre sind die Abwässer einfach versickert. Wo zwei- oder dreihundert Leute leben, ist das kein Problem. Dann kommen die ersten Touristen, die ersten Touristenhotels werden gebaut, die ersten Touristenkneipen. Es ist nicht mehr ganz so einfach. Es werden ein paar Sickergruben gebaut. Damit ist das Problem fürs erste gelöst. Was nicht versickert, wird ab und zu aus den Sickergruben abgepumpt und aufs Feld gekarrt, als Dünger.

Es kommen mehr Touristen. Eine Kanalisation muss her. Die kostet allein schon eine Menge Geld. Die Abwässer fließen jetzt ins Meer, an zwei Stellen, ungereinigt, aber weit weg von den Badestränden. Es geht eine Weile gut, aber bei einer bestimmten Windrichtung kommt es vor, dass die Fremden plötzlich in Scheiße schwimmen. Es gibt Klagen über Hautausschläge und Durchfall.“

„Jetzt kriegen die Leute Angst, dass die Touristen wegbleiben.“

„Richtig. Und in dieser Situation tritt ein Ingenieur auf, der eine Beratungsfirma aus der Stadt vertritt. Er spendiert ein Abendessen für die Honoratioren, zeigt Modelle, macht einen Kostenvoranschlag. Die Honoratioren schütteln den Kopf: viel zu teuer, zwei Jahre Bauzeit, vertreibt die Touristen. Ein zweiter Ingenieur von einer anderen Firma kommt und geht wieder, dann ein dritter. Der kommt mit einem ganz neuen Modell, aus Deutschland: Die Anlage kann in fünf, maximal sechs Monaten während des Winters erstellt werden, wird von der EU gefördert. Sie ist umweltfreundlich, verbraucht praktisch null Energie, es gibt keine schlechten Gerüche und natürlich ist sie wegen des Zuschusses ein Schnäppchen für den Ort.

Die Honoratioren werden eingeladen, eine Pilotanlage irgendwo in Süddeutschland zu besichtigen. Luxushotel, Luxusrestaurants, ein gemeinsamer Besuch in einem Luxusbordell an der Schweizer Grenze. Der Firmenvertreter lässt diskret durchblicken, dass bei Vertragsabschluss noch etwas mehr drin sein könnte, denn die Firma brauche ein Vorzeigeobjekt in Griechenland, um dort ins Geschäft zu kommen: Es gibt schließlich viele Megalochórios in der Ägäis. Man wird die Honoratioren für ihre Mühe großzügig entschädigen, mit einem Beraterhonorar, ganz legal … Fünfzigtausend Euro für jeden der sechs sind drin, vielleicht auch noch ein bisschen mehr ..."

„Und haben die Honoratioren nicht Angst, dass die Sache herauskommt? Oder ein schlechtes Gewissen?"

„Nein. Schließlich haben sie tatsächlich eine Menge Zeit geopfert, sie sind wichtig für die Firma wegen des Erfahrungsberichtes, den sie geben werden, wenn die Sache läuft, ganz informell selbstverständlich, sagt der Firmenvertreter. Und nach Vertragsabschluss wird das Honorar bar gezahlt. Tatsächlich ein bisschen mehr als versprochen, sagen wir sechzigtausend. Und wenn die Anlage tatsächlich gebaut worden wäre, hätte sich niemand aufgeregt. Auch ich nicht, obwohl ich es nicht schön finde."

„Was passiert? Warum wird nicht gebaut?“

„Es gibt eine Proforma-Ausschreibung, die deutsche Firma, oder vielmehr ihre Vertretung in Iraklion, bekommt den Zuschlag. Planung, Koordination und Bauleitung übernimmt eine Firma in Chaniá. Dorthin werden die Bauteile der Anlage geliefert, der EG-Zuschuss wird pünktlich überwiesen. Es könnte also losgehen. Soweit Ebene eins: das, was immer passiert.

Aber dann bekommen die Behörden einen Tipp von den Amerikanern. Die Lagerhalle der Firma in Chaniá wird durchsucht. Man findet Bauteile und Geräte, die auch militärisch genutzt werden können. Sie sind wahrscheinlich für den Irak bestimmt. Sagen die Amerikaner. Die Lagerhalle wird versiegelt, die Bauteile sind unter Verschluss.

Trotzdem hätte alles noch gut gehen können. Aber am selben Tag verschwinden die leitenden Herren der Beratungsfirma spurlos, die Vertretung der deutschen Firma in Iraklion hat sich in Luft aufgelöst. Die Fahndung verfängt sich in einem Netz von Scheinfirmen. Bis jetzt weiß niemand, wer das Material überhaupt geliefert hat.“

„Aber zumindest dafür können die Honoratioren in Megalochório doch nichts. Man könnte jetzt die Sachen ordentlich auseinander sortieren und mit dem Bau beginnen.“

„Schwierig, wenn die Amerikaner misstrauisch sind und die eigentliche Lieferfirma, die über das Know-how verfügt, kalte Füße bekommen hat. Ich bin mir auch nicht sicher, ob nicht wenigstens einer von unseren Ehrenmännern Bescheid wusste. Vieles, was passiert ist, seit Kerns Leiche gefunden wurde, spricht dafür.“

„Auch, dass Irinis Schwiegervater sich abgesetzt hat?“

„Sicher. Die Geschichte von dem Belastungsmaterial, das ich Stéphanos gezeigt habe, die man sich im Dorf von mir erzählt, ist ein Ammenmärchen. Ich habe ihm nur ein paar Andeutungen gemacht.“

„Und von all diesen Dingen steht nichts in der Zeitung!“

„Nein. Man will nicht, dass die Schuldigen gewarnt werden.“

„Und dann gibt es ja noch die Sache mit dem Schatz. Ebene drei?“

„Wenn ich das wüsste!“

In Großvaters Büro versuchte ich, Wolfgang und Beate zu erreichen. Ohne Erfolg. Ich mailte also meine täglichen Nachrichten nach Frankfurt. Dann rief ich Irini an. War sie noch allein in ihrem Hause? Sie war, aber nicht allein: „Ich habe einen Roman zu Ende gelesen, den ich vor einem halben Jahr angefangen hatte. Dann habe ich Ernst und Hildegard besucht und sie eingeladen. Einfach so, weil wir praktisch Nachbarn sind. Jetzt kochen wir zusammen. Wir verstehen uns bestens. Und wir passen aufeinander auf.“

„Ich liebe dich“, sagte ich und erschrak über meine eigene Courage.

„Ich liebe dich auch. Gute Nacht.“ Das verschlug mir die Sprache. Ich legte auf ohne zu antworten.

14 *Wolfgang*

Was wollte ich eigentlich in Freiburg? Die Szene aufmischen und Prügel riskieren? Mich und andere in Gefahr bringen? Detektiv spielen und etwas herausfinden? Der Gerechtigkeit zum Sieg verhelfen? Ich wusste es nicht und kam mir ziemlich blöd vor. Ich konnte es auch Mike nicht erklären, obwohl er vorsichtig nachfragte und geduldig zuhörte. Meine Geschichte kam mir immer unglaubwürdiger vor. Ein Goldschatz: lachhaft. Andererseits: die Geschichte in Megalochório hatte auch nicht viel glaubwürdiger ausgesehen, und doch steckte etwas dahinter, was eine eigene Dynamik entwickelt hatte. Aus einer Geschichte mit einem Goldschatz, den bisher keiner gefunden hat und den vielleicht nie einer finden würde, war ein politischer Fall mit Korruption und ungereinigten Abwässern geworden. Was, wenn auch hinter dem Tod Kerns und dem Mord an seiner Frau noch etwas ganz anderes steckte als die Geldgier von ein paar geldgierigen und skrupellosen jungen Neonazis? So vieles war hier unklar. Wie konnten die Täter fast gleichzeitig auf Kreta ein Foto aus einem Kloster stehlen und in Deutschland Frau Kern umbringen? Oder handelte es sich um verschiedene Täter? Und was zum Teufel hatte das alles mit Atzenis zu tun, der wahrscheinlich längst tot war?

Mike wusste es auch nicht, aber er hatte ein paar vernünftige Überlegungen zu bieten.

„Wenn dieser Journalist die ganze Sache ins Rollen gebracht hat, dann wird irgendjemand jetzt sein Telefon abhören."

„Du meinst die Polizei?"

„Ich meine die Jungfrau Maria; wenn du ihn anrufst, sagst du besser nicht, wo du bist."

Mike war einmal katholisch gewesen, und das merkt man.

Wir fuhren auf einen Autobahnrastplatz kurz vor Freiburg, und ich rief Walther an. Schon an der Art, wie er redete, merkte ich, dass er der gleichen Ansicht war wie Mike.

„Es scheint, dass die Polizei Leute aus der Neonazi-Szene befragt, wegen des Todes von Frau Kern. Und es scheint, dass Sie dich suchen. Dein Büro behauptet, dass du krank bist, aber sie wollen nicht sagen, wo du bist und wie man dich erreichen kann."

„Da haben sie Recht. Ich kann Aufregungen nicht brauchen nach diesem Anschlag, und selbst wenn ich zum Klo muss, humple ich noch. Ich bin in einem Sanatorium in Zähringen. Ich rufe dich wieder an, sobald die Arztvisite vorbei ist." Ich konnte nur hoffen, dass Walther mich verstand, aber die Polizei nicht. Der Herzog von Zähringen hatte Freiburg gegründet, im dreizehnten Jahrhundert, also bevor es eine Polizei gab. Walther schwieg. Offenbar dachte er nach.

„Wo? Kannst du das buchstabieren?“ fragte er schließlich. Dieses Spiel kannte ich: Buchstabieren als Geheimsprache.

„Zeppelin – Ätna – Hampelmann – Rathaus – Irgendwo – Nordpol – Gehsteig – Emil – Nordpol. Ein ziemlich alter Ort.“

„Okay. Ich erinnere mich.“ Er hatte also kapiert. Jedenfalls hoffte ich das.

„Also bis bald einmal, Walther. Und pass auf dich auf. Diese Leute sind gefährlich.“

„Gleichfalls. Mich macht das alles ziemlich nervös. Ich muss mich ständig kratzen.“

„Versuch es mal mit einem Spaziergang an der frischen Luft. Tschüs, Walther.“

„Dieser Rechtsanwalt“, sagte Mike, als wir wieder losfuhren „Ich würde mir sein Büro mal ansehen. Ehe es die Polizei tut.“

„Aber ich war leider schon dort, Mike. Die erinnern sich bestimmt an mein Gesicht.“

„Aber an meines nicht. Ich brauche bloß eine Geschichte.“

„Wenn du wirklich … Also ein Freund hat dich vor einigen Wochen mit Kern bekannt gemacht, und du hast wegen deines Falls mit Kern gesprochen, und er hat sich die Sache sehr freundlich angehört und dir versprochen, sich nach seinem Urlaub darum zu kümmern und sich telefonisch bei dir zu melden.“

„Klingt unwahrscheinlich.“

„Ja, aber es muss nach einer persönlichen Beziehung aussehen und nach einer hochvertraulichen Sache, die du eigentlich weder der Sekretärin noch dem Kompagnon sagen kannst. Und wenn sie sagen, er ist tot, willst du natürlich deine Unterlagen zurückhaben, ein großes blaues Kuvert.“

„Sie finden es jetzt nicht, werden sie sagen, aber sie wollen meine Adresse, damit sie es mir schicken können, wenn sie es gefunden haben.“

„Kriegen sie nicht. Du rufst morgen wieder an. Es ist wirklich wichtig für dich, dass es nicht in falsche Hände kommt."

Mike grinste. Der Auftrag gefiel ihm. „Ich werde mich ein wenig umschauen."

„Und sieh dir an, wie sie reagieren."

Ich erzählte ihm, was ich mit Walther vereinbart hatte.

„Und wie erkennt ihr euch?" Mike dachte auch an alles.

„Ich werde den Hampelmann aus deinem Audi in der Hand halten."

„Und dieses Handy in der Tasche haben. Ich rufe dich an, wenn ich fertig bin."

Es funktionierte. Walther hatte meine Hinweise verstanden. Er passierte unauffällig den Gehsteig an der Nordseite des Rathauses, sah mich, ohne sich zu verraten, und gab mir ein Zeichen: Er legte seine rechte Hand ans Ohr und kratzte sich am Hinterkopf. Ich ging an ihm vorbei, ohne ihn anzusehen. Er folgte mir und zog mich plötzlich in einen Andenkenladen, in dem gerade ein Dutzend japanische Touristen herumstanden. Der Laden hatte einen zweiten Ausgang. Walther kannte seine Stadt. Nach einigen weiteren Schlenkern dieser Art und kaum zehn Minuten später saßen wir im Hinterzimmer eines Buchhändlers, der Walther verschmitzt begrüßt hatte, und tauschten die Neuigkeiten aus.

Walther hatte versucht, mehr über die sechs Namen auf Abrahams Liste herauszubekommen: ein relativ junger Lehrer, ein Angestellter bei der Stadtverwaltung und dessen Frau, auch bei der Stadt, ein Automechaniker, ein Chemielaborant, der verblichene Kern. Alle, außer Kern, zwischen fünfundzwanzig und Mitte dreißig. Alle, außer Kern, hatten irgendwann für eine rechtsradikale Partei kandidiert. Walther selbst hatte noch drei weitere Adressen herausgefunden.

„Alle drei Nieten. Es ist klar, dass das nur die Spitze des Eisbergs ist", sagte Walther. „Die ganz Jungen fehlen. Und die Alten fehlen, die sich im Hintergrund halten. Und die aus der Umgebung. Mit dem Lehrer habe ich geredet. Er heißt Ortwin Kaul, hat für die Reps kandidiert, ein strammer Law-and-order-Typ, dem in unserer Demokratie alles zu lasch und zu korrupt ist. Raucht nicht. Kern kennt er nicht und will ihn auch nicht kennen lernen, sagt er; er hat aber von ihm gehört. Kaul hat viel gelesen und festgestellt, dass es auch bei den Nazis viel Korruption gab und nach dem Krieg merkwürdige Seilschaften, wie er sich ausdrückt. Das bezieht sich vielleicht doch auf Kern. Eigentlich findet er inzwischen auch die Reps zu lasch und zu korrupt. Er ist auf der Suche nach dem neuen Geist der Sauberkeit, weiß aber nicht, wo er den in unserer Gesellschaft finden soll."

„Was unterrichtet er?"

„Geschichte und Chemie. Aparte Kombination. Er ist nicht mal unsympathisch. Und irgendwie glaube ich ihm, was er sagt. Außer vielleicht, dass er Kern nicht kennt. Dazu war die Ablehnung zu deutlich. Findet wahrscheinlich bei den Schülern Anklang. Weißt du: der Typ mit leuchtenden blauen Augen, die am Horizont das Morgenrot erblicken."

„Und er redet mit dir, obwohl du für dieses linke Blatt schreibst?"

„Er findet mich großartig, wegen meiner Artikelserie gegen Vetternwirtschaft in der Kommunalpolitik; und er bedauert mich, weil meine Talente so wenig geschätzt werden.

„Wahrscheinlich hat er Recht. Wie kommen wir an die anderen ran?"

„Dieses Paar bei der Stadt kommt wohl nicht in Frage. Sie waren die ganze Zeit hier, und es gibt auch keine Verbindungen zu jungen Neonazis. Sagen die Kollegen. Mit mir wollten sie nicht reden. Über den Chemielaboranten weiß ich noch so gut wie nichts. Er lebt allein und arbeitet in einer pharmazeutischen Fabrik in Lörrach. Ist angeblich schwul.

Der Automechaniker hat eine Tankstelle und eine Reparaturwerkstatt für Motorräder. Mit viel junger Kundschaft. Und er hatte Betriebsferien in der Zeit, in der du auf Kreta warst. Sagen andere. Er heißt Becker, Markus. Redet nicht mit Journalisten. Hier sind seine Adresse und seine Nummer. Wenn er der BMW-Fahrer ist, wird er dich natürlich erkennen."

„Also muss Mike ran. Aber der ist noch in Kerns Büro. Was ist mit Kerns Büro?"

„Kerns Partner Häberle ist ausgestiegen und hat die paar Fälle mitgenommen, die er noch nicht abgeschlossen hat. Angeblich gibt er seine Selbständigkeit auf und steigt als Leiter der Rechtsabteilung in eine große Firma ein. Kerns Kanzlei soll abgewickelt werden. Die Frau, die für beide gearbeitet hat, soll bis zum Quartalsende bleiben und bei der Abwicklung helfen."

„Und die Polizei? Hat sie die Kanzlei durchsucht?"

„Meines Wissens noch nicht. Sie hat nur Häberle und Margret befragt."

„Wer ist Margret?", wollte ich wissen.

„Kerns Sekretärin. Es ist vielleicht komisch, aber ich kenne sie zufällig; sie ist im BUND aktiv. Nur war Kern bis vor ein paar Tagen nichts als ein Name für mich."

„Im BUND? Hat Kern das gewusst?"

„Ich denke schon. Auch wenn er Nazi war, hatte er vielleicht was für Umweltschutz übrig."

„Wahrscheinlich ist er da nicht der einzige, Walther. Aber vielleicht ist es besser, dass du erst mal wieder in deiner Wohnung aufkreuzt. Wenn es Neuigkeiten aus Frankfurt gibt, dann landen sie bei dir. Zum Beispiel die Namen der beiden Verkniffenen. Rufst du mich auf dem Handy an, wenn du die Namen weißt? Und kann ich hier hinten sitzen bleiben, bis Mike anruft?"

„Ich sag dem Buchhändler Bescheid, wenn ich gehe. Er ist ein Freund. Also Tschüs. Es gibt eine Videoüberwachung hier, ist dir das klar?"

„Ich lese Zeitung, Walther. Freiburg steht für Ruhe und Ordnung."

Walther gefiel mir ziemlich gut. Offensichtlich hatte er Rückhalt bei den Leuten, für die er schrieb.

Ich wartete auf Mikes Anruf und begann in einem Taschenbuch zu lesen, das auf einem Stapel mit gerade ausgepackten Büchern lag: „Lügen in Zeiten des Krieges". Ein alter Mann denkt über sein Leben nach und stellt fest, dass er immer nur Rollen gespielt, sich verstellt, dass er gelogen hat, um zu überleben und Erfolg zu haben, und im Grunde genommen nicht weiß, wer er wirklich ist. Der Verfasser, ein erfolgreicher amerikanischer Rechtsanwalt, begann erst als fast Sechzigjähriger zu schreiben. Er hatte als Kind in Polen den Holocaust überlebt, indem er seine jüdische Identität leugnete und sich andere Identitäten zulegte, aber irgendwann hatte diese Vergangenheit ihn eingeholt und nicht mehr losgelassen.

Bald hatte ich alles um mich herum vergessen, aber während das Warschauer Ghetto brannte, schrillte das Handy, das Mike mir gegeben hatte.

„Ich hatte Glück. Das Büro ist in voller Auflösung. Kerns Kompagnon hat einen anderen Job angenommen. Er kommt nur noch ab und zu, um …"

„Mike, halt die Luft an. Wo bist du?"

Eine halbe Stunde später saßen wir im *McDonald's.* Die Firma hält auf sich: Ob in Florenz oder Heidelberg, Freiburg oder Salzburg, man mümmelt seine ChickenMcNuggets in historischem Ambiente. Mike strahlte.

„Die Sekretärin packt mit verheulten Augen Sachen in Kisten. Ich habe ihr Herz gewonnen."

Das wunderte mich nicht. Ich kannte Mike. „Was hast du ihr erzählt?"

Er sah mich etwas schräg an.

„Dass ich was ausgefressen habe, und dass der Kern mir helfen will, wieder auf die rechte Bahn zu kommen. Das fand sie normal. Es scheint, dass Kern öfter so was getan hat. ‚Er hatte immer seine lahmen Enten, denen er auf die Beine half', sagte sie und fing an zu weinen. ‚Eigentlich war er ein guter Mensch.'"

„Den beiden jungen Leuten auf Kreta hat er ja gelegentlich auch ausgeholfen," sagte ich, und Mike nickte verständnisvoll. Seit er die Welt nicht mehr mit Gewalt retten will, ist es eines seiner Lieblingsthemen, dass nur in schlechten Filmen Nazis gleichzeitig auch Kinderschänder sind, Kommunisten auch ihre Frauen verhauen und Mafiosi ihre Fingernägel nicht saubermachen.

„‚Nur Blöde tragen Schwarz-Weiß-Brillen', sagte ich zu ihr, und sie musste tatsächlich lächeln. Und dann half ich ihr, nach dem blauen Umschlag zu suchen. Und weil in diesem Büro sowieso schon alles drunter und drüber geht, war es auch nicht besonders schwierig, mit ihr in das Zimmer zu gehen, in dem er ab und zu übernachtet hat. Dort hatte er nämlich die Vorgänge, die noch nicht abgeschlossen waren. Die Sachen aus seinem Schrank waren teilweise schon eingepackt. Und während sie in seinem Schreibtisch nach dem blauen Umschlag suchte, erzählte ich ihr von meinem Fall und sah ihr dabei über die Schulter."

An dieser Stelle wurde Mike etwas zu ausführlich, weil ihn die mütterlichen Reize Margrets beschäftigten. Um es kurz zu machen: Margret hatte sämtliche Schreibtischschubladen ausgeräumt, um Mike zu helfen, und die Sachen auf dem Schreibtisch abgelegt. Dabei war sein Blick auf eine Klarsichthülle mit einem Foto gefallen. Es zeigte zwei Wehrmachtsoldaten.

„Margret zeigte darauf und sagte: ‚Früher hing es über seinem Schreibtisch im Büro. Kern und sein Kumpel aus dem Krieg. Die waren dicke Freunde, und über Anthes bekam er größere Aufträge. Seit Anthes' Tod war Kern nicht mehr der Alte. Fing an zu saufen und so. Hatte Schwierigkeiten mit seiner Frau.'"

„Wusste sie schon, dass seine Frau tot ist?"

„Ja, wusste sie. Die Polizei hat sie befragt."

„Ach ja, natürlich."

Als das Telefon klingelte und Margret nach draußen ging, um den Anruf anzunehmen, steckte Mike die Klarsichthülle mit dem Foto rasch ein. Am Telefon war wieder die Polizei: Sie würden vorbeikommen und das Büro versiegeln, vorläufig. Sie solle ihre privaten Sachen zusammenpacken und auf den Polizeiwagen warten. Sehr rücksichtsvoll von ihnen, vorher Bescheid zu sagen, fand Mike. Er reichte mir die Klarsichthülle. Sie war nicht größer als ein Briefumschlag.

Das Foto im Format neun mal zwölf Zentimenter war auf weißen Karton aufgeklebt. Die beiden jungen Soldaten trugen Maschinenpistolen und grinsten in die Kamera. Ein Schäferhund grinste auch. Hinter ihnen standen Männer in Zivil in einer Reihe, nicht sehr deutlich. Und wenn mich nicht alles täuschte, war das die Hafenmole von Chaniá. Ich nahm das Foto aus der Hülle, in der noch ein zweites, ein ziemlich neues Foto war. Auf ihm war ein Lastwagen von hinten zu sehen, in einer Art Steinbruch.

Das sagte mir erst mal gar nichts. Aber wenn Kern es zusammen mit seiner Erinnerung an den Zweiten Weltkrieg aufbewahrt hatte, musste es ihm wichtig gewesen sein. Immerhin konnten wir jetzt herausfinden, wer Anthes war. Margret wusste es sicher.

„Wie bist du mit ihr verblieben?"

„Sie hat mich bedauert, weil ich nun mein blaues Kuvert nicht bekommen habe, aber ich habe ein tapferes Gesicht aufgesetzt und sie getröstet, weil sie nun ihren Job verliert, und sie hat ein tapferes Gesicht aufgesetzt und gesagt, sie fängt ein neues Leben an, und es war ohnehin Zeit, und ich habe ihr versprochen, dass wir bald mal zusammen italienisch essen, und sie hat mir ihre Telefonnummern gegeben. Beide."

„Wie alt ist sie eigentlich?"

„Nicht so alt wie du denkst. Sie arbeitet seit zwanzig Jahren in der Kanzlei, aber als sie dort angefangen hat, war sie sechzehn."

Wir beschlossen, sie heute noch anzurufen. Sie musste Anthes schließlich kennen. Aber erst einmal war der Motorradexperte Markus Becker an der Reihe.

Zweifellos war Mike der Richtige für ein Gespräch von Fachmann zu Fachmann. Nicht nur weil Becker meine Visage kannte und verabscheute. Ich bin ein Mensch, der von Autos und Motorrädern kaum mehr weiß, als dass sie fahren, und ich muss froh sein, dass ein Spezialist wie Mike mich seiner Freundschaft würdigt. Ich weiß das umso mehr zu schätzen, als ich mich selbst immer wieder dabei ertappe, Menschen in meiner Umgebung, die den Unterschied zwischen physischem und virtuellem Speicher im Computer nicht kennen, für eine Art Neandertaler zu halten.

Diesmal wollte Mike keine Geschichte von mir; für Becker könne er sich selber eine ausdenken, sozusagen spontan, und sie gegebenenfalls an die Situation anpassen. Aber etwas lag ihm auf dem Herzen: Würde sich Margret nicht, in ihrer Hilfsbereitschaft, wegen des blöden blauen Umschlags, in eine unmögliche Situation bringen? Könnte ich sie nicht anrufen, sozusagen als sein Freund, und sie beruhigen: Der Umschlag sei aufgetaucht – vielleicht würde mir dafür auch eine Geschichte einfallen; und –, ob sie sich nicht vielleicht noch heute zum Essen treffen könnten?

„Mache ich, Mike“, versprach ich. „Die Freundinnen meiner Freunde sind auch meine Freundinnen. Gib mir ihre Telefonnummern.“

„Vorsicht, Mann“, sagte Mike, „ich bin ziemlich eifersüchtig.“ Er lachte.

Während er sich auf den Weg machte, versuchte ich erst einmal die Nummer des Rechtsanwaltsbüros. Nichts. Nicht einmal der Anrufbeantworter. Ich ging zum Büro. Vor der Tür parkte ein Polizeiwagen. Dann versuchte ich es bei ihr zu Hause. Der Anrufbeantworter meldete sich. Langsam wurde mit mulmig. Warum fiel mir eigentlich erst jetzt ein, dass sie in Lebensgefahr sein könnte? Ich versuchte meiner Stimme eine freundliche Dringlichkeit zu geben:

„Hallo, Margret. Ich bin Wolfgang, ein Freund von Mike, den Sie heute kennen gelernt haben. Er hat im Augenblick ein Problem und hat mich dringend gebeten, Sie anzurufen. Sie sind in Lebensgefahr! Ich habe keine Zeit zu erklären warum, aber bitte, bitte, glauben Sie mir! Packen Sie das Allernötigste für eine Nacht und rufen Sie ein Taxi. Übernachten Sie bei Freunden oder notfalls in einem Hotel. Rufen Sie Mike an, wenn Sie in Sicherheit sind. Jede Sekunde ist kostbar!"

Ich stürzte zu einer Telefonzelle, suchte mir ihre Adresse aus dem Telefonbuch heraus und fragte den nächsten Passanten nach dem Weg. Es war nicht besonders weit. Nach etwa zehn Minuten klingelte ich an der Haustür eines winzigen Einfamilienhauses. Nichts. Die Tür öffnete sich ohne Widerstand.

Im Hausflur lag Margret Liederbach, verletzt, aber nicht bewusstlos. Der Täter musste es sehr eilig gehabt haben. Er hatte eine Maschinenpistole benutzt, aber der größte Teil der Schüsse war in die Wand hinter ihr gegangen. Ich hatte mich idiotisch verhalten, aber das war nicht die Zeit für Selbstvorwürfe. Ich drückte ihr die Hand, sagte: „Ich bin Mikes Freund!" und stürzte zum Telefon, alarmierte den Notdienst, legte ihr ein Kissen unter den Kopf und hielt ihre Hand, bis der Rettungswagen kam. Sie wirkte vollkommen ruhig – war es der Schock? „Mike wird sich melden, sobald er kann", sagte ich zu ihr, bevor ich ihre Hand losließ. Sie lächelte. Ich konnte es kaum glauben.

Dann schrieb ich für den Notarzt einen Zettel mit meinen Personalien und fragte ihn, in welches Krankenhaus ich nachkommen solle.

„Mein Wagen steht in der Nebenstraße", log ich. „Ich fahre gleich los." Er schien mir zu glauben.

Ich musste mich aus dem Staub machen, so schnell und so unauffällig ich konnte. Von jetzt ab waren Mike und ich in der Bredouille. Mike war womöglich der letzte außer der Polizei, der sie vor dem Überfall gesehen hatte. Ich war wahrscheinlich der erste, der sie danach gesehen hatte.

Ich beschloss, zuerst Walther zu informieren. Sein Bandgerät meldete sich.

„Walther, mich hat gerade ein Freund aus Freiburg angerufen", log ich unverfroren. „Er will gehört haben, dass die Polizei Kerns Büro versiegelt hat. Und außerdem soll jemand Margret gedroht haben, sie umzubringen, wenn sie der Polizei sagt, was sie über die Kern-Anthes-Connection weiß. Anthes, mit th. Kannst du damit was anfangen? Vielleicht beschützt die Polizei sie ja. Melde dich, wenn du Näheres weißt. Ich bin immer noch krank und kann mich um die Sache nicht kümmern."

Ich hoffte, dass die Polizei mitgehört hatte, wenn sie überhaupt mithörte.

Das Letzte jedenfalls war nicht gelogen. Ich fühlte mich verdammt elend, auch ohne das Erlebnis von gestern Abend. Unser Herumschnüffeln hatte Margret beinahe das Leben gekostet. Ich beschloss, zu Fuß zu Beckers Tankstelle zu gehen. Wenn Mike anrief, konnte ich immer noch ein Taxi nehmen.

Ich versuchte, meine Gedanken zu ordnen. So, wie es jetzt aussah, war Kern ermordet worden (falls es ein Mord war), weil er etwas wusste. Frau Kern musste also ermordet worden sein, weil sie wusste, was er wusste, und weil sie sich erinnern würde, was es war, sobald sie sich über die Bedeutung dessen, was sie wusste, klar geworden war. Oder weil jemand das glaubte. Und das gleiche galt für Margret, nur dass der Killer aus einem Grund, den ich noch nicht kannte, die Sache verpatzt hatte. Für wen noch? Häberle? Aber es sah ja ganz so aus, als sei er mit diesem Teil von Kerns Existenz nicht befasst gewesen.

Aber was konnte so gefährlich sein, dass es zwei oder drei Morde wert war? Und konnte der Auftrageber annehmen, dass von dieser Sache so wenige Menschen wussten, dass er dieses Wissen mit ein paar Morden aus der Welt schaffen konnte? Ich hatte Walther zwar auf die Verbindung von Kern und Anthes verwiesen, aber das war nicht mehr als ein Schuss ins Blaue. Und von dieser Verbindung musste eine ganze Menge Leute wissen. Was die Sache noch unwahrscheinlicher machte: Sie war *aktenkundig,* denn Kern hatte für Anthes gearbeitet. Und selbst wenn jemand Kerns Büro in Brand stecken würde, Kopien dieser Akten und die Akten der Gegenpartei oder Hinweise auf die Aufträge, die Kern für Anthes abgewickelt hatte, existierten anderswo. Margret hatte erwähnt, dass sich seit dem Tod von Anthes etwas verändert hatte. Kern erhielt von ihm also keine Aufträge mehr. War das die Ursache seiner Veränderung? Wohl kaum, denn Kern hatte ausgesorgt, nach allem, was ich wusste. Hing das lebensgefährliche Wissen Kerns irgendwie mit Anthes' Nachfolger zusammen? Nachfolger in was? Ich wusste von Anthes rein gar nichts, außer dass er im Krieg Leutnant und mit Kern in Kreta gewesen war. Und nach dem Krieg war er so reich – oder wenigstens einflussreich –, dass er Kern lukrative Aufträge zuschanzen konnte. Industrieller, Manager, so etwas. Und nach Anthes' Tod ließ dessen Nachfolger Kern fallen. Mehr noch, nach einiger Zeit beschloss er, ihn unschädlich zu machen …

Und wenn die Anwesenheit Beckers und seines Kumpans in Kreta zum Zeitpunkt von Kerns Tod nicht rein zufällig war, dann mussten die beiden Verkniffenen Helfershelfer sein oder gewesen sein. Aber dann waren sie die nächsten auf der Liste. Der große Unbekannte konnte es sich nicht leisten, sie frei herumlaufen zu lassen.

Eigentlich wollte ich seit Stunden Beate anrufen; ich machte mir Sorgen ihretwegen, und sie machte sich vermutlich noch mehr Sorgen meinetwegen. Aber die Tatsache, dass Becker – und damit Mike, der wahrscheinlich bei ihm war – in Lebensgefahr war, trieb mich weiter. Bis zu diesem Augenblick hatte ich nicht einmal bemerkt, wie dicht der Verkehr auf der Ausfallstraße war, die ich entlangging. Erst als sich drei Feuerwehrfahrzeuge mit Geheul durch den Feierabendverkehr zwängten, wurde ich mir der Umgebung wieder bewusst. Und genau in diesem Augenblick schrillte das Handy.

„Ja?"

„Ich bin's. Ich wollte dich gerade anrufen, da bist du an mir vorbeigegangen. Ich sitze im Wagen. Geh ungefähr hundert Meter zurück."

„Bist du okay?"

„Ja, ich bin okay. Sozusagen."

Ich hatte den Audi kaum gesichtet, da ließ Mike auch schon den Motor an. Ich riss die Tür auf und ließ mich neben ihn fallen. Mike schaltete die Scheinwerfer an und startete. Ich sagte ihm erst einmal nichts von Margret.

„Wie ist es dir ergangen?", fragte ich besorgt. „Du siehst irgendwie verstört aus."

„Du siehst nicht viel besser aus. Aber du hast Recht. Ich lebe nur noch, weil ich zur richtigen Zeit aufs Klo musste."

„Was ist passiert?"

Während er seinen Wagen behutsam in eine Seitenstraße lenkte und einen Parkplatz suchte, erzählte er.

„Becker hat nach fünf Minuten gemerkt, dass ich was anderes wollte als ein gebrauchtes Motorrad. Es war fast, als hätte er mich erwartet. Und ich habe nach drei Minuten gemerkt, dass er Angst hat; ich konnte mir nur nicht so richtig vorstellen, vor wem oder was. Er schwitzte geradezu vor Angst, und als ich ihm schließlich sagte, wer ich bin und was ich will, wäre er mir vor Erleichterung fast um den Hals gefallen. Wir saßen in seiner Werkstatt und redeten. Er trank Bier, ich Cola light. Er sagte alles, was er wusste, jedenfalls glaube ich das. Aber als ich ihn fragte, ob ich dich anrufen sollte, wurde er zappelig, und ich beließ es bei dem Versuch."

Mike versuchte mir zu erklären, was ihm Becker über seine Beziehung zu Kern vermittelt hatte, und er tat sich schwer damit. Diese Sprache war ihm ziemlich fremd. Becker hatte Kern vor knapp drei Jahren kennen gelernt, als der mit seinen Vorträgen anfing. Beckers Freund Ortwin Kaul hatte ihn darauf aufmerksam gemacht, ein Pauker. Kern imponierte ihnen sehr.

Er kritisierte, was er die „Fehler" und „Übertreibungen" der Nazis nannte, aber er bestand darauf: Der Nationalsozialismus war ein idealistischer Versuch gewesen, das deutsche Volk aus der Not zu führen, in die es durch den verlorenen Ersten Weltkrieg und die Novemberrevolution geraten war.

Und er gab zu: Auch im „Dritten Reich“ habe es Korruption und persönliche Bereicherung gegeben, und das sei der Hauptgrund gewesen, warum es zu den „Exzessen“ in Auschwitz und anderswo gekommen sei, die Kern, das betonte er immer wieder, nicht verschweigen wollte. Alle hätten daran verdient: die Bonzen, die SS und die Konzerne. Hitler habe nichts gewusst, sei vielleicht auch zu idealistisch und zu gutmütig gewesen, und nach dem Krieg habe das deutsche Volk für diese Parasiten bezahlen müssen. Jetzt sei es an der Zeit, einen neuen Nationalsozialismus zu begründen, eine „Revolution der Idealisten“, wie er das nannte.

„Wen meinte er mit Parasiten?“

„Ehemalige hohe Nazis, die nach dem Krieg wieder zu Geld und Einfluss gekommen sind, Konzerne, die sich am Krieg bereichert hatten, während das Volk alles verlor, die Parteien in der Bundesrepublik, die Gewerkschaften und unsere Nachbarländer, die beim Holocaust mitgespielt hatten, aber dann nichts mehr davon gewusst haben wollten, wie die Schweizer, die Österreicher und die Franzosen. Und natürlich die Scheinasylanten und Scheinarbeitslosen. Kann sein, dass ich einige vergessen habe.“

„Waren auch die Juden dabei?“

„Habe ich ihn auch gefragt. War anscheinend nicht so. Für Kern gab es gute Juden, die deutsch und ehrlich waren, wie Ignaz Bubis, und schlechte, wie Hersch Beker.“

„Wer ist denn das?“

„Du lebst anscheinend noch nicht lange genug in Frankfurt. Das war irgend so ein Bordellkönig, der sich Ende der Sechziger aus Deutschland abgesetzt hat. Hast du nie von dem gehört?“

Ich war ziemlich sprachlos. Entweder war dieser Kern unglaublich raffiniert gewesen oder es handelte es sich um das Wahnsystem eines hochintelligenten Menschen, der schließlich doch nichts kapiert hatte.

„Jedenfalls haben sich Kaul und Becker mit Kern angefreundet. Kern plante eine Stiftung für die neue Revolution der Idealisten, und er hatte auch schon einen Namen dafür, aber den habe ich vergessen. Und in diesem Zusammenhang hat er ihnen dann von dem Goldschatz erzählt. Die beiden waren ziemlich fasziniert von ihm und fuhren mit ihm in Urlaub nach Kreta. Aber danach passierte etwas, das ihr Verhältnis zu Kern getrübt hat."

Jetzt wurde es spannend, aber Mike war nicht in der Verfassung, sein Erzähltalent zu entfalten. Bei Becker hatte kurz nach dem gemeinsamen Urlaub mit Kern jemand angerufen und ein Treffen vorgeschlagen, es gehe um etwas sehr Wichtiges. Auch Kaul sollte dabei sein. Man traf sich in einem feinen Lokal in der Innenstadt. Kernpunkt des Treffens war, dass dieser Fremde sie vor Kern warnte. Er sagte ihnen, dass Kern für den deutschen Geheimdienst arbeite und in dessen Auftrag die nationale Rechte destabilisieren solle. Und dafür legte er ihnen auch Beweise vor, oder jedenfalls irgendwelche Papiere, die sie für Beweise hielten. Und außerdem behauptete er, dass Kern korrupt sei und seit Jahren Gelder veruntreue, die für politische Zwecke gedacht waren. Auch das hat er angeblich bewiesen.

„Du hast ihn doch sicher gefragt, als was sich der Mann ausgegeben hat und wie er aussah und wen er eigentlich mit dem deutschen Geheimdienst meinte: den Bundesnachrichtendienst, den Verfassungsschutz, den MAD, oder was gibt es sonst noch?"

Mike lächelte müde.

„Habe ich natürlich, und das Verblüffende war: Der Mann hat sich als Doktor Beikircher, Redakteur der *Nationalzeitung,* vorgestellt, und er ist so sicher aufgetreten, dass sie nicht auf den Gedanken gekommen sind, genauer nachzufragen, nicht einmal, wie er eigentlich auf sie gekommen ist. Der Gedanke, dass dieser Mann vielleicht nicht echt war, ist Becker erst nach dem Tod von Frau Kern gekommen. Jedenfalls war der geheimnisvolle Fremde ungefähr vierzig, gut aussehend, sehr gut gekleidet und fuhr einen teuren BMW. Nicht mal an die Augenfarbe erinnert sich Becker.

Jedenfalls erklärten sie sich bereit, Kern zu beobachten und alles, was ihnen auffiel, an eine Telefonnummer weiterzugeben. Bei dieser Nummer hat sich ein Anrufbeantworter gemeldet, und Becker, es war immer Becker, hat ab und zu Meldungen durchgegeben. Vor ein paar Wochen kam dann endlich ein Anruf von diesem Doktor Beikircher; er hat ihnen vorgeschlagen, Kern nach Kreta nachzufliegen und ihn auch dort zu beobachten."

„Mike, wir haben jetzt keine Zeit weiterzureden. Sag mir nur eins: Ist Becker tot?"

„Ja. Ermordet."

„Es tut mir Leid, Mike, dass ich dir das sagen muss: Jemand hat versucht, auch Margret zu ermorden. Bleib ruhig: Es hat nicht geklappt. Sie ist verletzt, nicht besonders schwer. Ich habe den Rettungsdienst gerufen. Sie ist im Krankenhaus."

„Ich muss hin. Wo ist sie?"

„Mach keine Dummheiten. Wir beide sind die Hauptverdächtigen! Sie weiß, dass du dich melden wirst!"

„Wahrscheinlich hast du Recht", sagte Mike müde.

„Nach der Logik der Ereignisse ist jetzt wahrscheinlich Kaul dran. Er hat diesen Mann gesehen; wahrscheinlich hat Frau Kern ihn gekannt, und Margret kennt ihn sicher auch. Rufen wir erst mal Walther an, Mike."

Zu Hause war er nicht, in der Redaktion war er auch nicht, seine Mobilnummer wusste ich nicht, und in der Redaktion wusste auch niemand, wo er war. Aber sie versprachen, ihn mobil anzurufen oder wenigstens anzupiepen und ihm zu sagen, er solle sich bei mir melden.

Wir beschlossen, es erst einmal selbst mit Kaul zu versuchen, aber der meldete sich nicht am Telefon. Wir fuhren zweimal langsam an seiner Wohnung vorbei, sahen aber nichts Auffälliges. Beim dritten Mal stieg ich kurz aus und klingelte. Nichts.

„Was machen wir?", fragte Mike.

„Ich glaube nicht, dass wir in Freiburg noch was ausrichten können. Vielleicht sollten wir die *Blaue Acht* sausen lassen und einfach nach Hause fahren, ehe uns die Polizei als Mordverdächtige einbuchtet."

„Das glaube ich auch."

Von einem Rastplatz aus rief ich Beate an, sagte ihr, ich könne nur ganz kurz sprechen, und behauptete, es gehe mir gut und Mike auch. Das war stark übertrieben, aber nicht ganz unwahr. Und dann fragte ich, ob bei ihr alles in Ordnung sei.

„Fast alles", sagte sie, „ist wieder in Ordnung. Ich warte auf dich. Pass auf. Die Polizei möchte dich sprechen, aber das weißt du wahrscheinlich."

Ich hatte mich nicht getraut, am Telefon deutlicher zu werden. Vielleicht hatte Mike ja Recht mit seinem Misstrauen. Jetzt machten wir uns wohl beide unsere Gedanken, Beate und ich.

Dann versuchte ich es noch einmal in der Redaktion. Tatsächlich meldete Walther sich. Er klang merkwürdig ruhig.

„Becker ist tot, Kaul, dieser Lehrer, ist verschwunden, Margret Liederbach ist beinahe umgebracht worden. Und wo zum Teufel bist du? Die Polizei möchte mit dir reden."

„Glaube ich dir gern. Gibt es bei Margret eine Spur?"

„Die Polizei fahndet nach einem Mann. Eine Nachbarin hat diesen Mann vor ihrem Haus gesehen: ungefähr 1,80 groß, dunkelblond, schwarze Jeans, graues Jackett …"

„Wenn es dir recht ist, komme ich jetzt bei dir vorbei. In der Redaktion."

„Okay."

Mir war klar, dass ich mir und allen anderen viel Ärger ersparte, wenn ich jetzt mit der Polizei redete. Ich überredete Mike, mir noch den Rest seiner Begegnung mit Becker zu erzählen, mich am *Freiburger Kurier* abzusetzen und nach Hause zu fahren. Er hatte mehr getan als einen Freundschaftsdienst, aber es war nicht leicht, ihn zu überzeugen.

„Was war in Kreta mit Kern?"

„Sie wussten eigentlich nicht so richtig, was sie dort beobachten sollten. Irgendwie rechneten sie damit, dort Beweise für seine korrupten Machenschaften zu finden; aber es passierte nichts. Er traf sich mit niemandem, lief nur rum. Als er dann schließlich starb, waren sie in Panik und riefen die Nummer an, die Doktor Beikircher ihnen gegeben hatte. Am späten Abend rief dieser Typ sie in der Pension an, in der sie wohnten. Er sagte, sie sollten am nächsten Morgen zu Kerns Hotel gehen und erklären, Kern habe rasch abreisen müssen, und, wenn nötig, die Rechnung bezahlen. Dann sollten sie seine Sachen packen und das Auto mit den Sachen irgendwo in eine Schlucht oder ins Meer kippen. Als sie aber am nächsten Morgen ankamen, war alles schon erledigt. Man erzählte ihnen, dass Kern plötzlich abgereist war."

„Natürlich, die Leute in Megalochório hatten ja die Leiche verschwinden lassen und seine Spuren verwischt. Der Hotelbesitzer hat offenbar mitgespielt."

„Dann haben sie sich an die beiden jungen Verwandten erinnert, von denen Kern gesprochen hatte, und dort nach seinen Sachen gesucht. Sie haben den Audi dort gefunden und im Meer entsorgt und sind nach Deutschland zurückgefahren. Sie waren froh, dass man sie nicht verdächtigt hatte. Irgendwie haben sie sich nach ihrer Rückkehr zerstritten."

„Hat Becker irgendwas von dem Schatz gesagt?"

„Schon. Dass sie diese Sache natürlich faszinierte, und dass sie gerne was davon abgehabt hätten. Ginge mir sicher auch so. Aber nach der Sache mit der Leiche hätten sie sich den Gedanken an den Schatz abgeschminkt. Aber sie hatten immer noch keine Ahnung, was mit Kern passiert war. Deshalb unternahm Becker die Fahrt nach Rebisau zu Frau Kern, um sich durch seine Frage so eine Art Alibi zu verschaffen. Und er schwört, dass er an dem Mord unschuldig ist. Vor der Fahrt hatte er die bewusste Telefonnummer angerufen."

„Das ist interessant. Doktor Beikircher wusste also, dass Becker dort gewesen war, genauso wie er wusste, dass die beiden auf Kreta waren."

„Und sein Briefchen an meinem Wagen?"

„Davon weiß er nichts. Schwört er. Aber kaum war er wieder in seiner Werkstatt, rief Doktor Beikircher an und schiss ihn zusammen, weil er in Rebisau gewesen war, und weil ihn dieser Schnüffler gesehen hatte. Er habe sich in seine sehr unangenehme Lage gebracht und müsse den Kerl irgendwie mundtot machen. Wie er das machen wolle, das sei seine Sache. Andernfalls, soll Doktor Beikircher gesagt haben, könne er für nichts garantieren. Becker bekam Angst und organisierte die Sache in Frankfurt über einen Nazifreund, dem er so was zutraute.

Aber auf keinen Fall hätte er an Mordversuch gedacht. Seitdem hat er noch mehr Angst."

„Und was ist dann passiert?"

„Als der Tankwart um halb sieben ging, hatte ich ihn fast soweit, dass ihm klar wurde, dass seine Angst berechtigt war, und seine einzige Chance, nicht umgelegt zu werden, eine Zelle in der Untersuchungshaft war. Ich bot ihm an, ihn hinzubringen, weil das sicherer war. Er fing an, eine Tasche zu packen, und ich ging aufs Klo hinter der Tankstelle. Als ich die Klotür öffnete, ging das Telefon, und ich hörte, wie Becker abhob und seinen Namen nannte. Vielleicht zwanzig Sekunden später fuhr ein Wagen an der Tankstelle vor, bremste scharf, jemand sprang raus. Ich hörte eine Maschinenpistole, dann eine Art platschendes Geräusch. Dann startete der Wagen und fuhr davon, und ich machte mich so schnell wie möglich aus dem Staub. Die Tankstelle und die Werkstatt fingen schon an zu brennen."

„Du liebe Güte. Das waren also die Feuerwehrfahrzeuge."

Wir umarmten uns im Auto. Mit Mike geht so was; er hat vor Gefühlen keine Angst. Und er brauchte Trost, wegen Margret. Während er weiterfuhr, fragte ich beim Pförtner der Zeitung nach Walthers Büro. Ich saß noch keine fünf Minuten, da war auch die Polizei schon da. Sie machten mir ziemlich die Hölle heiß, und ich musste ihnen viel erzählen, bis sie mich gehen ließen. Über Mikes Rolle schwieg ich mich natürlich aus.

Als ich schließlich den Schlüssel in unsere Wohnungstür steckte, war es schon fast Morgen. Wir waren verdammt froh, einander heil wieder zu haben.

15 *Beate*

Das erste, was ich spürte, noch halb im Schlaf, war Wolfgangs warme Hand an meinem Po. Aber geweckt hatte mich etwas anderes: mein Traum.

„Du hattest einen Albtraum", flüsterte er und fuhr fort, mich zu streicheln. „Alle Herrlichkeit auf Erden", murmelte er bewundernd. Manchmal war mir etwas unbehaglich bei solchen Äußerungen; heute war ich dankbar.

„Jemand wollte mich umbringen, im Traum."

„Leider ist es kein Traum. Wenn der große Unbekannte glaubt, dass wir etwas wissen, wird er uns genauso umbringen wie die anderen. Hat dir dein Traum auch einen Tipp gegeben, was wir dagegen tun können?"

Ich seufzte. Wolfgang glaubt an Problemlösungen im Traum.

„Ich glaube kaum, dass das uns helfen wird. Ich bin ins Wasser gesprungen, um mich zu retten."

Wolfgang überlegte. „Ins Wasser …"

Ich schaute auf die Uhr.

„Was steht an?", fragte er, leicht geistesabwesend.

„Ich habe mir zehn Tage unbezahlten Urlaub genommen, auf Abrahams dringenden Rat hin. Dir hat er zehn Tage Urlaub verordnet, ohne dich zu fragen."

„Aber ich habe übermorgen einen Gerichtstermin."

„Darum sollst du dich nicht kümmern, sagt er. Das kann Kurt für dich machen. Wir sind für heute Abend zu fünft verabredet, im *Libnân*."

„Wenn ich das Wetter sehe, bin ich auch für Urlaub. Es wird endlich Sommer."

Ich hörte das Faxgerät arbeiten. Kurz darauf schob jemand einen Zettel unter der Tür durch. Wolfgang öffnete sie einen Spalt weit, sagte „Wir kommen gleich, Danit“ und las.

„Manolis hat die Namen der beiden Verkniffenen gefaxt. Es sind tatsächlich Becker und Kaul. Irini hat gesagt, dass ihr Mann vor seinem Tod einen konkreten Verdacht geäußert hatte. Die Leute, die er verdächtigte, haben sich mit einem Deutschen getroffen, der auf Kreta ein Haus hat. Sie glaubte, dass er Blume hieß. Es hat eine Weile gedauert, bis es Manolis gedämmert hat, dass damit Anthes gemeint war. Irini ist sich sicher, dass man ihren Mann ermordet hat. Alechos und Manolis sind mehr oder weniger ständig in Megalochório und reden mit allen möglichen Leuten. Alechos hat gedroht, dass er das halbe Dorf ins Kittchen bringt, wenn auch nur einer Katze was passiert. Einen hat er so eingeschüchtert, dass er für eine Weile nach Australien verduftet ist. Das Komische ist: Es handelt sich um Irinis, wie soll ich sagen, ehemaligen Schwiegervater. Das heißt doch wohl, er hängt mit in der Sache drin. Pavlos und Dimitri sind aus den Bergen zurück. Von Polizei ist keine Rede.“ Er lächelte. „Die wichtigste Nachricht: Manolis und Irini haben sich geküsst. Es ist ihnen ernst. Aber nur Alechos weiß davon. Irini, als trauernde Witwe, muss ihre Liebe vor den Leuten im Dorf verbergen.“

Im Nachbarzimmer erwartete uns ein prächtiges Frühstück, wenn man um zwei Uhr nachmittags noch von Frühstück reden kann. Ron hatte eingekauft, Danit hatte, unter besonderer Berücksichtigung gesunder Frühstücksgewohnheiten, das Menü zusammengestellt. Natürlich waren die Ereignisse des gestrigen Tages das Hauptthema. Ron hörte eine Weile mit gerunzelter Stirn zu.

„Ehrlich, ich verstehe überhaupt nichts. Neonazis, ein Skandal auf Kreta, Morde in Freiburg … Wie wär’s, wenn ihr die Geschichte mal von vorn erzählt, ordentlich der Reihe nach?“

„Ron hat ein tiefes Bedürfnis nach Klarheit und Ordnung, weil er musikalisch ist“, merkte Danit an.

„Danit fühlt sich nur im Chaos wohl, weil sie unmusikalisch ist“, gab Ron zurück. „Sie liebt seichten Rock.“

Nach diesem Geplänkel hörten die beiden aufmerksam zu, stellten nur ab und zu eine Frage.

„Uns geht es genauso wie euch. Wir sehen, dass es zwischen den Ereignissen damals und denen von heute Zusammenhänge gibt, aber wir kennen sie noch nicht. Und es gibt jemanden, der alles tut, damit niemand davon erfährt“, sagte Wolfgang.

„Diese Fotos?“, fragte Danit. Als sie auf dem Tisch lagen, spürte ich ein Kribbeln. Hier hatten wir gleich zwei Schlüssel zu den Ereignissen vor uns, aber wir wussten nicht, in welches Schloss sie passten.

„Was siehst du?“, fragte Wolfgang mich. Ich wusste sofort, auf was er anspielte.

„Die Hafenmole von Chaniá. Vielleicht ist es auch die von Iraklion. Ich weiß nicht, wie die damals aussah. Zwei deutsche Soldaten, der eine mit Schäferhund. Eine Reihe von Männern in Zivilkleidung, junge und alte. Dahinter eine zweite Reihe, undeutlich …“

„Woher wisst ihr überhaupt, dass es sich um Partisanen handelt?“, fragte Danit plötzlich ziemlich aufgeregt.

„Der Zeitungsausschnitt im Kloster behauptet das, aber …“ Wolfgang verstummte plötzlich und sah mich wieder an.

„Du hast Recht, Danit! Es sind wahrscheinlich Juden vor der Deportation, Juni 1944 in Chaniá! Und soweit wir wissen, hat niemand von ihnen überlebt. Die Engländer haben das Schiff für einen Truppentransport gehalten und es versenkt. Manche meinen sogar, die Deutschen hätten die *Danae* selbst in die Luft gesprengt, nachdem die Wachmannschaften sich ausgebootet hatten.“

Ron schüttelte den Kopf. „Ich kann es nicht glauben, obwohl ich es sehe. Obwohl der Krieg schon verloren war, taten diese beiden ihre so genannte Pflicht. Und sie ließen sich dabei auch noch fotografieren. Hatten sie überhaupt ein

Gewissen? Warum tun Menschen so etwas? Hätten sie nicht nein sagen oder die Befehle wenigstens schlampig ausführen können?“ In seiner Stimme spürte ich die gleiche Hilflosigkeit, die ich auch in mir selber fühlte.

„Ja, warum? Das frage ich mich seit Jahrzehnten, und ich finde keine Antwort. Was trieb unsere Großeltern, unsere Eltern an? Antisemitismus, Rassenwahn, Größenwahn, Fanatismus, eine fatale Mischung von all dem? Das sind Erklärungsversuche, die vielleicht so etwas wie in Bosnien verständlich machen, aber nicht das. Mangel an Zivilcourage, Kadavergehorsam, Feigheit, das kommt mir schon richtiger vor. Opportunismus, Karrieregeilheit, Gewinnsucht, das musste alles noch dazukommen. Jeden Tag kommen neue Details darüber heraus, wie viele Deutsche sich an der Vertreibung und Vernichtung bereichert haben …“ Wolfgang hörte auf zu sprechen und starrte in seine Teetasse. Ich kannte diese Stimmung an ihm nur zu gut.

„Aber immerhin gab es ein paar Leute, die nicht mitmachten“, sagte Danit, „wenigstens einen. Mein Großvater hat oft von ihm gesprochen. Ein simpler Soldat. Er ließ sechs Männer, die er bewachen sollte, einfach laufen. Einer davon war Großvater. Sie gingen in die Berge, drei haben überlebt. Nach dem Krieg versuchte Großvater herauszufinden, wer der Mann war und was aus ihm geworden ist, aber er wusste nichts als den Vornamen.“

Wir hatten viele solche Gespräche geführt, über Jahre hinweg, in den Pausen zwischen Vorträgen, auf Tagungen, aber da die Frage nach dem Warum unbeantwortet blieb, wurde sie immer wieder gestellt.

„Warum hat Kern dieses Foto aufgehoben? War er stolz auf die alte Freundschaft mit einem, der nach dem Krieg zu Ansehen und Reichtum gekommen war? Oder vielleicht eher das Gegenteil? Vielleicht hat Kern Anthes erpresst? Aber das ist zu verrückt …“ Ron legte das Foto beiseite und griff nach dem nächsten.

Man sah nicht viel. Ein Lastwagen von hinten, schwach angeleuchtet. „Hast du eine Lupe? Ich glaube, man kann die Autonummer lesen."

Eine Stunde später hatten wir die Firma gefunden, der dieser Lastwagen gehörte: eine chemische Fabrik im südlichen Schwarzwald, nicht weit von der Schweizer Grenze. Und es überraschte uns nicht besonders, dass sie Anthes & Kohler hieß. Das musste Walther in Freiburg inzwischen auch herausgefunden haben. Was dieses Foto für Kern bedeutete, wussten wir natürlich immer noch nicht, aber wir beschlossen, die Sache mit dem Foto vorläufig für uns zu behalten.

Walther hatte inzwischen ganze Arbeit geleistet. In seinem E-Mail-Briefkasten fand Wolfgang ein ganzes Bündel von Dateien: einen Handelsregisterauszug der Firma, Zeitungsausschnitte, gerade drei Monate alt, mit Todesanzeigen und Nachrufen, einem Leserbrief und einem Interview mit Anthes' Schwiegersohn, Partner und Nachfolger Armin Kohler. Walther wolle weiter recherchieren, aber er habe vorläufig nicht die Absicht, die Firma in einem seiner Artikel zu erwähnen, und werde erst einmal nichts veröffentlichen, was nicht mit der Polizei abgesprochen war. Wie lange er das durchhalten könne, wisse er nicht. Ortwin Kaul sei immer noch abgängig, in seiner Schule sei aber ein Attest angekommen, per Post.

Wolfgang verschwand, um irgendwelche von Mike empfohlenen Alarmanlagen für Autos zu besorgen. Ich machte mit Danit und Ron unterdessen ganz ungeniert einen Spaziergang durch den Grüneburgpark.

Danach trafen wir uns mit Abraham im *Libnân*. Er strahlte, vielleicht weil er uns alle lebend und gesund wiedersah, vielleicht aber auch nur wegen der Lebensfreude, die dieser Ort ausstrahlte. Das *Libnân* gehört zu den wenigen Frankfurter Restaurants, die nicht von einer bestimmten „Szene" besetzt sind, und so war das Publikum auch heute bunt gemischt: Eine Lokalpolitikerin, wegen ihrer kritischen

Kommentare über die eigene Partei mehr gefürchtet als geschätzt, hielt an einem langen Tisch mit ihren Getreuen Hof. Sechs überschicke junge Leute tranken Sekt und konnten nicht verbergen, dass sie sich selbst und die Welt ziemlich aufregend fanden. Der bärtige Leiter eines kleinen Verlages plauderte mit einem italienischen Autor. Eine libanesische Familie führte ihre Tochter zum Essen mit Freunden aus; es war offenbar das erste Mal. Sie war bildschön, stark geschminkt und ein wenig zu mollig. Zwei Schwule blickten sich über ihre Teller mit Falafel hinweg ab und zu tief in die Augen. Ein blonder junger Mann im Rollstuhl parlierte mit drei jungen Damen, von denen eine ein Kopftuch und einen bodenlangen Umhang trug. Es war ein kleines Welttheater, in dem alle zugleich Darsteller und Zuschauer waren. Hier wurde jeder freundlich empfangen und bedient; niemand warf niemandem abschätzige Blicke zu; für einige Stunden schienen alle ein einig Volk von Brüdern und Schwestern zu sein.

Das libanesische Essen beschäftigte uns für eine ganze Weile; Ron und Danit warfen sich zwischendurch vielsagende, aber für uns unverständliche Blicke zu und kreuzten ab und zu die Gabeln im Duell. Wolfgang und Abraham spielten sich witzige Wortbälle zu und brachten uns zum Lachen. Ich war ziemlich still.

„Ihr habt also Urlaub“, sagte Abraham schließlich.

„Zwangsurlaub, was mich anbetrifft“, konterte Wolfgang. „Aber ich sehe ein, dass es so nicht weitergeht. Willst du den letzten Stand wissen?“

Abraham wollte und erfuhr nun genauer, was in Freiburg passiert war.

„Was wissen wir über Anthes?“, fragte er.

„Anthes gründete die Firma schon vor der Währungsreform, dank guter Beziehungen zur französischen Besatzungsmacht. Sie stellte Insektenvertilgungsmittel und Arzneimittel aus Heilkräutern her; das ist übrigens heute noch ein wichtiger Geschäftszweig. Nach 1948 wuchs die

Firma rasch. Anthes war ein findiger Kopf und arbeitete mit jungen Forschern aus dem Bereich der organischen Chemie zusammen. Als neuer Geschäftszweig kam also 1957 Verfahrenstechnik hinzu. Die Nachrufe in der Presse nennen nur zwei Beispiele: In den sechziger Jahren lieferte Anthes Pilotanlagen zur Gewinnung von chemischen Grundstoffen aus Rohkaffeeüberschüssen nach Brasilien und Afrika. Außerdem baute er für eine nicht genannte Großstadt im Mittleren Osten eine Anlage für Müllverschwelung, bei der man den Müllanfall erheblich reduziert und Heizgas als Endprodukt erhält. Beide Projekte funktionierten, konnten sich aber am Markt nicht durchsetzen, weil Erdöl zu billig wurde. Beide Patente werden in einem der Nachrufe erwähnt als Beleg dafür, dass Anthes ein Pionier auf dem Gebiet umweltfreundlicher Verfahren war. Was die Firma eigentlich heute verkauft außer Arzneimitteln und Mitteln zur Schädlingsbekämpfung, steht nirgendwo so genau: Irgendwelche Verfahren im medizinischen Bereich. Jedenfalls liefert die Firma Anlagen in alle Welt. Es gibt Niederlassungen in Südafrika und Indonesien. Anthes starb vor drei Monaten plötzlich auf einer Geschäftsreise nach Jakarta. Seitdem leitet sein Schwiegersohn Doktor Kohler den Laden."

„Keine Skandale?"

„Ein Leserbrief deutet so was an, aber das Übliche: Ärger mit der Gewerkschaft, die er nicht in der Firma dulden wollte. Eine Affäre um ein verseuchtes Firmengrundstück, das eine Gemeinde von ihm als Bauland kaufte. Der Brief macht vorsichtige Andeutungen und wendet sich gegen die Tendenz eines Zeitungsartikels, der ihn zum Heiligen hochstilisiert. Wir wissen jedenfalls, dass Anthes kurz vor seinem Tod einen Krach mit Kern hatte. Oder umgekehrt. Da Kern sich als Naturschützer fühlte, könnte er einer Sache auf die Spur gekommen sein, die mit Umweltkriminalität zu tun hatte." Wolfgang berichtete über das Foto mit dem Lastwagen.

„Denkt ihr, dass der Mörder in dieser Firma zu suchen ist?"

Wir sahen uns an und zuckten die Achseln.

„Ich weiß nicht; es könnte einer von Kerns ehemaligen Kunden gewesen sein oder einer aus der rechten Szene, aber das halte ich inzwischen nicht mehr für wahrscheinlich“, sagte ich.

„Wir wissen zwar nicht, was der Mörder eigentlich fürchtet, aber er muss ziemlich nervös sein, wenn er so um sich schlägt. Er denkt, dass alle diese Leute etwas gewusst haben, was ihn bedroht. Aber was? Jedenfalls wird er sich wohl nicht länger auf Amateure verlassen. Wenn er uns an den Kragen will, dann muss er es selbst tun. Oder er hat einen Profi an der Hand. Wir haben nur zwei Möglichkeiten: auf ihn zu warten oder ihn zu finden. Für mich ist es ätzend, mich beschützen zu lassen. Danit und Ron haben was Besseres verdient, als Leibwächter zu spielen. Eigentlich wollten sie doch Urlaub machen.“

Beide protestierten.

„Ron hat einen besonderen Grund, noch ein paar Tage bei euch wohnen zu bleiben; er schätzt eure Sammlung von CDs und versucht, mich mit Barockmusik zu verführen“, erklärte Danit.

„Ist ihm anscheinend gelungen“, stellte Abraham befriedigt fest. Es stellte sich heraus, dass Ron Musik studiert und eine Ausbildung als Sänger macht. Ehrlich gesagt, hätte ich das nicht vermutet. Jedenfalls einigten wir uns, dass sie bei uns wohnen bleiben, solange wir weg sind.

„Wollt ihr das Detektivspielen nicht lieber der Polizei überlassen?“, fragte Abraham, aber es klang nicht unbedingt überzeugend.

„Ich werde mich um Anthes & Kohler kümmern“, sagte ich. Wolfgang schwieg, aber mir war klar, um wen oder was er sich kümmern würde. Um mich. Die Sache mit den Kerlen, die versucht hatten, in unsere Wohnung einzubrechen, setzte ihm ziemlich zu. Und da er sich selbst für unverwundbar hält, macht er sich Sorgen um mich, statt ein bisschen mehr auf sich selber aufzupassen.

„Ihr meldet euch regelmäßig telefonisch bei Ron und Danit“, sagte Abraham, als Wolfgang dem Kellner winkte und die Rechnung verlangte.

Am nächsten Mittag brachten uns die beiden zum Frankfurter Flughafen. Dort trennten Wolfgang und ich uns, als wollten wir, jeder für sich, noch schnell einige Besorgungen machen. Falls uns jemand gefolgt war, würde er damit rechnen, dass wir an Bord eines Flugzeugs steigen würden. Aber wir hatten etwas ganz anderes vor.

Als wir uns im Zug wieder trafen, hatten wir uns beide umgezogen. Wahrscheinlich war das Verwirrspiel überflüssig, aber irgendwie machte es uns auch Spaß. Wir saßen im gleichen Wagen, aber getrennt, so, dass wir uns gegenseitig aus einiger Distanz im Auge hatten, und flirteten diskret miteinander, wenn unsere Blicke sich trafen. Beim Umsteigen berührte Wolfgang mich wie aus Versehen und entschuldigte sich.

Ich las die Zeitungsausschnitte über Anthes noch einmal durch und machte mir ein paar Notizen. Neben den üblichen bombastischen Firmenanzeigen trauerte das Festivalkomitee einer regionalen Kulturvereinigung um den dahingeschiedenen Sponsor. Auch ein Fußballverein machte sich Sorgen um das entstehende Loch in seiner Kasse. In der privaten Todesanzeige erschien neben Anthes' Tochter Klara, also Kohlers Frau, kein weiterer Angehöriger. Offenbar war Anthes' Frau bereits tot (oder von ihm geschieden?) und Klara sein einziges Kind. Verwunderlich fand ich, dass in einem Nachruf neben Armin Kohler noch ein Hermann Kohler genannt war. Das war uns gestern nicht aufgefallen. Der Handelsregisterauszug wies nur einen einzigen Kohler auf. Vielleicht handelte es sich bei Hermann Kohler um Armins Vater. Dann hätte Klara Anthes den Sohn eines Freundes der Familie geheiratet.

Die Nachrufe bestätigten, dass Anthes für seinen Ruf Sorge getragen hatte. Er war Wohltäter und Sponsor, Naturschützer und Wanderer gewesen. Seine Medikamente und seine Mittel zur Schädlingsbekämpfung waren die schiere Natur, wenn man den Artikeln glauben durfte. Und ebenso deutlich war, dass es sich um eine Produktlinie handelte, die eigentlich nur noch zur Verzierung diente. Das große Geld kam aus der Verfahrenstechnik. Anthes & Kohler entwickelten hoch spezialisierte Verfahren zur Diagnose und Therapie und bauten die Apparate dafür, sie exportierten und hatten pralle Auftragsbücher. Anthes & Kohler würde auch in Zukunft Arbeitsplätze für die Region bedeuten, direkt und indirekt. Jedenfalls versicherte das der neue Chef, Doktor Kohler, in einem Interview.

Am interessantesten fand ich den Leserbrief. Unterzeichnet war er mit „Anton Hetegger, Meitlingen". Walthers Blatt hatte ihn abgedruckt. Er geizte nicht mit Anerkennung für die Unternehmerleistung des Verstorbenen, war aber dagegen, ihn zur Lichtgestalt zu machen. „Er hatte Ecken und Kanten, und er machte es denen nicht leicht, die mit ihm zu tun hatten: weder seinen Mitarbeitern noch dem Betriebsrat und nicht einmal denen, die ihm nahe standen. Die Nachrufe rühmen seine soziale Gesinnung und sein Umweltbewusstsein. Aber die waren das Ergebnis von Konflikten: zum Beispiel mit den Gewerkschaften und den Umweltbehörden, Konflikte, aus denen er lernte. Es wäre ehrlicher gewesen zu sagen, dass Anthes ein enorm lernfähiger Unternehmer war." Die Passage hatte es in sich, und uns war schon gestern klar geworden, dass ich mit Hetegger beginnen sollte.

Wolfgang musste versuchen herauszufinden, was es mit dem zweiten Kohler auf sich hatte. Ich schrieb ihm einen Zettel.

Er stand mit seiner Tasche schon an der Tür, als der Zug in Freiburg hielt. Ich tippte ihm auf die Schulter und hielt ihm den Zettel hin: „Sie haben was verloren." Er bedankte sich artig. Unser Plan sah so aus: Ich würde auf dem kürzesten Weg zu einer Autovermietung gehen und mir ein Auto mieten. Er würde das gleiche tun, bei einer anderen Autovermietung. Wir würden uns an einer Tankstelle an der Ausfallstraße nach Meitlingen treffen. Er würde mir folgen und meinen Wagen und das Haus beobachten, falls es zum Kontakt mit Hetegger kam. Wir waren uns einig, ihn nicht vorher anzurufen, auf die Gefahr hin, ihn nicht anzutreffen.

Es war ein umständliches Verfahren, aber es funktionierte. Heteggers Haus lag ziemlich am Rand des Dorfes. Seine Fassade war von Grün überwuchert; der Vorgarten war so etwas wie eine mühsam gebändigte Wildnis.

Noch ehe ich auf den Klingelknopf drücken konnte, öffnete sich die Haustür.

Er war groß und hager, sonnengebräunt und sportlich, über sechzig, soweit sich das sagen ließ, und wie er gekleidet war, erinnerte er mich an einen englischen Landedelmann. Oder vielleicht eher daran, wie ich mir einen englischen Landedelmann vorstelle. Er musterte mich freundlich erstaunt.

„Sie sehen eigentlich nicht aus, als ob Sie etwas verkaufen möchten."

„Das will ich auch nicht, Herr Hetegger. Aber ich möchte sehr gerne mit Ihnen reden. Und ich will mich gleich dafür entschuldigen, dass ich Sie nicht vorher angerufen habe. Ich hatte Angst, dass Sie mich abweisen würden. Ich heiße Beate Rüttgers und bin Historikerin."

Ich gab ihm eine von den Karten, die ich mit mir herumtragen muss für den Fall, dass mir jemand nicht glaubt, dass ich ich bin.

„Nun, ich bin zwar schon über siebzig, aber dass ich schon ein Thema für die Geschichte sein soll, wundert mich doch." Er lächelte, und ich merkte, dass ich erst einmal gewonnen hatte.

„Mein Thema ist die Zeitgeschichte, genauer gesagt, Unternehmensgeschichte", sagte ich wahrheitsgemäß. „Sie sind sozusagen ein Zeitzeuge."

Ein Zug von Ärger huschte über sein Gesicht. „Geht es etwa um meinen Leserbrief im *Echo?*"

„Daher habe ich Ihren Namen. Wenn Sie mit mir sprechen, werde ich Ihnen genau erklären, worum es geht."

Hetegger überlegte.

Eine rothaarige Katze näherte sich unhörbar; sie balancierte auf dem Zaun, bis sie mir direkt gegenüberstand. Sie starrte mich einige Sekunden lang an, dann sprang sie mir mit einem Satz vor die Füße. Sie beschnüffelte mich vorsichtig, strich mit hocherhobenem Schwanz ein paar Mal um meine Beine, dann setzte sie sich. Hetegger bückte sich und streichelte sie.

„Rosalie hat sich offenbar entschieden. Gespräch genehmigt", sagte er.

„Warum heißt sie Rosalie?"

„Sie heißt nach einer philippinischen Krankenschwester in meiner Abteilung, ich meine, in meiner früheren Abteilung im Krankenhaus. Sie war der Liebling aller, weil sie so warmherzig war. Als meine Frau starb, war ich ziemlich deprimiert. Rosalies Lächeln, wenn ich am Morgen in die Abteilung kam, war damals wie Medizin für mich." Er zögerte. „Es war nicht so, wie Sie vielleicht jetzt denken."

„Ich denke nicht so, wie Sie denken, dass ich vielleicht jetzt denke. Ich verstehe Sie, glaube ich, ganz gut."

Er lächelte. „Also gut. Sagen Sie: Würden Sie mich vielleicht begleiten? Ich wollte gerade meinen täglichen Spaziergang machen." Er musterte meine Kleidung: dunkelblaue Jeans, ein dunkelgrünes Sweatshirt, vielleicht ein bisschen lässig für seinen Geschmack, aber gerade richtig für einen Spaziergang im südlichen Schwarzwald.

„Gerne. Ich möchte nur schnell die Schuhe wechseln."

Hetegger wartete neben dem Wagen, bis ich fertig war.

„Für mein Sozialprestige im Dorf ist es natürlich gut, wenn ich mit einer schönen Frau gesehen werde, die niemand hier kennt. Es gibt was zu reden, und das befriedigt die Leute."

„Wenn das so ist, sollten Sie häufiger etwas für Ihr Sozialprestige tun. Komplimente von gut aussehenden älteren Herren kommen im Allgemeinen gut an."

Nach diesem Austausch von Artigkeiten war das Eis endgültig gebrochen, und wir stiefelten los: an der Dorfkirche vorbei, eine Straße zum Fußballplatz hoch und dann einen Weg am Waldrand entlang. Hetegger legte ein flottes Tempo vor, und wir überholten einige Spaziergänger. Ich machte mir Gedanken, wie Wolfgang mit der Situation umgehen würde. Würde er versuchen, mir zu folgen?

„Vorhin klang es so, als hätten Sie Ärger mit Ihrem Leserbrief gehabt?“

„Jemand aus der Firma rief an und drohte mir mit einer Klage; aber dann passierte nichts mehr.“

„Ich finde den Brief sehr geschickt formuliert. Wahrscheinlich hat der Firmenanwalt das auch festgestellt und die Sache fallen gelassen.“

„Könnte sein. Vielleicht kommt aber noch was nach. Was wollen Sie eigentlich von mir wissen?“

„Alles, was Ihnen zur Firmengeschichte von Anthes & Kohler einfällt; von Anfang an. Sie kennen sich ja offensichtlich gut aus.“

„Ich bin in Lörrach aufgewachsen, und ich habe dort als Arzt gearbeitet, als ich mit meiner Ausbildung fertig war, fünfundzwanzig Jahre lang.“

„Stammte Anthes auch von dort?“

„Er kam erst nach dem Krieg in die Stadt, weil er sich in ein Mädchen verliebt hatte, das aus Lörrach stammte. Er hatte sie in Freiburg kennen gelernt. Sie war Lehrerin, hübsch und sehr ehrgeizig. Sie fand in Anthes wohl das richtige Objekt für ihren Ehrgeiz, denn der wollte selbst hoch hinaus. Er war jung Offizier geworden, das ging damals, vor allem am Ende des Krieges, und man hatte ihn ziemlich früh aus der Kriegsgefangenschaft entlassen, Ende 1946. Im April 1947 heiratete er, und im gleichen Monat gründete er die Firma. Sie wissen wahrscheinlich, worum es ging.“

Ich nickte.

„Medikamente auf Kräuterbasis und so weiter. Hatte er denn einen Abschluss? Ich meine, durfte er so etwas herstellen und verkaufen?“

Hetegger bog in ein Waldstück ein. Links von uns, in einigem Abstand, sah ich Wolfgang das gleiche tun.

„Vielleicht hatte er ein paar Semester Medizin oder Chemie studiert, vielleicht auch nicht. Aber das war nicht wichtig. Er stellte einen Apotheker und einen Diplomchemiker ein, und das war's. Anthes sah gut aus, trotz seiner Kriegsverletzung; er hinkte etwas. Vor allem: Er konnte auftreten und hatte gute Beziehungen zur französischen Militärregierung. Er muss auch Geld gehabt haben, und ich meine nicht unser Papiergeld, das nichts mehr wert war, sondern Gold oder Dollars, niemand wusste etwas Genaues. Aber das Wichtigste war, dass er Ideen hatte."

„Wie erklären Sie sich seine guten Beziehungen zur Besatzungsmacht?"

„Ich habe bis heute keine Ahnung. Wie kam man zu Vitamin B, wie es damals hieß? Manche sagten, er hätte einen mächtigen Fürsprecher. Ich würde sagen, er hatte einen so genannten Persilschein, ein Papier, in dem man ihm bescheinigte, er habe jemanden gerettet oder versteckt, vielleicht ein hohes Tier bei den Franzosen."

„Und dass er Geld hatte? Woran merkte man das?"

„Für das Projekt mit den Arzneipflanzen brauchte er erst einmal Arbeitskräfte, die sich mit Kräutern auskennen. Also suchte er sich welche, ausschließlich Frauen, weil die gewissenhafter sind. Kriegerwitwen, Vertriebene, Ausgebombte. Aber er musste sie erst schulen.

Und er fand tatsächlich zwei Kräuterspezialisten, sozusagen. Der eine war ein gewisser Kräuter-Karl aus einem Dorf in der Gegend, der mit seinen Tees als Hausierer von Haus zu Haus ging. Er konnte kaum sprechen, aber er wusste, was wo wächst. Der andere war ein Medizinstudent, der schon als Zwölfjähriger mit Oertel-Bauers Heilpflanzen-Taschenbuch im Rucksack durch die Gegend streifte. Und eine Lehrerin hatte er auch schon, sozusagen im Haus. Zu dritt schafften wir es in zwei Monaten, die Frauen für den Umgang mit Heilkräutern fit zu machen."

Hetegger legte eine Kunstpause ein, damit ich mein Erstaunen zeigen konnte, und sah mich erwartungsvoll an.

„Der Medizinstudent waren Sie? Sie waren einer der ersten Mitarbeiter von Anthes?"

„Es war mein erster Ferienjob, und ich behielt ihn, bis ich mein Examen machte. Anthes bezahlte nicht nur in Reichsmark, womit man nicht viel kaufen konnte. Es gab auch Lebensmittel als Bezahlung, die er schwarz bei Bauern kaufte: Kartoffeln, Brot, ein paar Eier oder sogar ein Stück Fleisch ab und zu. Ich erinnere mich, dass wir an Weihnachten 1947 eine Dose mit Hartkäse aus Militärbeständen der Amerikaner bekamen, aus der amerikanischen Zone geschmuggelt. Weiß Gott, wie er die organisiert hatte. Meine Eltern hatten nichts zuzusetzen und freuten sich über das, was ich mit nach Hause brachte. Das finanzierte er alles aus seiner Tasche, noch ehe er irgendetwas verkauft hatte.

Und damit war es ja nicht getan. Er brauchte Papier für die Tüten mit den Tees und die Etiketten, Farbe zum Beschriften, Flaschen und Verschlüsse für die Tinkturen und Töpfchen für die Salben.

Irgendwann im Sommer kreuzte er mit einem schon ziemlich ramponierten Lastwagen mit Holzvergaser auf. Mit dem schaffte er dann eines Nachts fünf Hektoliterfässer mit Franzbranntwein herbei. Dann Fett für die Salben.

Die Baracken für die Produktion mussten auch hergerichtet werden. In denen hatten im Krieg russische Zwangsarbeiter gehaust, die armen Schweine. Er brauchte Bretter, um sie zu reparieren, Dachpappe und Nägel; Nägel waren absolute Mangelware. Er schaffte alles herbei, auch winzige Glasscheiben für die Fenster. Tische zum Sortieren wurden gezimmert und Bänke. Als er mit der Produktion endlich anfangen konnte, verwandelten sich die Kräuterfrauen in Facharbeiterinnen. Kräuter-Karl und ich führten die Aufsicht, der Apotheker verfasste Beipackzettel.

Anthes schaffte alles. Er hatte Einfälle und Improvisationstalent für drei, und er hörte sich auch Ideen von anderen an.

Natürlich schmierte er kräftig: Polizisten, Beamte, und dann, als es an den Verkauf ging, Ärzte, Apotheker und Krankenhäuser, damit sie anbissen. Später, als die Ärzte Erfolge sahen, obwohl sie früher über Kräutermedizin nur gelacht hatten, lief alles wie von selbst. Sogar ich war stolz auf unseren Erfolg."

Er bückte sich und pflückte einige lanzettförmige Blätter vom Wegrand. Wir hatten das Waldstück durchquert und gingen jetzt am Rand einer Viehweide entlang. Wolfgang war uns stets auf den Fersen, aber er hatte den Weg hinter uns gekreuzt und war jetzt rechts von uns. Ich hoffte, dass Hetegger meinen Blick zur Seite nicht bemerkt hatte, und nahm die Blätter in die Hand.

„Spitzwegerich?", fragte ich.

„Richtig. Wenn es keine Medikamente mehr für die Behandlung von eiternden Wunden gibt, entdeckt man plötzlich, dass es auch damit geht. Heute schicken Pharmazeutikfirmen Forscher in den Urwald, um nach Heilpflanzen zu suchen; damals hielten die Schulmediziner das alles für Volksaberglauben. Die Hochkonjunktur von Anthes' Kräuterfirma dauerte nur zwei, drei Jahre, aber er blieb gut im Geschäft, und seit 1980 ging es wieder steil aufwärts. Aber auch in den Wirtschaftswunderzeiten, wo man wieder auf Chemie setzte, hätte es gereicht für eine Villa, einen neuen Mercedes alle drei Jahre und einen satten Reingewinn."

Hetegger blieb stehen, machte eine Pause und betrachtete mich, als sähe er mich zum ersten Mal. Nicht unfreundlich, aber mit einer Spur von Misstrauen. Er lächelte ermunternd.

„Aber er wollte mehr?", fragte ich.

„Viel mehr."

„Wie lief es mit den Mitteln zur Schädlingsbekämpfung? Auch so gut?"

„Am Anfang ja. Kartoffelkäfer, Reblaus, Milben und hundert andere Schädlinge fraßen die Ernte auf, aber es gab keine Mittel dagegen. Ganze Schulklassen wurden auf die Felder und in die Weinberge geschickt, um sie einzusammeln, aber das war ein Tropfen auf den heißen Stein. Anthes hatte wieder einmal eine Idee. In der Nähe gab es eine stillgelegte chemische Fabrik. Da lag jede Menge giftiges Zeug auf einer Abraumhalde und noch mehr Gift in halbverrosteten Fässern. Anthes kaufte die Fabrik und das Gelände drumherum für ein Butterbrot, und er kaufte sich den früheren Betriebsleiter, der sich auf dem Gelände gut auskannte. Mit dessen Hilfe pantschte der Chemiker nun alle möglichen Mittelchen zusammen."

„Was war das Problem?"

„Sie wirkten nicht nur auf die Schädlinge. Natürlich stand in der Gebrauchsanweisung, wie sie anzuwenden sind, und dass man vorsichtig sein muss. Aber die Leute nahmen es nicht so genau, nicht anders als heute. Sie denken immer: ‚Viel hilft viel.' Also. Es passierten Dinge!"

„Was zum Beispiel?"

„Es gab ein körniges Pulver mit dem schönen Namen ‚Schneckentod', gestreckt mit Sägemehl. Man sollte es ringförmig um die Gartenpflanzen streuen. Aber die Körnchen enthielten unter anderem Arsen, und nicht zu knapp. Bis Ende 1948 gab es in der französischen Besatzungszone ein Dutzend nachgewiesener Fälle von Arsenvergiftung, und das war nur die Spitze des Eisbergs. Nun ist Arsenvergiftung relativ leicht nachzuweisen. Er kam gerade so um ein Verfahren herum. Aber genau das meine ich, wenn ich sage, dass Anthes lernfähig war. Er stellte diesen Produktionszweig sofort ein und warf sich auf eine neue Idee, mit aller Energie. Er wollte Bauernhöfe energieautark machen."

„Das war ja hochmodern!"

„Seine Ideen waren der Zeit immer einen Schritt voraus. Und wissen Sie, was mir auffällt?"

Er war stehen geblieben. Ich schaute ihn erwartungsvoll an. Dann wusste ich, dass er nur so getan hatte, als merke er nichts.

„Erstens fällt Ihnen auf, dass ich rascher gehe, als Sie es mir zugetraut hätten, und genauso wenig außer Atem gerate wie Sie, Doktor Hetegger. Gehen wir also weiter.

Zweitens fällt Ihnen auf, dass uns seit fast einer Stunde ein Mann folgt, in einiger Entfernung."

Hetegger strahlte. „Sehr gut. Und was noch?"

„Drittens haben Sie nicht vergessen, dass ich Ihnen volle Aufklärung versprochen habe darüber, was mich zu Ihnen geführt hat. Und das habe ich bisher nicht getan."

„Drei Treffer. Und was sagen Sie dazu, Doktor Rüttgers?"

„Erstens, dass ich wirklich so heiße. Zweitens bin ich von Kindheit an gut auf den Beinen. Meine Eltern waren passionierte Wanderer. Das hat mir einen klaren Kopf verschafft, genau wie Ihnen. Drittens ist der Mann, der uns umkreist wie der Pudel den Doktor Faust, dazu da, mir und Ihnen einen möglichen Verfolger vom Leib zu halten. Und damit komme ich zum letzten Punkt: Haben Sie in der Zeitung etwas über den Tod des Freiburger Rechtsanwalts Kern auf Kreta gelesen?"

„Natürlich. Er war der Anwalt von Anthes. Ich kannte ihn, wenn auch nicht besonders gut."

„Ich habe seine Leiche gefunden, zusammen mit diesem Mann da hinten. Er heißt übrigens Wolfgang Martens und ist Rechtsanwalt. Wir haben anonyme Drohbriefe bekommen. Kerns Frau starb angeblich durch Selbstmord, kurz nachdem Wolfgang mit ihr gesprochen hatte. Auf ihn selbst wurde ein Mordanschlag mit einem Auto verübt, der allerdings misslungen ist, wie Sie sehen. Kerns Sekretärin Margret wurde wenig später durch Schüsse verwundet. Markus Becker, ein junger Mann, der Kern vor seinem Tod beschattet hatte, wurde am selben Tag erschossen. Und fast hätte ich's vergessen: Zwei Kerle haben versucht, in unsere Wohnung einzubrechen, aber sie sind dabei erwischt worden. Es gibt Hinweise auf einen Streit zwischen Anthes und Kern. Und es scheint, dass Kern Anthes und dessen Firma irgendwie im Verdacht hatte und sie beobachtete. Es liegt also nahe, dass diese Menschen sterben mussten, weil sie etwas gewusst haben, oder weil der Mörder das glaubte. Und da der Mörder noch immer frei herumläuft, haben wir wenig Zeit. Wir können nicht warten, bis die Polizei ihn findet. Ich schlage Ihnen vor: Sie erzählen mir Ihre Geschichte zu Ende, und dann überlegen wir weiter."

Hetegger war bleich geworden, soweit seine Sonnenbräune das zuließ. Er ergriff meine Hände und hielt sie fest.

„Einverstanden. Aber zuallererst muss ich Ihnen etwas über Anthes sagen. Wenn das alles stimmt, wenn der Tod Kerns und der andern keine Zufälle waren, dann ist auch Anthes wahrscheinlich keines natürlichen Todes gestorben. Anthes war kerngesund, so gesund, wie man in seinem Alter nur sein kann!"

„Waren Sie sein Hausarzt?"

„Nicht mehr, seit ich im Ruhestand bin. Aber er kam mehr oder weniger regelmäßig und ließ sich von mir untersuchen. Zuletzt ein paar Wochen vor seinem Tod."

„Hat er über irgendetwas geklagt oder etwas Außergewöhnliches gesagt?"

Er ließ meine Hände los. Wir gingen weiter.

„Etwas sehr, sehr Ungewöhnliches. Er klagte über schlaflose Nächte, und als ich ihn fragte, ob er ein Schlafmittel wolle, winkte er ab. ‚Es kommt von innen', sagte er. ‚Stell dir vor, mein Schwiegersohn ist ein gemeiner Schuft, und ich kann nichts dagegen tun.' Natürlich habe ich das nicht so wörtlich genommen. Jeder ärgert sich mal über jemanden, der ihm nahe steht, und ganz besonders Anthes. Das sagte ich ihm auch. Ich habe ihm zugeredet, nichts zu überstürzen, vielleicht mit seiner Tochter zu reden. Er schüttelte nur den Kopf und ging. Danach habe ich nichts mehr von ihm gehört."

Ich bemühte mich ruhig zu bleiben. „Ich danke Ihnen für Ihr Vertrauen, Herr Hetegger. Das ist ein gefährliches Geheimnis. Sie sollten es sobald wie möglich mit jemandem teilen. Sprechen Sie mit Ihrem Anwalt, gleich morgen!"

„Wenn ich meine fünf Sinne zusammen gehabt hätte, wäre das nicht passiert. Er sagte: ‚Ich weiß, was du denkst, Anton. Auch bei mir ging nicht immer alles mit rechten Dingen zu. Das stimmt. Aber hier geht es um etwas ganz anderes. Ich habe die Informationen von Kern. Es geht um Verbrechen, verstehst du? Aber das kannst du nicht verstehen, vergiss alles.‘ Wie kann man so etwas vergessen?“ Hetegger hob hilflos die Hände.

„Das ist ein gefährliches Wissen, Herr Hetegger, das Sie nicht für sich behalten sollten. Machen Sie einen Termin mit Ihrem Anwalt, so rasch wie möglich, und gehen Sie mit ihm zusammen zur Polizei.“

„Was soll ich sagen, wenn die Polizei mich fragt, warum ich das nicht vorher gesagt habe? Dass ich mit Ihnen gesprochen habe?“

„Lieber nicht. Die Polizei mag nicht, wenn man ihr ins Handwerk pfuscht. Aber Sie haben doch die Zeitung gelesen: Kern, seine Frau, seine Sekretärin ... Das hat Ihnen zu denken gegeben.“

„Also gut. Versprochen. Gleich morgen.“

Ich lächelte ihn aufmunternd an. Er strahlte. Diesem Mann fehlte entschieden eine Frau.

„Es ist wahrscheinlich jetzt schwer, wieder auf die autarken Bauernhöfe zurückzukommen.“

„Nicht so schwer. Die Idee lag damals nach den Mangeljahren ziemlich nahe: ein Bauernhof, der kein Brennholz, keine Kohle, kein Heizöl und keinen Strom von außen brauchte. Wenn man die Jauche aus den Ställen in einem Behälter sammelt und bei entsprechender Temperatur arbeiten lässt, dann entwickelt sich Gas mit hohem Brennwert. Es liefert die Betriebswärme für die Anlage, den Herd, die Heizung und die Warmwasserversorgung. Anthes baute ein paar Anlagen, bei denen sogar der Strom aus einem mit diesem Gas betriebenen Generator kam. Insgesamt rüstete er einige hundert Bauernhöfe um, aber nach einigen Jahren passte das nicht mehr in die Landschaft. Die Anlagen mussten regelmäßig gewartet werden. Heizöl und Strom galten als praktischer und moderner – und waren, bei den damaligen Energiepreisen, auch billiger. Er verkaufte das Verfahren an einen Technologiekonzern, wie man so was heute wohl nennen würde, und wandte sich neuen Spielzeugen zu. Sie kennen wahrscheinlich einige davon aus den Nachrufen."

Ich nickte. „Die Geschichte mit der Müllverschwelung hat mich richtig beeindruckt. Da war er seiner Zeit weit voraus."

„Anthes hatte einen Riecher für Tüftler mit guten Ideen. Meistens waren es Leute, die während des Krieges in der Forschung gearbeitet hatten. Damals suchten die Nazis nach allen möglichen Wegen, um den Energiemangel zu beheben. Und solche Leute griff sich Anthes nach dem Krieg. In Europa fand er damals keine Abnehmer für derartige Ideen. Aber irgendwo in der Welt gab es immer einen kleinen oder großen Führer, der die teure und komplizierte Anlage kaufte. Die wurde dann feierlich eingeweiht, mit Reden fürs Fernsehen, und damit hatte sie ihre politische Funktion erfüllt. Dass eine solche Anlage qualifizierte Leute für Betrieb und Wartung braucht, verstand der Politiker, der sie in Auftrag gegeben hatte, wahrscheinlich gar nicht. Die Leute waren nicht ordentlich ausgebildet für den Betrieb, dafür war kein Geld mehr da. Nach einem halben Jahr gab es die erste Betriebsstörung. Die wurde dann nicht gründlich behoben, und die nächste Panne folgte. Nach drei Jahren war alles verrostet. Anthes schüttelte den Kopf über die Dummheit der Leute, legte das Geld, das er verdient hatte, in Aktien an, verkaufte das Verfahren, wenn er konnte, und dann kam das nächste Projekt.

Meistens verdiente er ganz gut, aber es war einfach nicht die richtige Zeit für den großen Durchbruch. Ich habe keine Ahnung, ob die chemische Fabrik für die Verwertung von Rohkaffeeüberschüssen jemals gebaut worden ist. Aber ich kann mich noch daran erinnern, dass der Putschgeneral, der sie bauen wollte, persönlich nach Lörrach kam, um das Modell zu besichtigen: in Uniform, mit Orden, einem richtigen

Gefolge und einem großen Koffer voll Geld. Das Geschäft wurde perfekt gemacht. Bloß war er ein halbes Jahr später nicht mehr Präsident.

Natürlich gab es auch einmal Ärger, weil ein Versuchsturm in die Luft flog; aber, mein Gott, so was passierte schließlich bei BASF oder Hoechst auch. Auch mit den Gewerkschaften, wegen Arbeitsschutz, aber hauptsächlich, weil er ein Autokrat war und so was wie Mitbestimmung nicht akzeptieren konnte.

Aber irgendwann kam die Zeit, wo mir seine Unternehmungen nicht mehr gefielen. Es wehte ein anderer Wind, und der stank mir. Das sagte ich ihm auch, und unsere Beziehung kühlte sich ab."

„Wann war das?"

„Das muss Anfang der siebziger Jahre gewesen sein. Ich arbeitete natürlich längst nicht mehr für ihn; schließlich hatte ich meine Praxis, und dann das Krankenhaus. Wir waren aber immer noch einigermaßen gute Freunde. Da passierte etwas. Der alte Kohler …"

Ich unterbrach ihn aufgeregt. „Sie meinen den Vater seines späteren Schwiegersohns? Woher kannte er den?"

„Aus dem Krieg. Sie waren alte Kameraden, wie man so sagt. Er war Anthes' Vorgesetzter gewesen, so wie Anthes der Vorgesetzte Kerns war. Kohler hatte eine Elektronikfirma gegründet, aber die Amerikaner hatten ein Auge auf ihn, weil er Bauteile, die auf der Embargoliste standen, in die Tschechoslowakei verkauft hatte. Aber er machte trotzdem gute Geschäfte.

Zum Beispiel in Afrika. Die portugiesische Armee suchte geländegängige Lastwagen mit mobilen Radiosendern für ihren Kolonialkrieg. Die bekamen sie auch. Die Aufständischen fanden das toll und wollten auch solche Lastwagen. Kohler lieferte. Das hat mir Anthes selbst erzählt. Kohler machte Anthes mit dieser Art Kunden bekannt, und bald danach heiratete seine Tochter Klara den jungen Kohler. Und dann gab es den Krach mit seinem Sohn Benedikt …"

„Anthes hat einen Sohn?“

„Wussten Sie das nicht? Er ist Biologe und wohnt in Freiburg. Er arbeitet für ein ökologisches Institut. Nach dem Krach schied er aus der Firma aus. Mit seinem Vater hatte er seit mindestens zehn Jahren nicht mehr gesprochen. Nur mit Klara hat er noch Kontakt. Vielleicht reden Sie mal mit ihm.“

„Das werde ich bestimmt tun“, sagte ich. „Haben Sie Kohler je persönlich kennengelernt?“

„Den alten? Das war ein Widerling. Gott sei Dank ist er tot. Ich kannte ihn praktisch nicht.“

„Ich meinte eher den jungen.“

„Den kenne ich nur gesellschaftlich, wie man so sagt. Er ist groß, schlank, blond, blauäugig, aalglatt, und er hat den gewinnenden Charme eines Haifischs, der sein Opfer anlächelt, bevor er es verspeist. Aber ich bin sicher voreingenommen. Vor allem hätte ich Klara einen etwas warmherzigeren Mann gewünscht. Und einen treueren. Aber wie ein Krimineller oder ein Mörder sieht er eigentlich nicht aus. Eher wie ein Manager.“

Inzwischen hatten wir das Dorf einmal in großem Bogen umrundet und sahen die Kirche mit ihrem spitzen Giebel und dem schlanken Turm im Tal unter uns wieder. Man merkte, dass es auf den Abend zuging.

Wolfgang stand plötzlich vor uns und stellte sich mit einer jungenhaften Verbeugung vor. Doktor Hetegger reagierte rasch und ging mit ausgestreckten Händen auf ihn zu. „Unser Beschützer naht!“, rief er mit komischem Pathos und schüttelte Wolfgang heftig die Hand.

„Ein Beschützer, der sich selbst nicht beschützen kann“, sagte Wolfgang im gleichen Ton, und ich fand, dass dies der richtige Zeitpunkt war, noch einmal nachzusetzen.

„Ernsthaft, Sie leben gefährlich, Doktor Hetegger. Gehen Sie mit Ihrem Rechtsanwalt zur Polizei. Und fahren Sie ein paar Tage weg. Es kann nicht mehr lange dauern! Der Mörder hat nicht mehr viel Zeit. Er hat schon zu oft zugeschlagen.“

Inzwischen waren wir vor Heteggers Haus angekommen und bewunderten sein grünes Idyll.

„Es ist das Elternhaus meiner verstorbenen Frau. Sie wurde hier geboren."

Hetegger stand etwas verloren da, aber dann fasste er sich ein Herz. „Ich lasse Sie nicht eher gehen, bis wir einen Kaffee zusammen getrunken haben. Es kann auch ein Tee sein."

Das schien uns eine gute Idee.

16 *Wolfgang*

Heteggers Kaffee war von Erdbeertörtchen begleitet, selbstgebackenen, wie er stolz betonte. Es folgte ein kleiner Himbeergeist in geschliffenen Gläsern. Der Gastgeber mochte unter dem Alleinsein leiden, aber alles wirkte so ordentlich, häuslich und behaglich, als lebte seine Frau noch. „Das bin ich ihr schuldig", sagte er. Es erwies sich, dass er ein neugieriger, belesener, offener und witziger Gesprächspartner war. Er fragte viel und konnte gut zuhören.

„Ein Glück für uns, dass Sie diesen Leserbrief geschrieben haben. Was hat Sie eigentlich dazu getrieben? Bedeutet Ihnen Anthes trotz der Entfremdung noch etwas?", fragte ich ihn.

„Mich haben die Nachrufe angewidert. Schattenseiten haben anscheinend nur Politiker; Unternehmer sind Edelmenschen, die nur aus den hehrsten Motiven handeln, wenn man diesen Kriechern glauben will."

Er nahm eine zusammengefaltete Zeitung, scheuchte eine aufdringliche Fliege vom Tisch und bugsierte sie geschickt aus dem geöffneten Fenster.

„Aber Sie haben Recht, er ist mir immer noch nicht gleichgültig. Es ist ein ganz zwiespältiges Gefühl. Ich war fasziniert und abgestoßen zugleich. Fasziniert von seinem Ideenreichtum, abgestoßen von seiner Borniertheit in allem, was nicht seine Ideen und seine Fabrik betraf. Er hatte ganz einfache, aber bestechende Visionen und fand dann Leute, die diese Visionen verwirklichten. Er las eine Notiz in der Zeitung. Was, sagte er sich, diese Schwarzen werden ihren Überschuss an Rohkaffee nicht los? Was ist eigentlich in Kaffee drin? Er ließ einen Lebensmittelchemiker kommen. Der zählte ihm auf: Zitronensäure? Braucht man doch für Weichmacher, und die braucht man für Farben und Lacke. Brauchen sie dann nicht mehr zu importieren, die Schwarzen. Was noch? Das ging ein oder zwei Stunden lang so, und die Grundkonzeption stand. So etwas finde ich genial. Er lernte unheimlich schnell, aber nur, wenn es um sein Ding ging. Wenn es um Menschen ging, war das anders. Er hat sie gehätschelt, wenn er sie brauchte, und vergessen, wenn sie ihm nichts mehr nützten. Wie seine Frau. Und weil er das nicht einmal merkte, konnte man ihm nicht wirklich böse sein."

„Die ehrgeizige Lehrerin! Was ist mit ihr?", fragte Beate.

„Die beiden sind schon lange geschieden. Ursula hielt es nicht mehr aus in ihrem goldenen Käfig. Sie hat die Kultur entdeckt und einen Komponisten geheiratet. Mit dem lebte sie eine Weile in der Toskana. Dann brachte der Komponist sich um. Seitdem lebt sie wieder hier, jedenfalls einen großen Teil des Jahres. Ehrgeizig ist sie immer noch. Sie sammelt Sponsoren für Orchester, die ohne Unterstützung nicht existieren könnten."

Irgendetwas in der Art, wie er das sagte, brachte mich auf die Idee, dass ihm diese Frau nicht ganz gleichgültig war. Beate sah mich an, und ich hatte das Gefühl, dass sie das Gleiche dachte.

Wir überredeten Hetegger, sein Auto in die Garage zu fahren, die Bewegungsmelder einzuschalten und die Läden zur Straße zu schließen. Dafür überredete er uns, ihm die ganze Geschichte mit Kreta zu erzählen. Er hörte gebannt zu, vor allem, als wir auf das Foto mit Kern und Anthes zu sprechen kamen.

„Kohler nicht zu vergessen“, warf er ein. „Der alte Kohler war auch dort. Er war ja der Vorgesetzte von Anthes. Benedikt Anthes müsste mehr darüber wissen. Er hat sich mit seinem Vater öfter über dessen Kriegsvergangenheit gestritten. Da ging es hoch her. Benedikt ist ein Moralist.“

Das war freilich eine neue Überraschung, die wir erst verdauen mussten.

Es wurde dunkel.

„Lieber Doktor Hetegger, wir sollten vielleicht …“ begann Beate. Er winkte ungeduldig ab. „Aber wir müssen uns ein Hotel suchen …“

„Ein Hotel? Ich mache Ihnen einen viel besseren Vorschlag. Ich rufe jetzt den jungen Anthes an und stelle den Kontakt für Sie her. Sie machen etwas mit ihm aus. Dann essen wir etwas, und Sie übernachten bei mir. Im Gästezimmer.“

Warum eigentlich nicht? Es fiel mir nicht zum ersten Mal auf: In außergewöhnlichen Situationen gewinnt man rascher Freunde, oder vielleicht lässt man sich nur leichter auf andere Menschen ein.

Während sich Hetegger zum Telefonieren in sein Arbeitszimmer zurückzog, tauschten wir rasch ein paar Informationen aus.

„Wir müssen an Kohlers Frau herankommen, auch wenn es gefährlich ist“, sagte Beate trotzig.

„Bist du wahnsinnig?“, schoss ich zurück, aber ich wusste, dass mein Widerspruch zwecklos war.

„Er will Sie selber sprechen“, rief Hetegger aus seinem Arbeitszimmer. Ich ging zu ihm hinein und nahm den Telefonhörer.

„Ich habe ihm eine Kurzfassung der Geschichte gegeben; er weiß also Bescheid“, sagte Hetegger noch und schloss die Tür hinter sich.

„Ich weiß nicht, ob ich Ihnen wirklich helfen kann mit dem, was ich weiß“, sagte die Stimme am Telefon. Sie klang sehr leise. „Ich bin sein Sohn, aber ich habe lange keinen

Kontakt zu ihm gehabt. Jetzt, wo er tot ist, tut es mir doch Leid, obwohl er ein schlechter Vater war – und ein schlechter Ehemann. Aber wenn es wirklich so ist, wie Anton die Sache schildert, müssen wir natürlich miteinander reden."

„Geht es morgen?"

„Das ist das Problem. Ich bin ab morgen für drei Tage beruflich in Hannover. Aber ich könnte jetzt kommen, sofort. Es ist nur eine halbe Autostunde von hier."

„Soll ich Doktor Hetegger fragen, ob das für ihn in Ordnung ist?"

„Wir sind Freunde, und ich habe ihn schon gefragt. Also auf bald."

„Einen Moment noch! Denken Sie daran, dass es einen Mörder gibt, der nicht davor zurückschreckt, alle Leute zu beseitigen, die nach seiner Meinung etwas wissen. Hatten Sie in letzter Zeit das Gefühl, dass jemand Sie beobachtet? Ihnen nachspioniert?"

„Ja, meine kleine Tochter, aber das meinen Sie wahrscheinlich nicht. Nein, eigentlich nicht."

„Seien Sie auf jeden Fall vorsichtig. Wenn Sie den Eindruck haben, dass jemand Sie auf der Fahrt verfolgt, versuchen Sie ihn irrezuführen oder abzuschütteln. Verstehen Sie?"

„Ich glaube schon." Er hängte auf.

Hetegger hantierte mit Beate in der Küche. Sie waren in ein Gespräch vertieft, in dem es offenbar um Herzensangelegenheiten ging.

„Was hindert Sie, ihr zu sagen, wie Sie fühlen?"

„Ich bin dreiundsiebzig, und sie auch. Ist das nicht lächerlich?"

„Finde ich überhaupt nicht."

Ich wollte mich diskret zurückziehen, aber Hetegger winkte mich lächelnd herein.

„Sie will mich überreden, Ursula eine Liebeserklärung zu machen, der ehemaligen Frau von Anthes. Sie war tatsächlich meine erste, wenn auch hoffnungslose Liebe."

„Nach allem, was ich so höre, wären Sie nicht der einzige. Ich habe romantische Geschichten aus dem Altersheim vernommen, bei denen mir das Herz schmilzt“, sagte ich. „Warum nicht auch Sie?“

„Also abgemacht“, sagte Hetegger. „Es gibt Melone mit Parmaschinken, Hähnchenbrust auf Salat, verschiedene Käse *à discrétion,* Walnusseis. Alles etwas improvisiert. Dazu einen guten Markgräfler.“

„Exzellent!“, sagte ich pflichtgemäß. „Er kommt hierher, ist das recht?“

„Und ob. Ich habe Ben seit Wochen nicht gesehen.“

„Besucht er Sie öfter hier?“

„Ja, und manchmal sehen wir uns bei einem Konzert. Er liebt Musik, wie seine Mutter. Na ja ... Ich kenne ihn von klein auf. In seinem Beruf ist er voller Ideen, aber er ist kein Unternehmertyp.“

Es läutete, zweimal kurz, einmal lang, einmal kurz.

„Das muss er sein“, sagte Hetegger und öffnete die Tür.

Ben Anthes sah nicht aus wie ein Stubenhocker. Er war breitschultrig und muskulös, und er trug sein Fahrrad untem Arm.

„Ah, es gibt was zu essen! Ich wollte mir gerade was machen, als Anton anrief. Ich lebe nämlich gerade mal wieder mit David und Lea allein, weil meine Frau auf Tournee ist, und die beiden hatten schon gegessen. David hängt vor der Glotze, und Lea sitzt neben ihm und himmelt ihn an. Er weiß Bescheid.“

„Wann kommt Ihre Frau zurück?“

„Irgendwann heute Nacht.“

„Judith spielt in einem Barock-Ensemble“, erklärte Hetegger.

Eine ganze Weile sagten wir gar nichts. Hetegger hatte Kerzen angezündet und eine Tischmusik aufgelegt, irgendetwas Französisches aus der Zeit Ludwigs des Vierzehnten. Sie klang eher traurig als fröhlich.

Ben Anthes war aber kein Kind von Traurigkeit. Er hatte eine Menge schwarzer Haare auf dem Kopf, und seine dunklen Augen blitzten in die Runde. Hetegger sah meinen Blick und kommentierte: „Ganz die Mutter."

„Mir fehlen ihre Rundungen", sagte Ben nach einer Weile.

Das Gespräch erwies sich als schwierig. Es hatte Ben Anthes viel gekostet, sich aus dem Griff des väterlichen Unternehmens zu befreien. Er hatte sein eigenes, neues Leben gefunden, wie seine Mutter, und eigentlich wollte er nicht mehr über die Vergangenheit nachdenken. Der Tod des Vaters hatte ihn zwar ein wenig aus dem Gleichgewicht gebracht, aber gerade deshalb war er eher auf Abwehr eingestellt.

„Meine erste Reaktion, wenn es um meinen Vater und sein Unternehmen geht, ist immer noch: Bleibt mir vom Leib damit, ich will nichts davon hören. Aber das geht wohl jetzt nicht mehr."

„Wie haben Sie denn reagiert, als sie vom Tod Kerns und seiner Frau hörten?"

„Eigentlich überhaupt nicht. Die Botschaft ist bei mir erst heute Morgen angekommen, als ich hörte, dass Kerns Sekretärin schwer verletzt ist. Da ist mir klar geworden, dass an Kerns Gerede mehr dran sein muss, als mir lieb ist."

„Kern hat mit Ihnen gesprochen?"

„Ungefähr vier Wochen vor dem Tod meines Vaters. Er wollte unbedingt mit mir reden, aber ich wollte nicht. Erstens mochte ich ihn nicht, und zweitens erinnerte er mich natürlich an Vater und an unsere alten Streitereien über den Krieg. Aber er rief immer wieder an und machte es ungeheuer dringlich, und schließlich habe ich mir gesagt: Bring's doch hinter dich! Wir haben uns in einem völlig leeren Restaurant getroffen. Das hatte er ausgesucht, weil er sicherstellen wollte, dass wir nicht belauscht werden. Ich fand das ziemlich lächerlich. Er erzählte mir, dass er etwas Ungeheuerliches über die Firma meines Vaters herausgefunden habe. Er hatte meinen Vater damit konfrontiert, und der habe wütend geleugnet, aber es sei doch wahr. Er habe Beweise. Und seitdem lasse mein Vater ihn beschatten. Und schließlich rückte er noch damit heraus, dass er Angst habe, ermordet zu werden.

‚Vielleicht ist es ja nicht Dein Vater', sagte er, ‚vielleicht ist es Kohler. Er war immer sein böser Geist.' Damals habe ich wohl nicht genau genug hingehört. Ich wollte einfach nichts wissen von alledem."

„Hat Kern denn irgendetwas Konkreteres über dieses Ungeheuerliche gesagt?"

„Es war eine richtige Boulevardblatt-Geschichte. Der Kernpunkt war, dass über die Firma des verstorbenen alten Kohler, die jetzt ein Strohmann des jungen führt, Aufträge liefen für eine Anlage, mit der man auch biologische Kampfstoffe herstellen konnte, und Anthes & Kohler führten die Versuche aus."

„Wer sollte diese Anlage denn bekommen?"

„Das wusste Kern noch nicht. Aber er behauptete, die Lieferungen gingen über den Balkan nach Griechenland, und von dort weiter."

„Wie haben Sie reagiert?"

„Ich sagte so ungefähr: ‚Wenn das alles stimmt, Herr Kern, und Sie können es beweisen, warum gehen Sie dann nicht einfach zur Polizei?' Und er sagte: ‚Das werde ich auch tun. Mir fehlt nur noch ein Baustein.'"

„Finden Sie es glaubwürdig, dass er zuerst Ihren Vater mit seiner Geschichte konfrontiert hat?"

„Durchaus. Kern hat Vater immer bewundert."

„Hat Kern auch mit Ihrer Schwester Klara gesprochen? Oder es versucht?"

„Er hat sie besucht. Das war aber nicht einfach."

„Wieso?"

„Klara lebt seit ein paar Wochen nicht mehr mit Kohler zusammen. Sie ist in ihr Wochenendhaus am Bodensee gezogen, und er lässt sich dort nicht mehr blicken. Die beiden haben Krach. Schon vor Vaters Tod hat es geknistert."

„Das müsste es doch eigentlich einfacher machen?"

„Kohler lässt sie aber, wie soll ich sagen, überwachen. Das Haus wird von einem Dienerehepaar verwaltet. Ich meine, die machen dort sauber und so. Und sie petzen. Als ich das letzte Mal dort war, rief Kohler nach zehn Minuten an und machte ihr eine Szene, und ich musste gehen, um ihr die Demütigung zu ersparen."

„Haben Sie eine Ahnung, warum die beiden sich nicht mehr verstehen?"

„Weil er ein Arschloch ist, und sie es endlich gemerkt hat."

„Ich würde gerne mit ihr sprechen, Ben", sagte Beate. „Könnten Sie vielleicht ein Treffen mit ihr vermitteln? Jetzt gleich? Können Sie Ihre Schwester anrufen?" Es klang dringlich, und Ben reagierte sofort.

„Ich muss es irgendwie so machen, dass nur sie versteht, was ich meine. Darf ich?" Hetegger winkte, und Ben verschwand im Nebenzimmer. Es dauerte fünf Minuten.

„Ich habe ihr gesagt, dass ich mir Sorgen mache um sie, und sie gefragt, wie es ihr geht und was sie so tut den ganzen langen Tag, und sie hat sofort verstanden, was ich will. Sie hat genau aufgezählt, was sie morgen macht. Und als sie sagte, sie geht um zwölf Uhr mit einer Bekannten Tennis spielen, da habe ich eingehakt und gefragt, ob sie mit ihr anschließend isst. Nein, das geht nicht, die muss ihren Sohn von der Schule abholen, hat sie gesagt, und ich habe geantwortet, dass sie trotzdem ins Tennisrestaurant gehen soll, die haben besonders guten Fisch. Gut, hat sie gesagt, sie probiert es aus, und ich habe geantwortet, dass eine Freundin von meiner Frau mir das erzählt hat, und die isst auch öfter dort. Sie trägt immer ein Goldkettchen mit einer Schnecke um den Hals, aber sonst ist sie okay."

„Ziemlich gute Einfälle haben Sie", sagten Beate und ich unisono.

Ben grinste. „Als Wissenschaftler braucht man so was, auch wenn die Leute von uns anders denken."

Er schaute auf die Uhr. Ich musste ihn unbedingt noch etwas fragen, ehe er wieder losstrampelte.

„Ich weiß, dass Sie gleich weg müssen, Ben, aber vielleicht können Sie mir doch noch eine Frage beantworten. Sie ist wichtig für unsere Ermittlungen."

Ich hörte mich schon reden wie ein Detektiv.

Ben nickte.

„Wir wissen von Doktor Hetegger, dass Sie, bevor Sie von zu Hause weggingen, öfter Streit mit Ihrem Vater hatten, und dass es dabei auch um seine Vergangenheit ging, vor allem darum, was er im Krieg gemacht hatte. Ist dabei jemals seine Zeit in Kreta zur Sprache gekommen?"

Ben zögerte. Das Thema war ihm sichtlich unangenehm.

„Immer wieder. Ich wusste einiges über die deutsche Besatzung in Kreta und fragte ihn über diese Zeit aus, und er sagte immer wieder, mit den Vergeltungsmaßnahmen habe er nichts zu tun gehabt. Mich machte schon das Wort wütend, weil es für mich eine Beschönigung war. Vater sagte aber auch nie genau, was eigentlich seine Aufgabe war. Allerdings, in unserem letzten Streit, bevor ich ging …" Er hörte auf zu sprechen und starrte auf den Boden.

„Das Ganze ist für mich immer noch ziemlich schmerzlich. An diesem Tag war er ziemlich defensiv; ich hatte ihn wohl in die Enge getrieben. Plötzlich behauptete er, er habe über hundertzwanzig griechischen Juden auf Kreta das Leben gerettet. Und dann zeigte er mir, wie zum Beweis, ein Foto." Wieder schwieg er.

Wir schauten ihn alle drei erwartungsvoll an.

„War er auf dem Foto mit Kern zusammen?", fragte Beate.

Ben sah ziemlich verblüfft aus. „Genau. Mein Vater und Kern in Uniform, an irgendeinem Hafen, und Leute, die wie Gefangene aussahen, aber in Zivil."

Ich kramte in meiner Brieftasche und hielt ihm Kerns Foto hin. „War es das?"

Ben betrachtete es aufgeregt. „ Das ist es! Woher haben Sie das?"

„Aus Kerns Büro. Hat Ihr Vater was dazu gesagt, wie diese Rettungsaktion vor sich ging?"

„Das habe ich ihn natürlich auch gefragt. So wie er die Sache darstellte, hatte der Mann, mit dem er verhandelte, der Chef einer jüdischen Untergrundgruppe in den Bergen südlich von Chaniá, einen Scheinüberfall auf meinen Vater und auf Kern organisiert, der vorher abgesprochen war, und die Gefangenen dann in die Berge geführt. Ich muss wohl ein ziemlich ungläubiges Gesicht gemacht haben, weil das Ganze klang wie ein Groschenroman. Und plötzlich wurde er ungeheuer wütend und schrie mich an. Ich werde das nie vergessen: ‚Du glaubst mir nicht, weil es das einzige Mal in meinem Leben ist, wo ich auf mein Gewissen gehört habe. Und das passt nicht in dein Weltbild. Aber ich könnte es beweisen, wenn ich wollte.‘ Und dann sagte er, immer noch brüllend: ‚Dieser Mann hat mir geglaubt, und ich habe ihm geglaubt. Und nach dem Krieg hat er mir auf die Beine geholfen, mit dreihunderttausend Dollar, hörst du, aus Dankbarkeit. Denkst du, das hat er für einen Lügner und Schurken getan?‘ Ich bin am nächsten Tag ausgezogen."

Hetegger war aufgestanden und legte seinen Arm um ihn. Es war eine schöne Geste, und sie wirkte auch. Ben lächelte dankbar.

„Nach allem, was wir über die Sache wissen, ist die Geschichte Ihres Vaters wahr. Der Mann, von dem er gesprochen hat, hieß wahrscheinlich Leonidas Atzenis", sagte Beate in die Stille. Ben blickte sie an wie eine Erscheinung aus einer anderen Welt.

„Mein Vater nannte ihn Leo." Er beruhigte sich langsam wieder.

„Ich muss zurück." Er verabschiedete sich ziemlich abrupt und packte sein Fahrrad.

Ich folgte ihm auf die Straße. Alles war ruhig. „Nicht vergessen, Vorsicht!", schärfte ich ihm ein.

„Das Ganze muss ihn ziemlich aufwühlen", sagte Hetegger. „Noch ein Gläschen vor dem Schlafengehen?"

Beim dritten Glas schrillte das Telefon. Es war Ben.

„Jemand hat versucht, in seine Wohnung zu kommen", berichtete Hetegger.

„Was ist passiert?"

„Es hat Sturm geläutet. David ist zur Tür geschlichen und hat durch den Spion geschaut. Er hat eine Gestalt mit einer schwarzen Aktentasche und einer Maschinenpistole gesehen. Da hat er sich seine kleine Schwester geschnappt, ihr den Mund zugehalten und ist über den Balkon zur Nachbarin geklettert. Von dort hat er die Polizei angerufen. Der Name Anthes hat Wunder gewirkt. Zufällig war ein Streifenwagen in der Nähe. Der Kerl kam gerade aus dem Haus, als der Wagen bremste. Er schoss sofort, auf die Reifen und dann auf die Polizisten. Einen hat er erwischt; er ist schwer verwundet. Die Polizisten sagen, dass sie ihn auch getroffen haben, bevor er verschwunden ist. In einem BMW. Inzwischen ist auch Judith von ihrem Konzert zurück. Jetzt bewundert Lea ihren Bruder noch mehr."

„Mit Recht", sagte Beate. „Er ist ein Held."

Uns war nicht besonders wohl in unserer Haut. Nur Hetegger blieb zuversichtlich. „Alles wird gut ausgehen", tröstete er uns.

Jedenfalls war die Linie für morgen klar. Dachten wir.

17 *Irini*

Ich habe das Zimmer bei meinen Eltern nicht aufgegeben, denn die Leute würden natürlich reden, wenn ich im selben Haus übernachtete wie Alechos und Manolis. Wahrscheinlich reden sie trotzdem. Mein Vater ist alles andere als glücklich darüber, dass ich mich mit den beiden jeden Morgen zum Frühstück in meinem Häuschen treffe – zur Lagebesprechung, wie Alechos das nennt.

„Wir brauchen dich, Irini", erklärt er mir fast täglich, und er besteht darauf, dass ich ihn, wie Manolis, mit Du anrede: „We are a team, aren't we?", erklärt er mir in seinem britisch gefärbten Englisch, das wohl noch aus dem Zweiten Weltkrieg stammt, als er mit englischen Agenten zusammenarbeitete. Ich habe nichts dagegen, auch wenn es mir am Anfang nicht leicht fiel.

Es gibt noch einen anderen Menschen, der mich braucht: Hildegard. Sie ist schwanger. Das ist schön für die beiden, denn sie wünschen sich ein Kind. Aber es ist zugleich eine Katastrophe: Hildegard wird gerade dann als Arbeitskraft ausfallen, wenn die Olivenernte auf ihrem Höhepunkt ist und jede Hand auf Kreta gebraucht wird.

Als die beiden sich mir anvertrauten, waren sie ziemlich verzweifelt. Sie hatten Angst, ihren Arbeitsplatz zu verlieren.

„Warum redet ihr nicht mit dem Besitzer?", wollte ich von ihnen wissen. Sie schauten sich ratlos an: „Wir kennen ihn eigentlich gar nicht. Wir haben ihn ein oder zwei Mal gesehen. Es ist Jahre her. Er ist ein alter Mann, älter als Pavlos."

„Aber ihr müsst doch mit ihm abrechnen!"

„Er hat so eine Art Verwalter, der auch seinen Weinberg bewirtschaftet. Eigentlich haben wir nur mit dem zu tun."

„Wir gehen morgen zu ihm! Ich werde euch helfen!", sagte ich entschieden. Entschiedenheit war nötig, denn ich hatte schon gemerkt, dass Ernst ein notorischer Bedenkenträger war. Aber er gab schließlich nach, weil ihm Hildegards Schwangerschaft keine Wahl ließ.

Einige Telefongespräche waren nötig, bis ich den Verwalter weich geklopft und einen Besuch mit dem Eigentümer vereinbart hatte. Einen Tag später saßen Hildegard und ich mit ihm auf der Terrasse seines Hauses, mitten in den Weinbergen irgendwo zwischen Chaniá und Réthymnon. Vor uns standen kandierte Früchte und griechischer Kaffee. Im Garten lärmten Kinder.

„Meine Urenkel aus Australien", erklärte er. „Was kann ich für euch tun, Kinder?"

„*Kírie* Karadímou, Hildegard und Ernst arbeiten seit Jahren für Sie, und das würden sie gerne auch weiterhin tun. Aber sie werden im Winter ein Kind bekommen, sie werden heiraten, und sie brauchen Ihre Hilfe, bis Hildegard wieder arbeiten kann."

„Erzählen Sie mir mehr."

Der alte Mann schaute uns aus großen traurigen Augen an. Jedenfalls kamen sie mir traurig vor, obwohl er beim Zuhören immer wieder lächelte. Irgendetwas gab mir das komische Gefühl, dass er die Geschichte schon kannte. Vielleicht hatte er sich beim Verwalter genau erkundigt, um was es ging. Oder er hatte so viel erlebt, dass ihm nichts mehr fremd war.

Wir waren mit unserer Geschichte schon eine Weile fertig, und er schaute uns immer noch an, ohne etwas zu sagen. Hatten wir etwas falsch gemacht?

„Wir finden eine Lösung", sagte er schließlich. „Ihr braucht ein festes Einkommen, einen Zuschuss bei der Geburt des Kindes und eine Prämie bei eurer Hochzeit, und das kriegt ihr auch. Dafür werde ich zur Hochzeit eingeladen, in Ordnung? Mein Verwalter wird den Vertrag aufsetzen und ihn euch schicken. Und jetzt entschuldigt mich, Kinder, ich brauche meinen Mittagsschlaf. Ich bin 89 geworden."

Hildegard standen die Tränen in den Augen, als sie ihm dankte. So hart sie manchmal aussieht, sie ist in Wirklichkeit ziemlich gefühlvoll.

Karadímou stand auf, als wir uns verabschiedeten. Als er mir die Hand gab, lächelte er mich auf eine ganz eigenartige Weise an.

„Habe ich mich schlecht benommen?", fragte ich. „Ich bin manchmal etwas direkt."

„Nein, mein Mädchen, bleib wie du bist. Wer hätte das gedacht! Pavlos, der alte Räuberhauptmann – und du bist seine Enkelin! Ein kleines Wunder!"

Natürlich war ich geschmeichelt. Und wir kamen stolz nach Hause, um Ernst die Erfolgsnachricht zu bringen.

Alechos und Manolis wirkten ziemlich bedrückt, als ich sie wieder sah. Der Alte machte sich Sorgen: „Wir haben seit zwei Tagen keine Nachrichten mehr aus Deutschland.

Bisher war der Kontakt mit Frankfurt regelmäßig. Wir haben täglich ausgetauscht, was wir herausgefunden haben."

Für ihn war es offensichtlich, dass die Bombe jeden Tag hochgehen kann, wie er sich ausdrückt.

„Welche Bombe?", wollte ich wissen.

„Wir wissen von den beiden, dass es mindestens einen Mord und zwei Mordversuche gegeben hat. Wolfgang und Beate wissen – genau wie wir – den Namen der Firma, die hinter dieser Sache steckt. Das Unternehmen in Deutschland muss wissen, dass ihm bald die Polizei auf die Schliche kommen wird. Offensichtlich versucht man, Leute umzulegen, die etwas wissen oder wissen könnten."

„Aber führen sie damit nicht erst recht die Polizei auf ihre Spur?"

„Ich verstehe auch nicht so genau, was vorgeht. Aber eines ist schon jetzt sicher: Megalochório hängt mit drin. Eugen Kern, die Leiche aus der Schlucht, war ein Kriegskamerad von Anthes und Kohler. Er hatte einen Konflikt mit Anthes. Und danach war er tot."

„Denkst du immer noch, dass einer von uns ihn umgebracht hat?" Ich hatte wirklich ‚von uns' gesagt!

„Nein. Aber das Dorf hat sich verhalten, als wäre es so. Und das spricht dafür, dass es von Anfang an Leute gab, die den Zusammenhang zwischen Kern und ihrer eigenen Affäre gesehen haben und nicht wollten, dass etwas herauskommt."

„Aber das kannst du nicht beweisen. Und die Polizei auch nicht."

„Kluges Mädchen! Sehr wahrscheinlich nicht. Aber sobald die Presse sich mit dem Fall beschäftigt, wird im Dorf der Teufel los sein. Im Augenblick sieht es so aus, als wären sich alle einig. Niemand will den Verräter spielen. Aber in Wirklichkeit waren es ja nur ein halbes Dutzend Leute, die das Geld genommen und die Sache eingefädelt haben. Deren Familien werden natürlich zu ihnen halten. Aber die anderen sind wütend, obwohl sie den Mund halten. Und dass sie im Interesse des Dorfes den Mund halten müssen und ihre Wut nicht zeigen dürfen, macht sie noch wütender.

Aber sobald die Presse den ersten Namen nennt, werden alle anderen Familien auf Distanz gehen, und das wird Spannungen erzeugen.

Du weißt, was in einem kretischen Dorf passieren kann, wenn Familien sich verfeinden und über irgendeine Kleinigkeit in Streit geraten: eine Ziege, die sich losgerissen und auf der falschen Wiese ein paar Gräser abgerupft hat; oder ein Kind, das ein anderes Kind geschlagen hat; oder ein junger Tölpel, der einem Mädchen ein Kind gemacht hat.

Die Drohungen gegen Pavlos, die Schüsse auf eure Taverne und auf Dimitris Katze waren nur ein kleiner Vorgeschmack von dem, was noch alles passieren kann. Kreter vergessen nie etwas. Vor allem nicht das, worüber nicht geredet wird. Hast du das Wort ‚Blutrache' schon mal gehört?"

Alechos hatte sich regelrecht in seine Schreckensvision hineingesteigert. Langsam wurde mir klar, was ihn eigentlich trieb, Tage und Wochen in Megalochório zu verbringen. Nicht sein Buch, auch nicht sein Vergnügen daran, den Detektiv zu spielen.

Natürlich weiß ich auch, dass es bis heute Dörfer auf Kreta gibt, in denen die eine Hälfte mit der anderen seit fünfzig oder hundert Jahren nur redet, wenn es unbedingt sein muss. Und natürlich weiß ich auch, dass die Regierung noch im 20. Jahrhundert ein ganzes kretisches Dorf in die Verbannung geschickt hat, damit die Leute sich nicht vollends gegenseitig umbrachten.

„Ich habe es ziemlich oft gehört. Und ich weiß genau, von was du sprichst. Aber wir sind nun einmal so. Was hast du vor, dagegen zu tun?"

„Ich will erreichen, dass die Leute eine Art Pakt schließen. Die Sache darf nicht unter den Teppich gekehrt werden und damit für die nächsten fünfzig Jahre stillschweigend vor sich hin faulen. Die Leute, die dem Dorf die Geschichte eingebrockt haben, müssen ihre Schuld anerkennen und eine Art

Wiedergutmachung leisten. Und dann müssen die anderen sie wieder in die Gemeinschaft aufnehmen."

Manolis war die ganze Zeit über sehr still gewesen. Seine Blicke gingen zwischen mir und seinem Großvater hin und her. Es muss schwierig für ihn sein, mich, die aufmüpfige junge Frau, die einige bei uns ‚die Amerikanerin' nennen, plötzlich ‚wir' und ‚uns' sagen zu hören, wenn es um unser Dorf ging. Und ich hatte das Gefühl, dass Alechos genau das provoziert hatte. Ob ich wollte oder nicht, was ich jetzt sagen würde, würde für Manolis wie die Stimme von Megalochório klingen:

„Ich verstehe jetzt, glaube ich, ziemlich genau, was dich antreibt, Alechos. Du bist ein guter Mensch. Und ich glaube sogar, dass du es schaffen kannst, weil die Leute langsam Vertrauen zu dir gefasst haben. Aber vergisst du nicht die Behörden, die Polizei, die Presse?"

„Nein, ich vergesse sie nicht. Ich habe einen Plan. Ich werde der Anwalt des Dorfes sein, aber nur dann, wenn die Leute selbst das Ihre tun. Und du, Irini, bist meine Trumpfkarte. Iannis und Venetía haben dir genau den richtigen Namen gegeben. Ich habe mir den Frieden schon immer so vorgestellt wie dich."

Und dann erklärte uns Alechos im Detail, was er vorhatte.

18 *Beate*

Wir standen um sieben Uhr auf, und jeder hatte seine Rolle in unserem Plan. Hetegger machte einen Termin mit seinem Rechtsanwalt, noch bevor dieser ordentlich gefrühstückt hatte. Und der Rechtsanwalt würde einen Termin bei der Freiburger Kripo für sie beide machen. Ben würde die Abreise zu seinem Kongress in Hannover um einen Tag verschieben, wegen einer „dringenden Familienangelegenheit", und ebenfalls zur Kripo gehen. Sein wichtiges Referat würden die Kongressteilnehmer eben erst morgen hören. Wolfgang würde sich mit ihm und seiner Frau zum Frühstück treffen und anschließend mit Walther konferieren.

Nach seinem Termin mit der Kripo würde Hetegger versuchen, seine Angebetete zu kontaktieren und ihr reinen Wein einzuschenken, über alles, was geschehen war und über sein Herz. Ich würde um zwölf Uhr beim Tennisverein von Meinflingen aufkreuzen, mit dem schlanken Tennisdress der verstorbenen Frau Hetegger in der Tasche, der schon etwas angejahrt war, aber, wie es zuweilen geht, inzwischen wieder einigermaßen modern. Heteggers Tennisschläger war mir im Griff eine Nummer zu groß, aber ich konnte ganz gut mit ihm umgehen. Schließlich brauchte ich nicht zu siegen. Wolfgang würde mir folgen, sobald er konnte. Das war die Planung.

Beim Frühstück waren wir uns ziemlich einig gewesen in unserer Einschätzung der Lage: Was musste eigentlich noch passieren, bis die Polizei Kohlers Unternehmen und Kohler selbst unter die Lupe nahm? Anscheinend trauten sie sich nicht an einen Mann heran, von dessen Wohlwollen Arbeitsplätze und Steuereinnahmen, Bürgermeisterposten und die Meinflinger Sommerfestspiele abhingen.

Selbst eine Großbank war da weniger sicher vor Steuerfahndern und Staatsanwälten, denen daran lag zu beweisen, dass vor dem Gesetz alle gleich sind. Dieser Provinzunternehmer und Schwiegersohn eines Gründervaters der Nachkriegszeit, dem die Gegend sicher einiges zu verdanken hatte, war so gut wie tabu.

Andererseits waren wir uns trotz aller Informationen, über die wir inzwischen verfügten, keineswegs sicher, dass wirklich Kohler hinter alledem steckte. Wenn er es war, riskierte er alles. Und wenn er alles riskierte, dann musste er es verdammt eilig haben. So eilig, dass ihn nicht mehr interessierte, was übermorgen sein würde. Er musste morden oder morden lassen, um die Leute mundtot zu machen, die morgen noch reden könnten.

Mit anderen Worten, er würde bald über alle Berge sein, für Strafe nicht mehr erreichbar. Und selbstverständlich würde auch das Firmenvermögen, das Anthes erwirtschaftet hatte, mit ihm verschwunden sein.

Hetegger hatte diese Seite des Falles, wenn es denn einer war, noch einmal zusammengefasst, und weder Wolfgang noch ich hatten ihm widersprochen:

„Irgendwann muss er den Beschluss gefasst haben, mit dem Geld der Firma zu türmen, ehe der Staatsanwalt sie dicht macht. Vielleicht schon, als Kern Anthes und dann Anthes Kohler zur Rede stellte. Er musste die Mäuler stopfen, die reden konnten, weil er Zeit brauchte, sein Geld in einen sicheren Hafen zu schaffen. Wenn er alles hat, was er braucht, wird er spurlos verschwinden."

Warum nicht heute? Wir hatten jedenfalls keine Minute zu verlieren, auch wenn das Risiko groß war. Auf welcher Seite stand Klara Kohler?

Es war einer jener Frühsommertage, an denen morgens die Welt aussieht, als könne sie nie alt werden. Dieser Morgen war, was die Werbung für tausend Produkte verspricht und niemals wirklich halten kann: neu und frisch. Mir fiel der Mythos von Aphrodite ein, die nach einem Liebesabenteuer in ihr heiliges Bad auf der ihr geweihten Insel Zypern eintaucht, sich von ihren Nymphen verwöhnen lässt und dann wieder so aussieht, wie wir sie kennen: jung wie der Tau auf den Wiesen, durch die ich fuhr, auf kleinen Nebenstraßen, an denen winzige Dörfer lagen.

Auf solchen Wegen ließ sich besser kontrollieren, ob mir jemand folgte. Es sah nicht so aus, aber vorsichtshalber führte ich einige Manöver aus, um einen möglichen Verfolger abzuschütteln: an einer unübersichtlichen Stelle in eine Hofeinfahrt einbiegen, fünf Minuten warten und dann in entgegengesetzter Richtung davonfahren; von einer Nebenstraße in eine Autobahn einbiegen und sie sofort wieder verlassen, und was der Scherze so mehr sind, die mir Mike ausführlich und mit viel Ernst beschrieben hatte und die er wahrscheinlich aus irgendeinem Buch hatte wie Gregor McEwans „Wie man Detektiv wird und trotzdem am Leben bleibt".

Meinflingen war einer von jenen Orten, die nichts Dörfliches mehr haben, wenn er jemals ein richtiges Dorf gewesen war. Das Einzige, was als Ortskern gelten konnte, war eine winzige Kirche, etwa fünfhundert Meter vom Ufer entfernt, Überrest eines ehemaligen Klosters, das über mehr Reichtum als Mönche verfügt hatte. Von den Wirtschaftsgebäuden des Klosters stand noch ein Gutshof aus dem frühen 18. Jahrhundert, in dessen Hof (bei schlechtem Wetter im ehemaligen Kornspeicher) alle zwei Jahre die Sommerfestspiele für Alte Musik stattfinden. Es gab einen Supermarkt, in dem auch eine Postagentur untergebracht war, einen Kiosk, ein halbherziges Strandbad, und das war auch schon die ganze Infrastruktur, soweit man sehen konnte. Die Häuser der Glücklichen, die sich hier angesiedelt hatten, waren hinter hohen Bruchsteinmauern und alten Bäumen verborgen. Es dauerte eine ganze Weile, bis ich den Tennisplatz gefunden hatte. Er lag mitten im Wald, sinnigerweise neben einem Friedhof, auf dem noch viel Platz war. Es waren nur einige Teenager zu sehen. Waren ihre Eltern alle damit beschäftigt, die Millionen für ihre Kinder anzuschaffen? Oder lag es daran, dass Tennis mittlerweile out und Golf in war? Einen Golfplatz gab es auch, ich hatte auf dem Herweg das Schild gesehen.

Das Klubhaus des Vereins, wohl vor dem Ersten Weltkrieg gebaut, atmete gesicherten Wohlstand und behagliche Bürgerlichkeit. Dafür war der Wirt eine Überraschung: Knapp fünfzig, blond (gefärbt?), gut gebaut, muskulös, mit Haaren bis auf die Schulter und indianischem Stirnband; kurzum, ein ewiger Hippie, wenn mich nicht alles täuschte. Es sprach für die Großzügigkeit (oder Gleichgültigkeit?) der Klubmitglieder, dass sie sich diesen Typen für ihre Luxuskantine ausgesucht hatten. Und ihre Entscheidung war umso verwunderlicher, als hinter der Theke ein eigenartiges Plakat hing:

Es zeigte Sokrates und Platon, den heiligen Franz von Assisi und die heilige Theresa von Avila in verzückter Betrachtung eines Sonnenuntergangs, mit der Bildunterschrift: „So oder so, die Erde wird rot". Ob dem Künstler die Ironie damals schon bewusst gewesen war? Im Übrigen interpretierte der athletische Hippie meinen Blick völlig richtig:

„Die Leute hier mögen mich. Ich beweise ihnen durch meine Existenz, was für aufgeklärte und tolerante Menschen sie sind. Außerdem spiele ich inzwischen leidlich Tennis."

Ich musste lachen. „Sie haben mich durchschaut. Außerdem rieche ich, dass Sie gut kochen. Nicht, dass ich Hunger hätte …"

„Sie können unter zwölf Sorten Tee wählen, alle biologisch angebaut oder wenigstens rückstandskontrolliert, unter sechs Kaffeesorten, alle von konzernfreien Kaffeebauern; es gibt den besten Cappuccino weit und breit, wahlweise mit einer winzigen Prise Zimt oder Kardamom, Sie können ein Glas frischer Kuhmilch haben oder Saft von frisch gepflückten Kirschen … was Sie wollen, auch mit Alkohol, oder ganz gesund. Sie sehen aber nicht aus, als ob Sie um diese Zeit Sekt oder Kräutertee trinken möchten. Und für später, wenn Sie mit Klara essen, weise ich Sie schon jetzt auf meine berühmte Bodenseeplatte hin."

Er stellte sich in Positur und deklamierte:

„Während das Weltall detoniert, fischst du Blaufelchen aus dem Bach."

Ich wusste nicht, worüber ich erstaunter sein sollte: darüber, dass er Klara Kohler beim Vornamen nannte oder dass er aus einem frühen Gedichtband von Enzensberger zitierte. Ich war eine gute Schülerin gewesen – und geblieben.

„Die Verteidigung der Wölfe gegen die Lämmer", sagte ich. „Klara Kohler hat mich also angekündigt." Er strahlte.

„Manni", sagte er. „Und Sie kennen das Gedicht! WOW!"

„Beate", sagte ich. „Und in der wirklichen Welt gehöre ich eher zu den Lämmern, die manchmal Schutz vor den Wölfen brauchen."

Er schaute mich eine Weile schweigend an.

„Ich weiß zwar nichts, aber ich bin mir trotzdem sicher: Klara ist in Schwierigkeiten."

„Haben Sie eine Vorstellung, was das für welche sind?"

„Ihr Haus wird von einem sehr merkwürdigen Ehepaar versorgt. Das sind Wölfe, wenn sie mich fragen. Und überdies ist sie verheiratet, auch mit einem Wolf." Wieder schaute er mich mit diesem merkwürdigen Blick an.

„Danke, Manni. Ich hätte Lust, Ihren Cappuccino zu probieren, ehe Klara kommt. Und noch etwas: Irgendwann heute wird ein Mann hier aufkreuzen, der mich sucht, weil er mich vor den Wölfen schützen will. Wenn Sie können, helfen Sie ihm bitte. Dieses Gedicht und ein paar Dutzend andere habe ich übrigens zum ersten Mal von ihm gehört. Er heißt Wolfgang, ausgerechnet." Manni grinste.

„Verstanden." Er bugsierte mich an einen Tisch, den er mit einem American Express-Schild als reserviert gekennzeichnet hatte.

Ich war sehr froh, ihn getroffen zu haben. Der würde ein Fahrrad für mich klauen, wenn ich eins brauchte. Aber ich auch eins für ihn, wenn es sein musste.

Klara kam auf die Sekunde pünktlich. Sie war nicht übertrieben elegant, aber jedes Detail stimmte. Es war unverkennbar, dass sie Bens Schwester war. Ich kann mir keine Frau vorstellen, die sie nicht um Gesicht, Figur und Teint beneidet hätte. Ihr Gesicht war von einer wunderbaren Ebenmäßigkeit und trotzdem nicht langweilig.

Erst als ich ihr gegenüber saß, sah und spürte ich, dass sie traurig und verletzlich wirkte, wie ein Kind, dem man sehr weh getan hat, vielleicht schon, ehe es geboren war.

Klara hatte mich zu meiner Verwunderung mit einer Umarmung begrüßt, die nichts Förmliches hatte. Sie stellte ihr Tenniszeug ab und setzte sich mir gegenüber.

„Die Tennissachen können wir jetzt vergessen", sagte sie ruhig.

Erst jetzt wurde mir klar, wie umsichtig Manni in der Wahl unseres Tisches gewesen war. Er zog die handgewebten Vorhänge zu, mit denen sich die Tische an den Wänden in Nischen verwandeln ließen. Unser Tisch war jetzt nur noch von einer bestimmten Stelle an der Theke aus einzusehen.

Klara strahlte mich an wie eine alte Schulfreundin, die man nach zwanzig Jahren zum ersten Mal wieder sieht.

„Ich bin froh, dass Sie gekommen sind. Ich muss endlich mit jemandem reden, und Ben hat mir gesagt, dass ich mit Ihnen reden kann wie mit mir selbst." Sie schlug sich leicht auf den Mund.

„Natürlich hat er gesagt: mit mir selbst. Also wie mit ihm. Wir waren einander als Kinder sehr verbunden. So sehr, dass wir eine eigene Sprache hatten, die nur wir verstanden."

„Er hat angedeutet, dass Ihr Telefon abgehört wird", sagte ich, immer noch sehr vorsichtig.

„Mein Mann lässt mein Telefon überwachen. Trotzdem hat mein Bruder mir einiges über dich gesagt. Aber so eine Geheimsprache hat natürlich ihre Grenzen."

Sie schwieg und sah mich eine ganze Weile forschend an. Wir waren also per Du. Es war mir nicht unangenehm.

„Gut", sagte sie schließlich, „ich vertraue dir, Beate."

Manni brachte unaufgefordert ein Fruchtsaftgetränk für Klara, das absolut köstlich aussah, und sah mich fragend an.

„Dasselbe", sagte ich. Manni blieb stehen und betrachtete uns sinnend.

„Sie sehen einander unbegreiflich ähnlich", flüsterte er mit Verschwörermiene.

„Schmeichler", sagten wir beide im Chor. Manni brach in Lachen aus und zog sich zurück.

Klara und ich schauten uns wieder an. Wahrscheinlich hatte Manni, der weise Hippie, ganz richtig gesehen: Die Verletztheit, die ich in Klaras Zügen zu sehen glaubte, fand sich wohl auch in meinen.

„Du wolltest sagen …", begann Klara.

„Ich wollte sagen, dass wir nur wenig Zeit haben. Eigentlich gar keine. Vielleicht ist es schon zu spät. Ich weiß nicht, auf welcher Seite du stehst, auf der Seite des Mannes, den du geliebt hast und vielleicht immer noch liebst, oder auf deiner eigenen. Ich habe aber keine Wahl. Ich muss dir alles sagen, was ich weiß, und ich bin mir sicher, es wird dir wehtun."

„Ich weiß. Ich habe Angst und will es deshalb gar nicht wissen, aber ich weiß es eigentlich schon."

Ich sagte ihr alles, bis auf die Sache mit dem misslungenen Anschlag auf ihren Bruder Ben. Das behielt ich allein schon deshalb vorläufig für mich, weil seine dilettantische Ausführung uns Rätsel aufgab.

Als ich fertig war mit meiner Geschichte, merkte ich, dass sie die ganze Zeit versucht hatte, die Tränen zu unterdrücken. Jetzt liefen sie ihr ungehindert übers Gesicht. Ich schob ihr ab und zu ein frisches Papiertaschentuch in die Hand und nahm ihr das feuchte ab. Sie versuchte erst gar nicht zu sprechen. Manni war in der Küche verschwunden, aber ich war mir sicher, dass er alles mitbekommen hatte und wieder auftauchen würde, sobald ein Gast erschien.

Irgendwann war es vorbei; die Tränen versiegten plötzlich. Klara schluchzte noch ein paar Mal, fast wie ein Kind, wenn es zu weinen aufhört, und dann schaute sie mich wieder an.

Manni erschien wie bestellt, nahm mir die feuchten Papiertaschentücher wortlos aus der Hand, murmelte „In fünfzehn Minuten ist das Essen fertig" und verschwand wieder.

Als zwei junge Mädchen kamen und an der Theke nach Coca, Würstchen und Pommes riefen, rief er gutgelaunt zurück: „Son Scheiß gibt's bei mir nicht. Guckt in die Karte!" Die beiden schüttelten sich vor Lachen. Offensichtlich war das ein Standardwitz, der immer zog.

Ich zog meine Hand zurück, die immer noch ein frisches Taschentuch hielt, aber Klara ergriff sie und hielt sie fest. Ich spürte, dass mir diese Berührung angenehm war.

„Es ist wahr, dass ich mich noch nicht wirklich von ihm gelöst habe. Ich hasse ihn, ich verabscheue ihn, ich fürchte mich vor ihm, ich verachte ihn, aber ich liebe ihn auch, immer noch. Dreimal war er bei mir, seit ich ausgezogen bin, und zweimal ist es ihm gelungen, mich zu verführen.

Das letzte Mal, vor drei Tagen, habe ich nein gesagt. Trotzdem bin ich immer noch so … unklar … Aber ich weiß, dass es keinen Weg zurück zu ihm gibt."

Ich nickte, ermutigend, wie ich hoffte. „Wann hat das angefangen?"

„Es kommt darauf an, was du meinst. Dass er andere Frauen hatte, das hat praktisch sofort angefangen. Die Frauen haben es ihm immer leicht gemacht. Und es ist auch nicht das erste Mal, dass ich vor ihm geflohen bin. Vater hat mir das Haus hier an meinem Hochzeitstag geschenkt und dafür gesorgt, dass es mein Privateigentum bleibt, mit einem von seinen blöden, aber lieb gemeinten Sätzen wie ‚Eine Frau braucht etwas, das ihr allein gehört'. Heute bin ich ihm dankbar dafür.

Irgendwann habe ich aufgehört, verletzt zu sein. Er konnte mir das Gefühl geben, diese anderen Frauen, das seien nur Affären ohne Bedeutung, und dass er eigentlich mich liebt. Und irgendwie glaube ich ihm das noch heute. Nur, dass Liebe für ihn etwas anderes ist als für mich." Sie lächelte tapfer.

„Wir haben keine Kinder. Es ist sein Problem, und er weiß es. Auf Kinder zu verzichten, war schwierig für mich, aber ich habe mich immer damit getröstet, dass ich bald ein Kind adoptieren werde. Und jetzt …"

„Es ist immer noch nicht zu spät", sagte ich ziemlich ungeschickt.

„Ich weiß." Es klang eher wie ein Klagelaut.

„Das andere habe ich von meinem Vater erfahren, nicht lange vor seinem Tod. Er traf sich nach einer Auseinandersetzung mit Armin mit mir allein. Übrigens hier im Klub. Angeblich hatte er alles erst von Kern erfahren. Natürlich glaubte ich ihm nicht. Wie konnte er nicht wissen, was in seiner eigenen Firma vor sich ging? Schließlich wusste ich von

Ben, dass es auch schon früher Geschäfte gegeben hatte, die am Rand der Legalität waren – von Moral ganz abgesehen. Und natürlich wollte ich Beweise von ihm." Sie schwieg.

„Und wie reagierte er?"

„Ganz merkwürdig. Ich erwartete, er würde einen Wutanfall bekommen, das wäre für ihn normal gewesen in einem solchen Fall. Aber er blieb ganz ruhig. Er sagte: ‚Die habe ich. Ich habe jetzt die Beweise, die Kern gesucht hat.' Und dann kam etwas für mich Unerhörtes: Die seien seine und meine Lebensversicherung, denn Armin würde versuchen, ihn aus dem Weg zu räumen. Und dann zeigte er mir ein DIN A 4-Kuvert und sagte: ‚Es gibt zwei davon. Das eine kriegt Kern, das andere gehört dir. Verwahr es gut. Ich werde dem Kerl noch eine letzte Chance geben, bevor ich ihn hochgehen lasse – deinetwegen.' Ich glaubte ihm immer noch kein Wort. Aber nach seinem plötzlichen Tod in Asien kamen mir Zweifel, mehr und mehr Zweifel. Und Armin muss davon etwas gespürt haben, denn er fing an, mich zu beobachten und mir alle möglichen Fragen zu stellen. Aber ich habe ihm nichts gesagt, und nach einer unangenehmen Szene bin ich ausgezogen."

„Dein Bruder sagt, dass auch Kern bei dir war."

„Es war ein völlig verunglückter Besuch. Armin verbot mir praktisch, mit ihm zu reden. Ich habe ihn dann doch getroffen, im Einkaufszentrum, und er hat mir das Gleiche erzählt wie mein Vater. Ich habe gesagt, dass ich ihm nicht glauben kann."

Manni erschien plötzlich mit der angekündigten Bodenseeplatte und einem leichten, frischen Weißwein aus der französischen Schweiz. Er servierte mit gravitätischem Ernst.

„Nicht, dass ich mich beklagen möchte, ganz ihm Gegenteil", beruhigte ich ihn, als er meinen erstaunten Blick bemerkte. „Ich bin nur einfach neugierig. Wählen Sie immer für Ihre Gäste aus?"

„Nur für diejenigen, die ich schätze." Und damit verschwand er wieder.

„Manni kennt mich wirklich sehr gut", erklärte Klara. „Er ist seit Jahren so etwas wie mein Arzt. Und seine erfolgreichste Therapiemethode besteht darin, die Essgewohnheiten der Menschen zu verändern, die er behandelt. Und wenn du genau hinschaust, siehst du, dass auf deinem Teller nicht genau das Gleiche ist wie auf meinem. Er hat dich mit Sicherheit genau beobachtet und im Kopf bereits eine Art Speiseplan für dich gemacht."

Unter diesen Umständen ließ ich mir das Essen umso besser schmecken. Es ist gut, dass es Leute gibt, die wissen, dass ich ich bin und niemand anders.

„Sag mal, Klara, wart ihr als Kinder oft mit euren Eltern auf Kreta?", fragte ich zwischen zwei leckeren Bissen.

„Ziemlich oft. Und als Kind waren mein Bruder und ich oft dabei, so etwa bis ich fünfzehn war, und danach noch ab und zu. Wir hatten sogar ein kleines Haus an der Südküste. Das heißt, wir haben es immer noch. Es gehört Mutter, aber sie vermietet es meistens an Touristen. Und dann …" Sie zögerte.

Ich schaute sie an und lächelte. „Etwas Unangenehmes?"

„Ja, irgendwie schon. Vater kaufte Ende der fünfziger Jahre eine halb verfallene alte Villa am Rande eines Dorfes bei Réthymnon. Sie lag wunderschön auf einem Hügel, mit Blick auf Weinberge und Gärten. Aber ich habe sie immer gehasst. Weißt du, während des Krieges hatten sich dort deutsche Offiziere einquartiert und sie von einem Maler mit Szenen aus dem deutschen Heldenleben ausgestalten lassen. Vater ließ die Villa restaurieren, neoklassisch, wie man so schön sagt, aber die Malereien ließ er unberührt. Weder Mutter noch ich konnten begreifen, wie er auch nur einen Tag in Räumen verbringen konnte, an deren Wänden schwarz uniformierte Männer in heroischen Posen abgebildet waren. Das Haus muss irgendeine Bedeutung für ihn gehabt haben, aber er redete nicht darüber."

„Kannte er Einheimische?"

„Ja, einige. Er hatte Freunde in Chaniá, die ihm seine Vergangenheit als deutscher Besatzungsoffizier nicht übel nahmen. Und Vater hatte durchaus ein Bewusstsein davon, was seine Rolle in diesem System gewesen war."

„Weißt du zufällig noch, wie die Freunde deines Vaters hießen?"

„Einer hieß wie der Komponist, Theodorakis. Sein Vater hatte irgendeine offizielle Funktion gehabt, Bürgermeister oder so was, und er war reich, natürlich. Ölbäume und Wein. Als Kind war ich in einen seiner Söhne verliebt, der Klavier spielte und von dem ich später merkte, dass er schwul war."

„Du weißt natürlich, dass dein Vater mit Kern und … deinem Schwiegervater zusammen auf Kreta war?" Das Wort ‚Schwiegervater' ging mir etwas schwer über die Lippen, und sie merkte es.

„Sicher, davon war oft die Rede."

„Erinnerst du dich an irgendwas Besonderes, was das Verhältnis zwischen deinem Vater und Kohler senior betrifft?"

„Eigentlich nicht. Ich glaube, er ist immer der Vorgesetzte für meinen Vater geblieben. Vater ließ sich im Grunde von niemandem etwas sagen. Er war dieser Typ Unternehmer, der alles selber und alles besser weiß. Aber der alte Kohler war die Ausnahme. Wenn er etwas von Vater wollte, dann bekam er es. Manchmal parierte er knurrend, aber er parierte. Vater stand sozusagen stramm. Es hört sich furchtbar an, aber so sehe ich das heute."

Sie hielt inne und schaute mich prüfend an.

„Du willst wissen, ob das auch für meine Ehe mit Armin gilt?" Genau das hatte ich mich im Augenblick gefragt.

„Ich denke inzwischen: ja. Der alte Kohler wollte, dass ich Armin heirate. Vater wollte es, weil sein alter Vorgesetzter es wollte. Und ich verliebte mich in Armin, weil Vater es wollte. Heute sehe ich das ganz klar. Die Faszination der Macht. Mit Armin bin ich der Macht von drei Männern erlegen. Und ich verachte mich heute selber dafür."

Sie fing wieder an zu weinen. Diesmal war ich etwas mutiger. Ich trocknete ihr die Tränen. Ich strich ihr übers Haar. Sie ließ es geschehen ohne eine Spur von Gegenwehr.

„Du bist nicht die einzige Frau, die irgendwann der erotischen Faszination von Macht erlegen ist", sagte ich schließlich. Sie nickte und schüttelte sich.

„Dabei glaube ich, dass Vater den alten Kohler im Grunde seines Herzens verachtete, genauso wie ich."

„Gab es dafür Anzeichen?"

„Merkwürdig, ich hatte das vergessen. Aber er hatte ein paar Sprüche drauf, die ich damals nicht ernst genommen habe. ‚Anthes riskiert, Kohler kassiert', sagte er manchmal. Und: ‚Sein Gewissen heißt Brieftasche'."

„Hat er sich auch über deinen Mann gelegentlich so negativ geäußert?"

„Er hat sich sehr zusammengenommen, weil er wusste, dass ich ihm das übel genommen hätte. Aber es gab da Blicke, wenn er sich nicht beobachtet fühlte … Ach was, ich wusste im Grunde ganz genau, dass er Armin am liebsten auf den Mond geschossen hätte. Vielleicht hatte er Angst vor ihm, genau wie ich."

Mir brannte eine andere Frage auf der Zunge.

„Gab es einen besonderen Anlass für den Besuch deines Mannes vor drei Tagen? Wollte er etwas Bestimmtes von dir, außer, dass du mit ihm schläfst?"

„Er machte sich angeblich Sorgen um meine psychische Verfassung, wie er das nannte. Er wollte, dass ich zu einem Psychiater gehe, natürlich zu einem, den er selbst ausgesucht hatte. Und dann redete er davon, dass Vater mich gegen ihn eingenommen, ihn schlecht gemacht habe, wie er das nannte. Und dann wollte er wissen, ob Vater mir irgendwelche Geschäftsunterlagen übergeben habe. In der Firma fehlten Papiere, behauptete er …"

„Was hast du geantwortet?"

„Ich habe das natürlich geleugnet, und er tat so, als ob er mir glaubte. Am nächsten Morgen habe ich die Papiere meines Vaters in ein größeres Kuvert gesteckt und sie an meine Mutter geschickt, mit ein paar Zeilen: Bitte, Mama, bewahre dieses Kuvert für mich auf und sprich zu niemandem davon. Es sind persönliche Erinnerungen an Vater."

Mir fiel ein Stein vom Herzen. „Verdammt clever", sagte ich mit unverhohlener Bewunderung. „Und wie hat er auf deine Zurückweisung reagiert?"

„Ziemlich cool. Es ging ja auch nicht darum, dass er mich wirklich wollte. Er wollte, dass ich mich seinem Willen unterwerfe, das war alles. Und dann redete er wieder über meine psychische Verfassung. ‚Man muss dich vor dir selber schützen', sagte er. Da habe ich ihn rausgeworfen, und er ist wirklich gegangen. Aber seitdem sind mir die Wölfe, wie Manni sie nennt, noch dichter auf den Fersen."

Manni erschien mit dem Dessert (Waldhimbeeren), und ich nutzte die Gelegenheit, aufs Klo zu gehen und zu telefonieren. Ich musste meine Botschaft loswerden. Hoffentlich hörte Wolfgang seine Mailbox ab. Das Belastungsmaterial über Armin Kohler war auch bei Klaras Mutter nicht sicher.

Irgendwie wusste ich nicht so richtig, wie es weitergehen sollte. Die Zeit wurde knapp, wenn unsere Annahme stimmte. Aber bevor ich eine Entscheidung treffen konnte, musste ich noch mehr über die „Wölfe" wissen.

„Sie sind dir auf den Fersen … wie sieht das konkret aus, Klara?"

„Meistens agiert die Frau. Wenn ich ausgehe, taucht sie auf und fragt mich, wohin ich gehe. Sehr höflich, natürlich. Und sie lässt mich wissen, dass Armin sich Sorgen über meinen Gesundheitszustand macht. Ich habe mich erst einmal entschlossen mitzuspielen, und erzähle ihr, was ich vorhabe. Und ziemlich häufig merke ich, dass einer von ihnen mich regelrecht beschattet – eigentlich lächerlich, in diesem Kaff. Als ich das Kuvert einwerfen wollte, musste ich einen ziemlich belämmerten Trick anwenden, um meinen Schatten loszuwerden."

„Was weißt du über die beiden?“

„Eigentlich nichts Genaues. Dammberg muss wohl vor 1989 irgendwie für die Stasi gearbeitet haben. Bei seiner Frau kann ich mir das nicht so richtig vorstellen, aber man weiß ja nie. Armin hat ihn damals, nach 89, an Land gezogen und mir die beiden als Hausverwalter untergejubelt. Seitdem hausen sie in der Einliegerwohnung und gehen mir auf die Nerven. Gott sei Dank sind meistens nicht beide da. Ich glaube jetzt, dass Armin sie für irgendwelche besondere Aufgaben benutzt. Einmal habe ich mitbekommen, dass er Dammberg nach Zypern schickte, angeblich um einem Kunden ein dringend benötigtes Ersatzteil persönlich zu übergeben.“

Mir kam ein Gedanke. „War er gestern Abend zu Hause?“

„Bestimmt. Aber sie ist irgendwann mit dem Auto weggefahren.“

„Kannst du dich noch erinnern, wann das war?

„Ja, zufällig. Das war, als Ben anrief.“

„Und wann kam sie zurück?“

„Ich habe sie nicht kommen hören. Vielleicht ist sie gar nicht zurückgekommen. Heute Morgen war sie jedenfalls nicht da.“

„Und was passierte, als du dich hierher aufgemacht hast?“

„Das Übliche, nur eine Nummer größer. Dammberg wollte mich daran hindern wegzugehen.“

„Mit welcher Begründung?“

„Dass mein Mann das nicht wünscht, in meiner psychischen Verfassung. Da hat es mir plötzlich gereicht. Ich habe gesagt, dass er entlassen ist, fristlos, dass ich ihm Hausverbot erteile und dass ich die Polizei rufe, wenn er nicht bis heute Abend verschwunden ist. Und dass das Gleiche für seine Frau gilt.“

Klara Kohler musste sich in den letzten Tagen sehr verändert haben. Wo war ihre Furcht geblieben?

„Er war erst ziemlich verdutzt, dann wütend. Aber er ließ mich gehen. Ich bin mir ziemlich sicher, dass er sofort meinen Mann angerufen hat."

„Was wirst du jetzt tun, Klara?"

„Nach Hause gehen und abwarten. Irgendetwas wird geschehen."

„Kann ich mitkommen?"

Sie lächelte. „Das wäre gut."

Manni nahm uns das Versprechen ab anzurufen, wenn etwas passierte.

Als wir in Klaras Auto stiegen, kam der jugendliche Platzwart mit einer großen Gartenschere in der Hand auf uns zu: „Er war dreimal da. Beim dritten Mal habe ich ihm gesagt, dass nur Mitglieder Zutritt haben. Und er hat getrunken."

„Das ist Mannis Freund", sagte Klara und gab Gas. In diesem Augenblick fühlte es sich wirklich an, als seien wir Schwestern und seit Ewigkeiten miteinander vertraut.

19 *Beate*

Das Haus, das Anthes seiner Tochter hinterlassen hatte, war ein typisches Produkt der frühen sechziger Jahre. Es gab ein geräumiges altes Bootshaus, dessen Oberstock der Architekt zum ufernahen Teil eines neuen Wohnhauses umfunktioniert hatte. Der Neubau war in den Hang hineingebaut und bestand aus zwei ineinander geschachtelten weißen Würfeln mit viel Glas und einem Flachdach. Das, was Klara „Einliegerwohnung" genannt hatte, bildete zusammen mit der Garage einen dritten Würfel, der mit dem Haus durch eine Art gemauerter Pergola verbunden war. Und dann hatte eine provinzielle Baubehörde Anpassungen an den traditionellen Baustil der Landschaft verlangt und durchgesetzt. Alles in allem eine ziemliche Scheußlichkeit, abgemildert nur durch

Bäume und Sträucher, die das Schlimmste verbargen, wahrscheinlich auch die Sicherheitseinrichtungen, die es vor Einbrechern schützten sollten. Aber der Garten war ein Traum. Ein kostspieliger Traum.

Das Bootshaus war zwar vom Neubau aus zugänglich, hatte aber seinen eigenen Eingang behalten. „Ich benutze den Rest des Hauses praktisch nicht", erklärte Klara, und ich verstand sie sofort. Die Inneneinrichtung des Raumes, den ich betrat, wie der Garten spartanisch schön, erinnerte mich an alte japanische Innenräume, die ich aus Filmen kannte. Ich werde nie genug Platz haben, um meine Wohnideen zu verwirklichen; Klara hatte den Platz, das Geld und den Geschmack. Ich sah allerdings im Augenblick keinen Grund, sie zu beneiden.

Wir saßen nebeneinander an einem alten Tisch, tranken Kaffee, sahen auf den See hinaus und schwiegen. Der Nachmittag war ein wenig diesig geworden, kein Lüftchen wehte. Es war totenstill im Haus. Als wir ankamen, hatte Klara eine CD aufgelegt, mit einer alten Gambensonate, die mir irgendwie bekannt vorkam und mich traurig stimmte. Als sie verklungen war, erinnerte ich mich, wo ich sie schon einmal gehört hatte: gestern Abend bei Hetegger. Der Komponist heißt Hotteterre. Klara zeigte auf das Cello in der Ecke und sagte, dass sie manchmal darauf spiele, zum Vergnügen. Ich fragte sie, ob sie jetzt etwas spielen wolle; sie schüttelte den Kopf. Für einen Augenblick sah es aus, als würde sie wieder anfangen zu weinen. Aber das ging vorüber. Die Stille hatte etwas Lähmendes. Etwa zweihundert Meter vom Ufer entfernt sah ich einen Mann mit Strohhut in einem Boot sitzen. Es sah so aus, als würde er lesen. Ich blickte Klara an, die mit geschlossenen Augen in ihrem Sessel saß. Wir warteten. „Ich bin sicher, dass er kommt", sagte Klara in die Stille hinein.

Nach etwa einer Stunde klopfte es ziemlich heftig an die Tür, die auf die Terrasse zum Garten führte. Klara stand auf und öffnete. In der Tür stand ein Mann, untersetzt und kräftig, und es war auf den ersten Blick zu sehen, dass er betrunken war.

„Was wollen Sie von mir, Herr Dammberg?", fragte Klara mit müder Stimme. „Ich möchte, dass Sie endlich gehen."

Dammberg schob sie mit einer Armbewegung zur Seite und stiefelte in den Raum. Er sah mich und drehte sich abrupt zu Klara um. „Wer ist das?"

„Eine Freundin. Und mein Besuch geht Sie absolut nichts an. Wollen Sie wirklich, dass ich die Polizei anrufe?"

„Sie werden überhaupt niemanden anrufen!", brüllte Dammberg los. „Sie werden was ganz anderes tun! Sie werden mit mir schlafen, hier, sofort, auf der Stelle!"

Ich hatte Lust zu lachen, aber es gab da etwas, das mich am Lachen hinderte. Dammberg hatte eine Pistole in der Hand. Und Klara hatte das auch gesehen.

„Warum sollte ich das tun?", fragte sie mit erstaunlicher Ruhe.

„Ellen ist weg! Mit ihm! Mit Ihrem Herrn Gemahl! Er vögelt sie, schon seit Jahren! Wussten Sie das nicht? Und jetzt zieht sie zu ihm! Hören Sie! Wollen Sie sich nicht auch an ihm rächen?"

„Stecken Sie Ihre Pistole weg! Damit lösen Sie das Problem nicht. Setzen Sie sich und trinken Sie einen Kaffee."

Er stierte sie eine Weile an, dann schob er die Pistole ins Halfter. Er trug tatsächlich ein Pistolenhalfter unter seinem korrekten grauen Sakko, wie ein Gangster im Film.

Klara tippte ihm mit zwei Fingern auf die Schulter und schob einen Stuhl zurecht. Dammberg ließ sich hineinfallen und legte den Kopf auf den Tisch. Weinte er? Klara setzte sich ihm gegenüber und sah ihn ruhig an.

„Ich mache frischen Kaffee", sagte ich und stand auf. Er hob den Kopf und musterte mich, während ich die Paneeltür öffnete, hinter der sich die Kochnische verbarg, und neuen Kaffee aufbrühte. Gab es irgendetwas, das sich als Waffe verwenden ließ? Ein Messer? Eine halbgefüllte Cognac-Flasche? Mir wurde rasch klar, dass es gegen einen geladenen Revolver wenig handgreifliche Argumente gibt.

Als ich die Tasse vor ihn stellte, hob er den Kopf und schaute mich an. In seinem Suff sah er kreuzunglücklich aus. Ich musste mich daran erinnern, dass er ziemlich sicher Armins Mann fürs Grobe war und seine Pistole nicht nur zum Angeben trug.

„Milch? Zucker?“, fragte ich mechanisch. Dammberg nickte zweimal. Ich rührte ein paar Mal um und setzte mich dann neben Klara.

Sie hob den Blick und sah ihm zu, während er trank. „Mag sein, dass er was mit Ihrer Frau hatte oder immer noch hat“, sagte sie müde. „Aber dass er sie bei sich einziehen lässt, glaube ich keinen Moment. Armin Kohler will frei sein. Warum sollte er sich so etwas aufladen?“

„Ich verstehe nicht, dass Sie so reden!“, grollte Dammberg.

„Ich kenne ihn inzwischen ziemlich gut, und deshalb habe ich ihn verlassen. Verstehen Sie? Und wenn Sie Ihre Frau noch lieben, dann tun Sie was, um Sie zurückzugewinnen!“

Dammberg blickte so verdutzt, dass ich mich zur Ordnung rufen musste, um nicht zu lachen. Meinte Klara diesen Appell ernst? Jedenfalls hatte er gewirkt: Dammberg dachte nach. Ich beschloss, rasch etwas nachzuschieben, solange er dachte.

„Es gibt noch einen anderen Grund, warum ich glaube, dass Klara Recht hat. Ihre Frau ist nicht verschwunden, weil sie mit ihm zusammenziehen will, sondern weil er ihr einen Auftrag gegeben hat. Erinnern Sie sich, was gestern Abend war, nachdem Klara mit ihrem Bruder Ben telefoniert hatte? Sie oder Ihre Frau haben das Gespräch doch abgehört. Ihre Frau hat Kohler angerufen, um ihn zu informieren, nicht wahr? Und dann hat sie sich ins Auto gesetzt und ist weggefahren, ohne Ihnen zu sagen wohin. Irgendwann später hat sie angerufen und gesagt, dass sie jetzt zu Kohler fährt. War es nicht so?“ Ich habe bis heute keine Ahnung, woher ich die Frechheit zu diesen Behauptungen nahm.

War dieser Blick wütend, misstrauisch oder nur grenzenlos verblüfft? Das Schweigen dauerte unerträglich lange.

„Warum sollte ich Ihnen trauen?“, fragte er schließlich mürrisch.

„Sie können es sich leisten, weil Sie eine Pistole haben. Und ich schlage Ihnen ein Geschäft vor: Ich sage Ihnen alles, was ich weiß, und Sie beantworten mir meine Fragen – ohne sich selbst zu belasten, natürlich. Niemand verlangt von Ihnen, dass Sie das tun. Und wenn wir fertig sind mit unserem Gespräch, gehen Sie, wohin Sie wollen. Oder Sie fahren. Sie können meinen Mietwagen nehmen. Er steht am Tennisplatz, wie Sie wissen.“

Man hörte ihn geradezu kalkulieren. Schließlich nahm er die Pistole aus dem Halfter und legte sie vor sich auf den Tisch.

„Und warum sollten Sie mir trauen? Ich könnte Sie anhören und dann umlegen!“

„Weil Sie intelligent sind. Ihre Chancen, ein freier Mann zu bleiben, sind größer, wenn ich Ihnen helfe, aus der Sache heil herauszukommen. Ihre Rolle für Kohler ist zu Ende. Kohler ist fertig. Heute Mittag ist Haftbefehl gegen ihn erlassen worden. Man erwartet ihn an jedem Grenzübergang, in jedem Flughafen. Wahrscheinlich durchsucht die Polizei gerade seine Wohnung und sein Büro. In einer halben Stunde, spätestens einer Stunde werden sie ihn hier suchen. Verlieren Sie keine Zeit, Dammberg!“

Ich hörte ein unartikuliertes Geräusch neben mir. „Tut mir Leid, Klara.“

„Sie sind die Rüttgers“, stotterte Dammberg.

„Richtig. Ich bin die Frau, die Kern gefunden hat, und deren Mann Armin Kohler umbringen lassen wollte.“ Offensichtlich hatte Dammberg meinen Bluff geschluckt. In Wirklichkeit hatte ich keine Ahnung. Ebenso gut war es möglich, dass Wolfgang, Ben Anthes und Hetegger noch immer bei der Polizei saßen und argumentierten. Falls nicht Schlimmeres passiert war.

„Also gut, ich beantworte Ihre Frage. Es war so, wie Sie sagen. Und es war auch nicht das erste Mal. Kohler hat uns öfter Aufträge gegeben, manchmal zusammen und manchmal getrennt. Aber diesmal war es anders: Er hat ihr verboten, mit mir darüber zu reden … Und offenbar hat er ihr auch befohlen, eine Tasche zu packen und sich nach dem Auftrag mit ihm zu treffen."

„Haben Sie nicht versucht, sie zurückzuhalten?"

„Doch. Aber sie hatte …" Er stockte.

„… die Maschinenpistole, wollten Sie sagen." Dammberg nickte.

„Hat sie Ihnen denn später, am Telefon, irgendetwas erzählt?"

„Ja. Sie war völlig verstört. Etwas war schief gegangen. Sie konnte den Auftrag nicht ausführen."

„Das heißt, sie konnte Benjamin Anthes nicht umbringen, weil er nicht zu Hause war, und sie beschloss auf eigene Faust, seine Kinder zu kidnappen. Was allerdings nicht geklappt hat."

„Nein!", schrie Klara auf. Ich hatte völlig vergessen, dass sie davon nichts wusste.

Dammberg schüttelte den Kopf. „Was für eine Dummheit!"

Ich hatte das Gefühl, dass er langsam wieder nüchtern wurde, aber das machte ihn mir nicht sympathischer.

„David hat sie mit einer Maschinenpistole durch den Türspion gesehen."

„Warum wollte Kohler, dass sie zu ihm fährt, wenn er nicht mit ihr ins Bett wollte?", fragte Dammberg störrisch.

„Sie hatte gerade einen Auftrag verpatzt. Ich kann mir schlecht vorstellen, dass Kohler sie dafür im Bett belohnen wollte. Oder kennen Sie ihn so? Ich denke, er hatte etwas ganz anderes mit ihr vor. Schließlich wusste sie zuviel …"

„Sie meinen, er wollte sie umlegen? Aber …" Inzwischen klang seine Stimme leicht hysterisch.

„Aber das hat er doch mit allen getan, die etwas wussten", sagte ich unbarmherzig. „Oder er hat es andere tun lassen … Die Liste ist lang: Eugen Kern, Kerns Frau, seine

Sekretärin, Klaras Vater, zwei Neonazis, Ihre Frau. Und jetzt sind Sie an der Reihe, es sei denn, Sie verdrücken sich, besorgen sich einen falschen Ausweis und fangen ein neues Leben an.“

Dammberg schaute Klara an.

„Brauchen Sie Geld?“, fragte sie sanft. Er schüttelte den Kopf und steckte die Pistole wieder in das Halfter zurück. Ich schob ihm die Autoschlüssel über den Tisch.

„Viel Glück“, sagte ich, nicht ganz aufrichtig. Er nahm die Schlüssel, stand auf und strich sich mit einer verlegenen Geste übers Haar. „Tut mir Leid, das vorhin“, murmelte er. „Ich gehe jetzt.“

In zehn Sekunden würde er durch dieselbe Tür verschwunden sein, durch die er gekommen war. Für einen Macho wie ihn war das ein ziemlich schwacher Abgang. Wahrscheinlich brauchte er einen starken Mann als Auftraggeber, um selbst stark zu sein. Seine Profikarriere war vorläufig zu Ende.

Und deshalb sah er auch nicht, was wir sahen. Die Schiebetür, die zum Neubau führte, hatte sich geöffnet. Lautlos, versteht sich; in diesem Haus war alles Wertarbeit. In der Tür stand Armin Kohler, und er feuerte eine Pistole mit Schalldämpfer ab, zweimal. Ich kannte Pistolen mit Schalldämpfer nur aus Fernsehkrimis, aber das genügte mir, um die Situation einzuschätzen. Armin Kohler würde nicht mit uns Kaffee trinken. Trotzdem war es Wahnsinn, dass er hierher kam. Warum hatte er sich nicht einfach abgesetzt, solange noch Zeit war?

Klara war aufgestanden und wich zur Wand zurück, als wolle sie so viel Raum wie möglich zwischen sich und ihren Mann bringen. Ich wäre ihr gerne gefolgt, aber ich war wie gelähmt. Alle möglichen Gedanken schossen mir durch den Kopf: „Ein Glück, das Wolfgang nicht da ist“, sagte eine kindliche Stimme in mir. „Noch ein Zeuge, der nicht mehr reden kann.“ Wolfgangs Stimme. Und: „Der Teppich wird Blutflecken bekommen.“ Die Stimme meiner Mutter.

Kohler musste dasselbe gedacht haben. Er nahm Dammbergs Pistole aus dem Halfter und steckte sie ein. Dann wälzte er die Leiche vom Teppich weg an die Wand neben der Tür.

„Warum, Armin?“, fragte Klara.

„Er hat dich bedroht, nicht wahr?“, sagte Kohler im Tonfall eines besorgten Ehemanns.

„Warum bis du hierher gekommen, Armin?“

Ich spürte, dass mir kalt war, unendlich kalt.

„Stehen Sie auf, Frau Rüttgers!“, befahl Kohler. „Stellen Sie sich mit dem Gesicht zur Wand und verschränken sie die Hände auf dem Rücken. Bewegen Sie sich nicht. Dort, neben die Leiche.“

Ich tat, was er wollte. Wenigstens musste ich ihn dann nicht mehr sehen. Aber in dem Augenblick, in dem ich Armin Kohler und Klara Kohler, geborene Anthes, zum letzten Mal zusammen sah, schoss mir wieder einer von diesen Gedanken durch den Kopf, und es war mir, als hätte ich laut gesprochen: „Ein schönes Paar.“ Dann spürte ich, wie Kohler meine Handgelenke zusammenschnürte. Draußen, in diesem wunderschönen Garten, wurde es langsam dunkel.

Ich hörte, wie er durch den Raum auf Klara zuging und vor ihr stehen blieb.

„Ich kann dir sagen, warum ich gekommen bin. Du schuldest mir etwas. Ich will die Papiere, die dein Vater dir gegeben hat. Sie gehören mir.“

„Ich kann sie dir nicht geben. Ich habe sie nicht mehr.“

„Wo sind sie?“

„Bei der Post. Ich habe sie gestern Abend in den Briefkasten geworfen.“

„An wen?“

Klara antwortete nicht.

Ich brauchte nicht zu sehen, um das, was ich hörte, richtig zu interpretieren. Kohler schlug seine Frau, hart und präzise. Sie schrie auf, aber sie antwortete auch jetzt nicht. Wenn ich schon nichts tun konnte – den Mund hatte er mir nicht verstopft.

„Die Information wird Ihnen nichts nützen, Herr Kohler“, sagte ich. Hoffentlich hörte er meine Angst nicht. „Es gibt einen Haftbefehl gegen Sie, seit heute Mittag. Sie werden gesucht. Verschwinden Sie, solange noch Zeit ist! Lassen Sie Ihre Frau in Ruhe.“

Wieder Schritte. Dann spürte ich, was es mit den Schlägen Kohlers auf sich hatte. Ich kam nicht mehr zum Schreien, bevor meine Knie einknickten und ich langsam umfiel, nach hinten, mit den Armen unter mir, und Kohler mir einen Tritt versetzte.

Es konnten nur ein Augenblick vergangen sein, bevor ich wieder hörte und sah.

„… schließlich für uns beide getan. Warum nicht das alles vergessen und neu anfangen, Klara!“ Die Stimme Kohlers.

„Es ist zu spät, Armin.“ Die Stimme Klaras. Es war das erste Mal, dass ich Schärfe in dieser Stimme hörte, Wut, Verachtung.

„Du gehörst zu mir.“ Befehlston, mit einem Unterton von Bitte.

„Nicht mehr!“

„Du gehst mit mir.“ Befehlston, Drohung, ein Spur von Angst.

Schweigen.

Dann wieder Klara. „Ich gehe mit dir. Unter einer Bedingung. Dass du ihr nichts antust.“

„Tu das nicht!“, rief ich. „Er will dich als Geisel!“

„Das weiß ich.“

„Dich werde ich als Geisel nehmen, du blöde Zicke! Als Kugelfang, wenn du so willst. Wenn die Polizei dich nicht abserviert, dann mache ich es selber. Los, steh auf!“

Ich stand auf. Es war schmerzhaft, aber es ging. Er stopfte mir ein Tuch in den Mund und verklebte ihn mit Band.

„Mach die Tür auf, Klara, und bleib an der Tür stehen!“ Sie gehorchte. „Jetzt du! Geh langsam durch die Tür und bleib einen Meter vor der Tür stehen, bis ich ‚Los' sage." Ich gehorchte.

„Jetzt du, Klara!"

Ab dem Augenblick, als er „Los!" sagte, ging alles sehr schnell. Ich sah, wie neben mir ein Schatten aus dem Gebüsch stürzte, mir einen Stoß versetzte und mich mit sich zu Boden riss:

Wolfgang, der Kamikaze-Flieger.

Ich hörte Klara hinter mir fallen. Ich hörte einen Schuss, dann ein Geräusch wie von splitternden Knochen. Schreie. Ich spürte einen scharfen Schmerz in der Rippengegend. Das letzte, was ich wahrnahm, war Wolfgangs Stimme. „Es ist vorbei", flüsterte er mir ins Ohr. Dann ging alles in mörderischem Lärm unter: Mehr Schüsse, Hubschrauber, Scheinwerfer, Sirenen, Lautsprecher, Gebrüll, und dann wieder Stille, endlos.

20 *Wolfgang*

Ein Scharfschütze der Polizei hatte Armin Kohler mit zwei Schüssen erledigt. Das war drei Sekunden, nachdem Manni ihm mit einem Baseballschläger die Arme gebrochen hatte. Die Kugel, die sich aus Kohlers Revolver löste, als er zusammenbrach, landete in meinem linken Oberschenkel; es hätte schlimmer kommen können. Beate kam mit einer Platzwunde am Hinterkopf und einer gebrochenen Rippe davon.

Klara und Manni blieben so gut wie heil. Wenigstens einmal wurden die Guten belohnt und die Bösen bestraft. Was sagt das über uns beide? Wir hatten uns eingemischt und unser Fett abbekommen. Wie hieß eines von Diesel-Zorros Lieblingsbüchern doch gleich? Wie man Detektiv wird und trotzdem am Leben bleibt!

Hätten wir die Polizei von Megalochório auf ihre lässige Weise mit Kerns Tod verfahren lassen, wäre Kerns Frau

Carola noch am Leben, die, soweit wir das wissen können, absolut unschuldig war. Margret, seine Sekretärin, läge nicht verwundet im Krankenhaus, und einige andere, die sich wohl schuldig gemacht hatten – hatten sie wirklich den Tod verdient? Ortwin Kaul zum Beispiel, der Lehrer? Man fand seine Leiche, von Kugeln durchsiebt, im Spätsommer, schon ziemlich verwest, in einem Bergbach im Schwarzwald. Kaul war ein Mann, den sein Sauberkeitstick zum Neonazi gemacht hatte; aber hätte er dafür sterben müssen? Die Geschosse stammten aus einer Maschinenpistole, die neben der (etwas frischeren) Leiche von Ellen Dammberg gefunden wurde, ein paar Kilometer oberhalb, im selben Bergbach. Die gleichen Geschosse hatten in der verkohlten Leiche von Markus Becker gesteckt, dem zweiten Neonazi, den wir – zusammen mit Kaul – zum ersten Mal auf Kreta gesehen hatten, in Iannis' Taverne.

Gerhard Dammberg war von Kohler erschossen worden, daran bestand natürlich kein Zweifel. Das war aber auch so ziemlich alles, was sich zweifelsfrei beweisen ließ. Die Morde an Eugen und Karola Kern, der Mordversuch an Margret, der Tod von Georg Anthes blieben letztlich unaufgeklärt. Hatte Armin Kohler selber Hand angelegt, hatten Dammberg oder seine Frau Ellen in Kohlers Auftrag gemordet? Was genau hatten sie eigentlich gewusst? Und was davon hatte sie das Leben gekostet? Insofern war die Strategie dieses Würgeengels absolut konsequent: Er hatte alle Wisser und Mitwisser beseitigt – sich selbst eingeschlossen. Die Millionen, die er über allerlei dubiose Kanäle ins Ausland verschoben hatte, werden wohl kaum wieder aufzutreiben sein. Was übrig blieb, dürfte reichen, um Klara, Benedikt und ihrer Mutter ein sorgenfreies Leben zu ermöglichen. Die Sparte Kräutermedizin war intakt geblieben, und, wie sich bald zeigte, hatte Ben genügend Ideen, um den Betrieb zu einem Pionierunternehmen für Umweltschutz auszubauen. Die Geschwister waren sich rasch einig geworden.

Dass Kohler als Unternehmer – hinter dem Rücken eines Schwiegervaters, der nicht sah, was er hätte sehen müssen

– gegen deutsche und internationale Gesetze verstoßen hatte, war freilich nicht zu übersehen, wenn auch peinlich; denn nicht nur Georg Anthes, auch bestimmte Behörden hatten es nicht so genau wissen wollen. Davon stand mehr in den Zeitungen zu lesen, als einem bestimmten Minister lieb war, den Kohler oft und gerne als Gast auf seinen Jagdgesellschaften gesehen hatte. Dass alles – oder doch fast alles – auf den Tisch kam, dafür hatte Walther Frumberg gesorgt; er wird Ende September einen namhaften Journalistenpreis für seine kritische Artikelserie über den Fall Anthes & Kohler erhalten.

Er hat diesen Preis auch noch aus einem anderen Grund verdient: Ohne ihn wäre es nicht so rasch oder vielleicht nie zu dem Haftbefehl gekommen, der Kohlers Unternehmerkarriere ein Ende setzte. In einer Zeit, in der immer unklarer wird, wo das friedliche Geschäft aufhört und der Rüstungsexport beginnt, war Kohler sicher nur einer von vielen. Und er wurde erwischt, anders als andere, vielleicht weil er überschlau war.

Walthers Serie erregte Aufsehen, nicht nur in Deutschland. Er hatte nicht nur Fragen zur Anthes-Kohler-Affäre gestellt und sorgfältig recherchierte Antworten gegeben. Fragen nach Gewissenlosigkeit und Korruption bei Unternehmern, Behörden und Politikern. Fragen nach Querverbindungen zwischen Ewig-Gestrigen und Neonazis. Er hatte auch Fragen gestellt, auf die eine Antwort nicht – oder nicht mehr – möglich schien. Was ging in einem Mann wie Kern vor, der half, Juden zu deportieren und wenig später Juden zu retten, der nach dem Krieg Nazis und später Neonazis verteidigte und gleichzeitig sein Leben riskierte, um ein Verbrechen aufzudecken? Und was in einem Neonazi wie Ortwin Kaul, der sich von Armin Kohler für einen Job anheuern ließ, der zu seiner Vorstellung von Sauberkeit so schlecht passte?

Walther hatte auch Fragen an jüdische Überlebende in Deutschland gestellt. „Können Sie vergeben? Müssen Sie hassen?“, und beunruhigende Antworten erhalten wie diese:

„Was habe ich denjenigen zu vergeben, die damals noch gar nicht lebten? Wie könnte ich sie hassen? Für mich gibt es nur Trauer. Aber die hassen können, sind vielleicht glücklicher dran."

Beate sitzt wieder Werktag für Werktag geduldig in ihrem Bankarchiv und wälzt Akten, die von Geschäften reden, die mit dem Geld der Ermordeten gemacht wurden – oder auch davon schweigen. Ich rede wieder, wie früher, Woche für Woche geduldig mit Managern, die absolut nicht glauben können, dass ihre Firma einmal Zwangsarbeiter beschäftigt hat, obwohl die Akten vor ihrer Nase liegen, und dass einige von diesen Leuten immer noch in Estland oder Transnistrien leben, alt und zittrig, und denen das Nötigste zum Leben fehlt. Diese Herren fühlen sich belästigt. Sie glauben, das alles habe mit ihnen nichts zu tun.

Wir verbringen in letzter Zeit viele Abende mit Abraham und seiner Katze. Er macht sich Sorgen um uns, weil wir immer noch „unsere Wunden lecken", wie er das nennt, und wir machen uns Sorgen um ihn; denn es steht nicht gut um seine Gesundheit.

Im August haben wir ein paar Tage in Klaras Haus am Bodensee verbracht. Manni hat mir in zäher Arbeit eine ordentliche Rückhand beigebracht. Und er brachte mich – was im Augenblick nicht leicht ist – mit seiner wiederholten Versicherung zum Lachen, ich hätte in jener einen Minute Beate aus Liebe fast erdrückt.

Es waren schöne Tage, aber irgendetwas ist immer noch nicht in Ordnung, nicht zwischen uns und auch nicht zwischen Klara und Beate. Der Schrecken dieses einen Frühsommertages hat sie zusammengebracht, und gleichzeitig steht er zwischen ihnen. Und vielleicht steht auch die Selbstverständlichkeit zwischen ihnen, mit der Klara und Ben ihre neue Rolle als Erben des Unternehmens ausfüllen: er der umweltbewusste Biologe, sie die kühle Rechnerin.

Warum war Armin Kohler zu seiner Frau zurückgekommen, obwohl er sich hätte ausrechnen können, dass es eng für ihn wurde? Ging es ihm wirklich um die Papiere? Wollte er sie wirklich als Geisel? Ich bin geneigt, Hetegger Recht zu geben: Kohler konnte einfach nicht ertragen, dass sie sich ihm entzogen hatte. Er musste sie wiederhaben, um jeden Preis.

Natürlich war das nicht das Ende der Geschichte. Anfang Oktober wuchtete einer von diesen braun uniformierten Männern, die für einen weltweiten Paketdienst arbeiten, eine Kiste mit Rotwein vor unsere Wohnungstür. Die Kiste enthielt auch einen Brief, den wir zunächst für einen gelungenen Scherz hielten, dann für einen ziemlich geschmacklosen Scherz und schließlich für das Werk eines Verrückten. Der Verfasser behauptete, Leonidas Atzenis zu sein.

„Liebe Beate, lieber Wolfgang, ich bin neunundachtzig und war immer stolz auf meine schöne Handschrift, aber seit einem Jahr kann ich nicht mehr selbst schreiben. Meine Enkelin Ruth schreibt diesen Brief für mich. Ein alter Freund aus Basel hat mir Zeitungsausschnitte über die Affäre Kohler geschickt, weil er meine Geschichte kennt. Und er hat mir Ihre Adresse besorgt. Sie beide haben die Leiche Kerns entdeckt und alles ins Rollen gebracht. Nicht alle Fragen kann ich beantworten. Und einige will ich auch nicht beantworten.

Ich existiere noch immer, etwas eingetrocknet von der Sonne, ein wenig klüger als früher. Und ich hieß tatsächlich einmal Leonidas Atzenis, auch wenn das Ruth zum Kichern bringt.

Natürlich kenne ich Hermann Kohler. Im Zweiten Weltkrieg war er Oberst der deutschen Wehrmacht, und ich habe ihm über einen Mittelsmann in Chaniá namens Theodorakis 123 Juden für 1 Million Dollar abgekauft, vor ihrem Abtransport. Er hat das Geld eingesteckt und Wort gehalten. Warum? Letzten Endes weiß ich es nicht, denn er war ein Nazi. Doch 1943 konnte selbst er sich ausrechnen, dass der Krieg verloren war. Und nach dem Krieg würde er das brauchen, was man damals einen Persilschein nannte: Herr Soundso hat am soundsovielten da und da einen Juden gerettet. Aber in Wirklichkeit hatte er sich großartig abgesichert. Anthes und Kern haben die Aktion durchgeführt. Hätte man sie erwischt, hätte Kohler seine Hände in Unschuld gewaschen. Denn um das Geschäft zum Erfolg zu führen, haben sie die Sache mit Hilfe eines Mannes gedreht, der Kontakt zum kommunistischen Widerstand hatte.

Warum haben zwei Männer sich von Kohler breitschlagen lassen, so etwas zu tun, die nicht mal Geld dafür bekamen? Wieder weiß ich es nicht genau. Natürlich brauchten auch sie einen Persilschein. Und ich denke, dass die beiden auch ihr Gewissen drückte. Irgendwann hatten sie zu viele Schiffe mit menschlicher Fracht abfahren sehen, irgendwann konnten sie nicht mehr. Ja, es stimmt, was Anthes behauptete: Ich habe ihm nach dem Krieg mit Startkapital geholfen.

Wir hatten Glück. Tatsächlich haben 112 der Freigekauften das Ende des Krieges überlebt, meist junge Männer, Frauen und einige größere Kinder. 97 sind bis 1947 über meine türkischen Verbindungen ins damalige Mandatsgebiet Palästina eingewandert.

Und wieder richtig geraten: Ich habe meinen eigenen Tod fingiert, um die englische Mandatsmacht irrezuführen. Ich habe meine Spuren verwischt und in Israel ein neues Leben angefangen, als Gemüse- und Weinbauer. 1967, nach dem Sechstagekrieg, bin ich nach Kreta zurückgekehrt, mit dem Vorsatz, erst wieder nach Israel zu gehen, wenn Friede sein würde zwischen Israelis und Palästinensern. (Vielleicht erlebe ich diesen Tag ja noch.) Viele Freunde haben mir das damals übel genommen, für einige bin ich wirklich tot. Aber ich lebe, und mein Wein ist gut, wie Sie feststellen werden.

Leonidas Atzenis gibt es nicht mehr. Ich lebe – wieder einmal – unter einem anderen Namen. Meine Kinder, Enkel und Urenkel leben in Australien. Sie besuchen mich häufig.

Ihr Leonidas Karadimou

Der Brief enthielt ein Polaroid-Foto: Ein sommerlich gekleideter glatzköpfiger Mann von eher zartem Körperbau, auf der Terrasse eines weißgetünchten Hauses stehend, in einem Meer von Blumen, ein wenig zerknittert, mit einem etwas traurigen Lächeln. Neben ihm eine hübsche junge Frau mit langen schwarzen Haaren, die deutlich größer war als er, in Blue Jeans und karierter Bluse. Wir konnten es glauben oder auch nicht. Nach einem Gespräch mit Abraham und einer gemeinsamen Flasche Wein entschieden wir uns zu glauben.

21

Als Wolfgang und Beate die Einladung zur Hochzeit von Manolis und Irini erhielten, waren sie nicht überrascht; denn Manolis hatte sie über alles, was in Megalochório passierte, stets auf dem Laufenden gehalten.

Irgendwie hatten die Ereignisse im Ort eine zunächst unauffällige, aber inzwischen doch deutliche Wendung genommen. Die Leute waren vorsichtig, aber unmissverständlich von denen abgerückt, die sie mit Recht für schuldig an der Korruptionsaffäre hielten – und an allem, was darauf folgte. Sie hatten sich zuerst gegen Pavlos gewandt, weil er nach ihrer Meinung durch seine Vorwürfe das Dorf in Verruf brachte. Jetzt sahen sie ihr Dorf erst recht in den Schlagzeilen und mussten zugeben, dass Pavlos Recht gehabt hatte. Wer noch zu den Übeltätern hielt, isolierte sich. Selbst in den betroffenen Familien, die jetzt zu spüren bekamen, dass man im Dorf auf Distanz zu ihnen ging, regte sich Widerstand gegen die schwarzen Schafe, die durch Habgier den guten Ruf des Ortes aufs Spiel gesetzt hatten.

Dagegen bezeigte man Pavlos und seiner Familie Sympathie. Pavlos wurde geradezu genötigt, seinen Ehrenplatz im *kafenion* wieder einzunehmen. Seine neue Freundschaft mit

Dimitri, seine Annäherung an Alechos wurden mit Überraschung zur Kenntnis genommen, aber man akzeptierte die Tatsache, dass hier alte Gegner Frieden geschlossen hatten.

Alechos hatte eine wichtige Rolle in diesem Prozess gespielt. Er kannte Kreta: „ Das Dorf weiß alles, was innerhalb seiner Grenzen geschieht, und vergisst nie. Man lässt Gras über die Sache wachsen, als wäre nichts geschehen, aber auch in fünfzig Jahren noch wird man sich genau erinnern. Die Rechnungen bleiben offen. Und genau das muss sich ändern – jedenfalls hier in Megalochório. Es ist einfach zu viel passiert, als dass ihr so weiter machen könnt."

Und langsam hatte er Megalochório dahin gesteuert, wohin es ihm nur zögernd folgte: Die Übeltäter hatten widerstrebend eingesehen, dass es an ihnen war, etwas wieder gut zu machen. Sie nötigten einen von ihnen, für eine Weile ins Ausland zu gehen, sozusagen als Sündenbock auf Zeit. Sie kündigten die Gründung einer Stiftung für die Verschönerung des Ortes an und stellten – immer mit dem sanften Druck des beharrlichen Alechos – einen beträchtlichen Teil ihrer Schmiergelder für diese Stiftung zur Verfügung. Zumindest dieses Geld würde also wieder in die richtigen Kanäle zurückfließen.

Alechos stellte auch den Kontakt zu Klara und Benedikt Anthes her. Er half den neuen Inhabern der deutschen Firma, die das Dorf in diese missliche Lage gebracht hatte, ihr Problem mit den griechischen Behörden zu lösen. Die Bauteile für das Projekt, die immer noch in Chaniá lagerten, wurden freigegeben. An der Kläranlage, die bezahlt, aber nicht gebaut worden war, wurde inzwischen mit Hochdruck gearbeitet.

Waren die Leute unter sich, sagten sie offen, dass Irinis erster Mann sicher nicht an einem Verkehrsunfall gestorben war. Aber kein Außenstehender hätte jemals etwas dergleichen von ihnen gehört.

Der Schütze, der in Iannis' Taverne geschossen hatte, wurde nie gefunden. Ein betrunkener bulgarischer Gastarbeiter müsse es gewesen sein, raunte man, einer von denen, die im Frühjahr auf den Tomatenfarmen halfen und im Sommer dann wieder in ihr Land zurückgingen. „Keiner von uns."

Entsprechend gingen die Untersuchungen des Staatsanwalts nur sehr zäh voran und wurden schließlich eingestellt. Alles kam anscheinend in Ordnung. Irgendwie. Alechos hatte mehr erhofft, aber er war nicht wirklich überrascht.

Also würde es eine Hochzeit geben. Eine Traumhochzeit, die erst einmal einen symbolischen Schlusspunkt hinter diese leidige Affäre setzte, wie er es geplant hatte. Nach dem schmerzlichen Verlust, den Irini durch den Tod ihres ersten Mannes erlitten hatte, freuten sich alle im Dorf über ihre neue Liebe. Und selbst die frömmsten alten Frauen waren geneigt, nicht auf strikter Einhaltung der gebotenen Trauerzeit zu bestehen – schließlich war Irinis Mann noch nicht lange tot, aber … man machte eine Ausnahme. Manolis war hübsch, liebenswürdig, eine gute Partie und fand Gnade vor den Augen derer in Megalochório; und Irini gefiel sogar den Eltern des Bräutigams, die ihm eigentlich wohl lieber eine reiche Athenerin gesucht hätten.

Irini hatte darauf bestanden, dass Ernst und Hildegard ihre Hochzeit mit ihnen zusammen feierten. Iannis hatte zwar die Stirn gerunzelt: Was würden die Leute sagen? Aber Irini hatte wie immer ihren Kopf durchgesetzt.

Der Hochzeitstag war der schönste Septembertag, den man auf Kreta seit Jahren erlebt hat. Ein paar Tage mit sanftem Regen hatten einen Hauch von Grün in die trockenen Hänge gezaubert. Jetzt schien wieder die Sonne, und es war selbst abends warm genug, draußen zu sitzen und bis Mitternacht durch die Straßen zu flanieren.

Beate und Wolfgang hatten den Vorabend und die Nacht in Chaniá verbracht und nicht schlecht gestaunt, dass die alte Synagoge in der Altstadt neu erstanden war.

In Megalochório fühlten sie sich mit warmer Herzlichkeit empfangen und in das Fest einbezogen wie wirkliche Familienmitglieder. Wolfgang durfte zu den Männern gehören, die traditionell den Bräutigam einkleiden und zur Kirche geleiten. Beate traute ihren Ohren nicht, als Irini sie ihren amerikanischen Verwandten als ihre „beste Freundin" vorstellte.

„Womit habe ich das verdient?", fragte sie.

„Irgendwann, als wir beide uns sicher waren, haben wir uns gefragt, wie wir in zehn Jahren miteinander umgehen werden", strahlte Manolis. „Und dann hat sie gesagt – was hast du gesagt?"

„Ich möchte, dass es so ist wie zwischen euch beiden." Beate errötete, Wolfgang schaute verlegen in sein Weinglas.

„Dabei sind wir nicht mal verheiratet", brummte er.

„Warum eigentlich nicht?", fragte Alechos, dem nichts entging, über den Tisch hinweg.

„Warum eigentlich nicht, Wolfgang?", fragte Beate zurück.

„Beate möchte, dass wir erst den Schatz heben. Den in der Schlucht. Die Kiste mit den Goldstücken", sagte Wolfgang mit Überzeugung.

„Wenn du noch mal von diesem Schatz redest, heirate ich dich nie." Dann biss sie ihn ins rechte Ohrläppchen. Wolfgang schrie auf.

Die Hochzeit war genau so, wie deutsche Touristen sie sich auf Kreta vorstellen oder vielleicht auch einmal als Zaungäste am Rand erlebt haben – ein Fest der Lebensfreude und allen Überflusses, den die Erde zu geben hat. Die Tische bogen sich unter der Fülle der köstlichsten Speisen. Niemand schien ein Problem darin zu sehen, dass nach den ersten drei Gängen niemand mehr hungrig war. Für Wolfgang und Beate war es vor allem faszinierend zu erleben, wohin überall in die Welt es Auswanderer aus Megalochório verschlagen hat. Es gab Gäste aus den USA, aus Kanada, aus Australien und aus Neuseeland.

Irgendwann schleppte Irini einen athletischen Cousin aus Toronto an, der es zum Rechtsanwalt gebracht hatte und seit einigen Jahren seinen Urlaub in Megalochório verbrachte.

„Er will das Haus seiner Vorfahren wieder aufbauen, ganz in der Nähe meines Hauses!“, rief sie aufgeregt.

In diesem Augenblick stimmte die Kapelle einen neuen Tanz an. Und im gleichen Moment tappte ein uralter Mann, geführt von einer jungen Frau, in den Raum. Alechos hatte seine Überraschung sorgfältig inszeniert: Wolfgang und Beate sahen sich dem Mann gegenüber, den sie über Monate wie ein Phantom gesucht hatten.

Epilog

Es nieselte seit Stunden. Beate, die am Steuer saß, fuhr sich immer wieder mit der Hand über die Stirn, als könne sie die Sicht auf diese Weise verbessern. Wolfgang sah sie scheu von der Seite an und legte ihr ab und zu die Hand aufs Knie, wenn der Verkehr wieder einmal stockte.

Er machte sich Sorgen. Beate träumte seit einigen Wochen schlecht. Sie bewegte sich heftig im Schlaf, sie schlug um sich, sie stieß unverständliche Klagelaute aus. Wolfgang wachte auf und sah, dass sie sich quälte; aber er konnte wenig mehr tun, als sie sanft zu berühren und zu hoffen, dass sich der Albtraum in einen anderen, weniger qualvollen Traum verwandeln würde. Und er war sich klar darüber, dass es auch ihm selbst nicht besonders gut ging.

Alles in allem war dieses Jahr bisher für die beiden keine glückliche Zeit gewesen. Sie hatten sich in eine Sache verrannt, die sie überfordert hatte und aus der sie nur mit viel Glück einigermaßen heil herausgekommen waren. Andere waren nicht so glücklich gewesen. Und das bedrückte sie. Jetzt, wo das Jahr zu Ende ging und die Anstrengungen der letzten Monate von ihnen abfielen, fanden sie einander reizbar und empfindlich.

Auch Abraham machte sich Sorgen. Immer wieder lud er die beiden zum gemeinsamen Abendessen ein und versuchte sie aufzumuntern. Und da ihm sein Alter zunehmend zu schaffen machte, gingen die beiden gerne, verwöhnten ihn und hörten seinen Geschichten zu. Und danach ging es ihnen stets ein wenig besser.

Abrahams Geschichten handelten vom Überleben und endeten nicht selten mit dem, was er Überlebensweisheit nannte. Aber heute Morgen hatte es keine Geschichte gegeben. Er hatte Wolfgangs rechte und Beates linke Hand in seine beiden Hände genommen und sie lange angeschaut.

„Ihr wisst selbst, dass man die Geschichte nicht ungeschehen machen kann. Kein Toter kann zum Leben erweckt und kein Unrecht wieder gutgemacht werden. Ihr könnt das, was euch passiert ist, nur annehmen."

„Aber ich kann nicht vergessen", sagte Beate.

„Und ich kann mir nicht vergeben", sagte Wolfgang.

„Ich weiß. Aber manchmal hilft so etwas wie ein symbolischer Akt, um eine Sache zu Ende zu bringen. Fällt euch dazu was ein?"

Die beiden schauten sich ein wenig hilflos an.

„Das Buch", sagte Beate nach einer Weile. „Wir müssen es dem ursprünglichen Besitzer zurückgeben. Vielleicht hilft es ja." Abraham lächelte.

Und so waren sie unterwegs. Das Buch, das Wolfgang in der Hand hielt, war die Feldausgabe von Robert Louis Stevensons Abenteuerroman „Die Schatzinsel" aus dem Jahr 1942.

Das Haus von Beates Eltern stand am Rand eines Villenvororts mitten im Wald, der einmal – vor dem Ersten Weltkrieg – so etwas wie eine Kolonie von Künstlern und Anhängern naturnahen Lebens hätte werden sollen. Ältere Bewohner erzählten, sein erster Bürgermeister sei ein bekannter Schriftsteller gewesen, der im Sommer seine Romane einer nackten Sekretärin im Garten unter Bäumen diktiert habe, sozusagen als Beweis dafür, wie naturverbunden es damals zuging. Aus vielen dieser Naturfreunde waren 1933 überraschend schnell Nazis geworden. Und nach dem Zweiten Weltkrieg, im Zeichen des Wirtschaftswunders, hatten neue Reiche die alten Jugendstilvillen aufgekauft. Severin Rüttgers Haus, von ihm selbst und seiner Frau in den Nachkriegsjahren mit eigenen Händen auf einem ehemaligen Bolzplatz erbaut, war mit seinem spitzen Giebel ein Außenseiter in diesem Milieu von altem Hochmut und neuem Geld. Wolfgang und Beate wussten warum: Das Haus, in dem Beate ihre Kindheit verbracht hatte, war die exakte Kopie des Hauses, aus dem Severins Eltern 1947 vertrieben worden waren.

Der Mann, den Beate geliebt und bewundert, gefürchtet und manchmal gehasst hatte, war in seinem Rollstuhl eingeschlafen, aber er wachte auf, als er ihre Stimme hörte, und strahlte übers ganze Gesicht.

Das Gespräch drehte sich – natürlich – vor allem um seine Gesundheit. Sie war, solange Wolfgang ihn kannte, das wichtigste Thema in der Familie, wie bei so vielen Männern, die nach dem Zusammenbruch kein anderes Kapital zur Verfügung hatten als ihre Arbeitskraft. Und erst als das Thema erschöpft war, bemerkte er das Buch in Beates Händen und fragte danach.

„Wir haben es dir mitgebracht. Erkennst du es wieder?"

Severin sah nicht mehr gut. Er griff nach seiner Lupe und entzifferte den Titel, buchstabierte mühsam die Handschrift und dachte nach.

„Ich muss es verloren haben, irgendwann im Krieg."

„Du hast es verschenkt. An einen Mann auf Kreta. Erinnerst du dich? Du hast ihn unterwegs getroffen."

Stille. Die beiden beobachteten fasziniert, wie die Erinnerung in ihm hoch kroch, zögerte und sich in einem Lächeln Bahn brach: „Dimitri. Ich habe ihn unterwegs, auf dem Weg zu einem Kloster getroffen. Natürlich war er ein Partisan, und wahrscheinlich lauerten noch ein paar andere im Gebüsch, aber ich habe mir nichts anmerken lassen. Ich weiß bis heute nicht, warum er mich nicht einfach umgelegt hat, denn ich hatte ihn nicht gesehen. Er sprach sehr gut Deutsch und bot mir Wasser, Brot und Käse an. Und dieses

Buch war das Einzige, was ich bei mir hatte, um mich zu revanchieren. Was wohl aus ihm geworden ist?"

„Er lebt noch, Vater. Wir haben ihn kennen gelernt. Und er hat mir dieses Buch geschenkt, ohne zu wissen, dass ich deine Tochter bin. Es ist ihm im Bürgerkrieg nicht gut ergangen. Aber er lebt."

„Dann ist es ihm ergangen wie mir. Wir haben alle nicht gelebt. Die Geschichte hat uns gelebt. Wir sind gelebt worden."

Sie erzählten ihm von ihrer Geschichte, was sie für gut hielten. Aber nach einer halben Stunde merkten sie, dass er eingeschlafen war. Es war auch gut so. Er konnte ihnen nicht helfen. Sie mussten alleine mit dem fertig werden, was sie erlebt hatten.

Es nieselte immer noch, als sie zurückfuhren. Wolfgang steuerte, Beate hielt einen Mohnkuchen, den ihre Mutter ihr in die Hand gedrückt hatte.

„Wir sind gelebt worden – wie oft habe ich das von ihm gehört! Heißt das bei ihm nun immer noch: Wir sind unschuldig, wir haben nichts gewusst, wir waren nicht verantwortlich? Oder bedeutet es inzwischen für ihn etwas Anderes?"

„Vielleicht hat er sogar irgendwie Recht. Diese Zeit hat alles aus den Menschen herausgeholt. Das Schlimmste und das Größte. Und wir sind auch Kinder dieses Jahrhunderts. Wir möchten so gerne von vorne anfangen, wie unsere Eltern. Stunde Null. Aber das gibt's nicht. Nie."

„Wolfgang, tu doch nicht so schrecklich weise. In Wirklichkeit möchtest du heulen wie ein Wolf."

„Wenn du mir dabei hilfst!" Und er bog entschlossen in die nächste Schneise ein.

Falls an diesem verregneten Abend ein Spaziergänger auf diesem Waldweg unterwegs gewesen wäre, hätte er etwas sehr Merkwürdiges erlebt. Zwei erwachsene Menschen, die eng umschlungen neben einem vorschriftswidrig geparkten Auto standen und den Mond anheulten, von dem nur ein trüber Schein zu sehen war.

Gold in Megalochório – Fiktion oder Wirklichkeit?

Natürlich sind die Personen, die Orte und Ereignisse dieses Krimis fiktiv. Viele Orte in Griechenland heißen Megalochório („großes Dorf"), aber es gibt kein Dorf dieses Namens an der Südküste Kretas. Allerdings hat unser Megalochório von verschiedenen Orten in den Bezirken Réthymnon und Chaniá Details entlehnt. Es gibt das Kloster Agia Irini nicht so, wie es im Buch beschrieben wird, aber es ähnelt einigen Klöstern in Südkreta, die eine Rolle gespielt haben im Widerstand gegen die deutsche Besatzung im Zweiten Weltkrieg. Und anders als die geschilderten historisch verbrieften Ereignisse hat es weder den Alechos noch den Pavlos nicht wirklich gegeben. Aber viel Material über den kretischen Widerstand ist auch in diese Figuren eingegangen. Als einzige authentisch ist die Figur des Severin Rüttgers.

Wir müssen also unsere Versicherung relativieren. Mag auch die Krimihandlung erfunden sein: Der Roman entspricht mehr der Wirklichkeit, als man vermuten könnte.

Dazu gehört auch, dass es eine nach Tausenden zählende Schar griechischer Männer gibt, die Jahr für Jahr nach verborgenen Schätzen graben, besonders nach Goldmünzen, die im Zweiten Weltkrieg vergraben oder versteckt worden sein sollen: von griechischen Juden vor ihrer Deportation, von Partisaneneinheiten vor ihrer Vernichtung, von den Deutschen vor ihrem Rückzug oder von britischen Agenten. Und auf jeden Griechen, der gräbt, kommen tausend, die davon träumen. (Die angesehene griechische Tageszeitung *I Kathimerini* widmete dieser Frage kürzlich einen längeren Artikel.) Und Tatsache ist, dass immer wieder ein solcher Schatz gefunden wird, meist britische Sovereigns, die während des Zweiten Weltkrieges und des späteren Bürgerkrieges die inoffizielle Währung waren.

In die Figur des erfolgreichen Nachkriegsunternehmers flossen Informationen über vier Unternehmer der Kriegs- und Nachkriegszeit ein.

Vieles von dem, was die Autoren hier erzählen, haben sie selbst erlebt, gesehen oder von zuverlässigen Zeugen erfahren: die prahlerischen Fotos von Partisanenführern in Restaurants oder Hotels, das junge deutsche Paar, das für einen kleinen Anteil an der Olivenernte den Grundbesitz eines wohlhabenden Städters bewirtschaftet, um sich einen Lebenstraum zu erfüllen, die Villa in der Nähe von Réthymnon, die deutschen Besatzern als Kasino diente und in der noch vor kurzem Malereien mit uniformierten SS-Männern zu sehen waren, oder die Freundschaft zwischen einem ehemaligen Mann aus dem Widerstand und einem deutschen Agenten, und vieles andere.

Die Personen

Wolfgang Martens, 43, Rechtsanwalt in einem Frankfurter Anwaltsbüro, das auf Wiedergutmachungsfälle spezialisiert ist
Beate Rüttgers, 41, Historikerin, arbeitet in der Zentrale einer Frankfurter Bank, lebt mit Wolfgang zusammen
Abraham Epstein, 85, Rechtsanwalt, Wolfgangs Chef und väterlicher Freund
Severin Rüttgers, 82, Beates Vater, im Zweiten Weltkrieg Soldat auf Kreta

Alechos, 78, griechischer Rechtsanwalt im Ruhestand und Amateurhistoriker, lebt in Chaniá auf Kreta, ist befreundet mit Beates Vater
Manolis, 23, Student, Enkel von Alechos

Leonidas Atzenis, 1911 geboren, Bankier aus Thessaloniki, seit 1941 vermisst
Pavlos, 78, wohlhabender Olivenbauer und Tavernenwirt in einem südkretischen Dorf, im Zweiten Weltkrieg Partisanenführer
Eleni, um die 70, seine Frau
Jannis, um die 50, Tavernenwirt, Sohn des Pavlos
Venetía, um die 45, seine Frau
Irini, um die 20, Enkelin des Pavlos, eine sehr junge Witwe
Pandelis, Irinis Mann, ist bei einem Autounfall ums Leben gekommen
Dimitri, 80, ein ehemaliger Professor

Hildegard und Ernst, in den Dreißigern, zwei junge Deutsche, die in Kreta ihren Traum vom alternativen Leben verwirklichen.
Eugen Kern, 77, Hildegards Onkel, Rechtsanwalt in Freiburg

Carola, um die 65, seine Frau
Margret Liederbach, seine Sekretärin, Mitte Dreißig

Markus Becker, Neonazi auf Abwegen
Ortwin Kaul, ein Lehrer, der für Sauberkeit ist

Georg Anthes, kürzlich verstorben, erfolgreicher Nachkriegsunternehmer, ehemaliger Kriegskamerad von Kern auf Kreta
Ursula Anthes, 74, ehemalige Lehrerin, geschiedene Frau von Georg Anthes
Benedikt Anthes, um die vierzig, Sohn von Georg Anthes
David und Lea Anthes, Kinder von Benedikt Anthes, Enkel von Georg Anthes
Klara Kohler, geb. Anthes, 36, Tochter von Georg Anthes
Hermann Kohler, verstorben, ehemaliger Vorgesetzter von Kern und Anthes auf Kreta
Armin Kohler, 45, Sohn von Hermann Kohler, und Schwiegersohn von Georg Anthes
Gerhard Dammberg, ehemaliger Stasi-Mitarbeiter
Ellen Dammberg, seine Frau
Dr. Hetegger, 74, ehemaliger Arzt und Freund der Familie Anthes
Michael Peukert, genannt Diesel-Zorro, 31, Automechaniker mit schwarzer Vergangenheit und goldenem Herzen
Ron und Danit, zwei junge Leute aus Israel
kommen unerwartet zu einem Ferienjob in Frankfurt
Walter Frumberg, Reporter bei einer erfolgreichen Regionalzeitung
Manni, knapp 50, ehemaliger Hippy, jetzt Klubhauswirt und Klara Kohlers guter Geist

Griechenland-Krimi

Klaus Eckhardt:
Tote trinken keinen Raki
Der erste Fall des Jak Anatolis
205 Seiten
ISBN 3-9806168-8-6

Jakob Ostmann alias Jakovos Anatolis lebt seit 14 Jahren auf Kreta. Nach etlichen eher kargen Gelegenheitsjobs eröffnet er in Agia Galini eine Privatdetektei. Eine Dame aus Iraklion beauftragt ihn mit seinem ersten Fall. Er soll den Mord an ihrem Schwiegervater Aristidis Rousakis aufklären. Der wollte zu Lebzeiten keinen Quadratmeter seines ausgedehnten Grundbesitzes an der Südküste verkaufen. Und erst nach seinem Tod sollten die drei Söhne erben. Kurz nachdem Jak Anatolis seine Ermittlungen aufnimmt, entgeht er nur knapp einem Mordanschlag.

„Ein spannender Krimi – besonders, aber nicht nur für Freunde der Insel Kreta!"
(GLÜCK, Das Lotto-Magazin, Nr. 51/2002)

Kreta-Roman

Hans-Joachim Vormann:
Kalamaki Affairs
Eine Geschichte über Kreta, die Liebe und andere wunderbare Dinge
ca. 150 Seiten
ISBN 3-937108-00-9

Eigentlich wollte sich Andreas nicht so schnell wieder verlieben. Aber dann stolperte er über eine „Göttin" mit dem duftig klingenden Namen Jasmin. Er folgt diesem betörenden Duft nach Kreta. Dort, in einem kleinen Dorf am Meer, soll für ihn die große Liebe beginnen. Allerdings nimmt das Schicksal seinen kretischen Lauf …
Hans-Joachim Vormann erzählt lakonisch und präzise die Geschichte einer heiter-sentimentalen Jagd nach der vollkommenen Liebe, wie sie so nur in diesem Ort – in Kalamaki – geschehen kann. Das Buch ist zugleich eine Liebeserklärung an all die herrlichen Unzulänglichkeiten des kretischen Lebens.

Reihe Sedones

Ein Schwerpunkt des Verlages Dr. Thomas Balistier ist die 1998 eröffnete *Reihe Sedones*. Hier werden spannende und unterhaltsame Themen für den an der Kultur und Geschichte Kretas interessierten Urlauber informativ und kurzweilig behandelt.

Sedones 1
Thomas Balistier:
Der Diskos von Phaistos
Zur Geschichte eines Rätsels
& den Versuchen seiner Auflösung
120 Seiten
Abbildungen und Fotos
ISBN 3-9806168-1-9

Englische Ausgabe: The Phaistos Disk.
An Account of its Unsolved Mystery.
ISBN 3-9806168-0-0

„Ein Muß für jeden ausgrabungsbegeisterten Kreta-Urlauber, ein Buch, das Lust darauf macht, sich den Diskos mit seiner ‚erhabenen Schönheit und faszinierenden Ausstrahlung' im Museum von Heraklion selbst anzuschauen." (SÜDWEST PRESSE)

„Kompetent und fundiert dokumentiert Thomas Balistier in seinem 120 Seiten umfassenden Büchlein die Geschichte des Rätsels und die Versuche seitens der Wissenschaft, dieses zu lösen."
(Salzburger Woche)

Sedones 2
Thomas Balistier:
Kretischer Raki – Raki-Kultur
Kreta und sein Nationalgetränk
Eine Einführung
75 Seiten
Abbildungen und Fotos
ISBN 3-9806168-2-7

„In seinem Raki-Buch bleibt Balistier als Volkskundler ganz in seinem Metier, ohne daß dabei einfach eine trockene wissenschaftliche Abhandlung herausgekommen wäre. Nach-

dem der noch unkundige Urlauber in die Prozeduren des Rakitrinkens eingeführt wird, werden in vier Kapiteln die rechtlich-wirtschaftliche sowie die soziale Seite, exemplarisch eine professionelle Raki-Brennerei, der dort stattfindende Produktionsprozeß und die Rolle des Raki im Werk des großen kretischen Schriftstellers Nikos Kazantzakis behandelt. Eine Anleitung zum Selbstbrennen ist das Buch selbstverständlich nicht, wohl aber eine gute soziokulturelle Einführung in ein Produkt, dessen Bedeutung für Kreta etwa derjenigen des Bieres für Bayern gleichkommt.“
(Athener Zeitung)

Sedones 3
Franz Wilhelm Sieber
Kreta 1817
Ein historischer Reisebericht
107 Seiten
Abbildungen
ISBN 3-9806168-3-5

„Mit Siebers Reisebericht ist dem Balistier-Verlag eine besondere Entdeckung gelungen, denn das Buch war nach seiner Publikation schnell in Vergessenheit geraten. Was den Kenner der größten griechischen Insel an den Beschreibungen Siebers vielleicht am meisten beeindruckt, ist die Wiedererkennbarkeit vieler Orte der Insel, aber auch des besonderen Charakters der Kreter, der sich nur wenig geändert haben mag. Die anschauliche, lebendige Sprache und die Vorurteilslosigkeit des Verfassers tun das ihrige, um diesen Bericht zu einem besonderen Lesevergnügen zu machen. Hinzu kommen die begeisterten Landschaftsbeschreibungen, wobei man einiges über die Folgen der Luftverschmutzung unserer Tage lernen kann, wenn Siebers beschreibt, wie er vom Gipfel des Psiloritis (Ida) aus bis nach Rhodos und Kleinasien schauen konnte (was heute kaum denkbar ist). Nachdenklich stimmen dagegen die Schilderungen des täglichen Lebens vor allem in den kretischen Städten und der apartheidähnlichen Repressalien und Willkürlichkeiten, denen sich die Christen im Alltag gegenüber den türkischen Herren auch in Friedenszeiten ausgesetzt sahen. Einige Stiche aus der Originalausgabe, sachkundige Anmerkungen und ein vergleichendes Ortsverzeichnis ergänzen den Band. Daß der Verlag die altertümliche Rechtschreibung Siebers aktualisiert und das immerhin zweibändige Werk nur auszugsweise publiziert hat, mag man bedauren. Es macht auf jeden Fall Appetit auf mehr.“
(Athener Zeitung)

Sedones 4
Ulrich Kadelbach:
Weihrauch und Ziegenkäse.
Synkretistische Geschichten
96 Seiten
ISBN 3-9806168-4-3

„Ulrich Kadelbachs 44 Synkretistische Geschichten sind allesamt dicht spannend, humorvoll und mit Herzblut geschrieben.“
(Deutsches Pfarrer Blatt)

Sedones 5
Ulrich Kadelbach:
Schatten ohne Mann.
Die deutsche Besetzung
Kretas 1941-1945
124 Seiten, ISBN 3-9806168-5-1

„Die ebenso bedrückende wie interessante Materialsammlung Kadelbachs, die vor Ort und in den bundesdeutschen Archiven zur juristischen Aufarbeitung dieser überwiegend ungesühnten Verbrechen zustandekam, ergänzen eigene Geschichten und Skizzen aus der Gegenwart, fiktive Briefe aus jener Zeit sowie Gedichte des Autors. Eine bedenkenswerte Lektüre, für ‚nordische‘ Fit-for-fun-Kreta-Touristen vielleicht sogar eine Pflichtlektüre.“
(Athener Zeitung)
„Ulrich Kadelbachs Sprache ist nüchtern und wirkt dadurch umso erschütternder. Er weiß auch die poetischen Seiten der Insel und ihrer Bewohner zu verdeutlichen, doch immer wieder bricht das Entsetzen über die Vergangenheit herein. Kadelbach hat ein Buch gegen die Schlussstrichmentalität geschrieben.“
(Heidenheimer Zeitung)
„Ulrich Kadelbachs Buch ist nicht nur eine packende Dokumentation der damaligen Ereignisse, sondern spiegelt auch die Auseinandersetzung eines nachgeborenen Deutschen (Jahrgang 1938) mit den Kriegsereignissen auf Kreta wider. Nicht nur Kreta-Reisende werden dieses Werk mit Gewinn lesen, sondern alle, die in unangestrengter Weise ein wenig mehr über dieses Kapitel der Zeitgeschichte erfahren wollen.“
(Für Arbeit und Besinnung, Zeitschrift für die Evang. Landeskirche in Württemberg)

Sedones 6
Pavlos Tzermias:
Kreta von Knossos bis Kazantzakis
Wanderung durch eine faszinierende Kultur
149 Seiten
ISBN 3-9806168-6-x

Kreta ist Jahr für Jahr das Reiseziel unzähliger Touristen. Doch vielen von ihnen bleibt die Insel weitgehend unbekannt, weil der kurze Urlaub für ein Eindringen in die kretische Kulturgeschichte naturgemäss nicht reicht. Das vorliegende Buch beleuchtet bedeutende Aspekte des kulturellen Beitrags Kretas. Vor allem vier Schwerpunkte werden behandelt: die minoische Kultur, der Maler El Greco und die Dichter Vitsentzos Kornaros und Nikos Kazantzakis. Es kommen ergänzende Hinweise dazu, zum Beispiel Erörterungen über den Sprachgelehrten Frangiskos Portos und den Theologen Kyrillos Lukaris.

Der renommierte Buchautor führt die Leser in die Eigenart einer faszinierenden Kultur ein. Er tut es bei aller Gelehrsamkeit und Akribie nicht im Fachjargon. Seine Ausführungen zeichnen sich durch Klarheit und Frische aus, stellenweise auch durch Humor und Selbstironie. Pavlos Tzermias ist, wie schon sein Name zeigt, kretischer Abstammung. Seine Eltern wurden auf der Lasithi-Hochebene im Dorf Tzermiadon geboren. Der Autor ist also Kreter und Kretakenner zugleich. Er behandelt sein Thema aus nächster Nähe, ja auf eine Art und Weise, die wie eine Rückkehr zu den Wurzeln anmutet. Und dennoch. Der Verfasser gibt jene objektive Distanz nicht auf, die seine ganze schriftstellerische Tätigkeit kennzeichnet und die vor Klischees und nationalistischen Verzerrungen schützt.

Bestellung im Buchhandel oder direkt beim Verlag.

Verlag Dr. Thomas Balistier

Egartstr. 19, D-72127 Mähringen
Tel.: 07071/36 80 18 Fax: 07071/36 80 18
www.kreta-buch.de